天魔神教
洛陽本部

천마신교
낙양본부

천마신교 낙양본부 10

정보석 新무협 판타지

초판 1쇄 찍은 날 § 2021년 3월 31일
초판 1쇄 펴낸 날 § 2021년 4월 7일

지은이 § 정보석
펴낸이 § 서경석

편집책임 § 김범석
디자인 § 노종아

펴낸곳 § 도서출판 청어람
등록번호 § 제387-1999-000006호
등록일자 § 1999. 5. 31
어람번호 § 제2-2865호

주소 § 경기도 부천시 부일로 483번길 40 서경B/D 3F (우) 14640
전화 § 032-656-4452 팩스 § 032-656-4453
http://www.chungeoram.com
E-mail § chungeorambook@daum.net

ISBN 979-11-04-92332-6 04810
ISBN 979-11-04-92204-6 (세트)

天魔神教
洛陽本部

정보석 新무협 장편소설

FANTASTIC ORIENTAL HEROES

천마신교
낙양본부

10

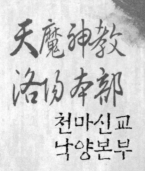

天魔神教
洛陽本部

천마신교
낙양본부

次例

第四十六章

도합 이십 명이 넘어가는 키퍼들이 운정을 보며 손에 활을 쥐었다.

하지만 활시위를 당기고 있진 않았다.

운정은 과감하게 카이랄이 갇혀 있는 나무 감옥 안으로 들어갔다.

"조심해요."

시르퀸의 다급한 말에 운정이 카이랄의 손목을 진맥하며 말했다.

"그들의 일은 수감자를 돌보고 지키는 일입니다. 그러니 카이랄이 이 나무 감옥에서 나오지 않는 한 공격하지 않을 겁니다."

시르퀸이 걱정스러운 눈길로 주변을 다시 보니, 운정의 말대로 키퍼들은 그 자리를 고수하고 있었다. 그녀의 얼굴에는 의아함 반 놀람 반이 뒤섞인 표정이 자리했다.

그녀는 잘린 창살 틈으로 고개를 내밀고, 운정에게 말했다.

"당신은 나보다 더 엘프를 잘 아는군요."

운정은 눈을 감은 채 마기를 카이랄의 몸에 불어넣으며 대답했다.

"제가 엘프에 대해서 당신보다 더 잘 알기에, 키퍼들의 행동을 유추할 수 있었던 건 아닙니다. 엘프 사회에선 의외의 상황이 잘 일어나지 않으니, 당신은 그저 의외의 상황을 상상하는 것이 저보다 어려울 뿐이지요."

"하지만 그 말조차도 엘프를 모르면 할 수 없어요."

시르퀸의 작은 투정 어린 말에 운정은 더 말하지 않았다. 그는 온 집중을 다해 마기를 운용하여 카이랄의 몸을 면밀히 살폈고, 다시 손가락을 통해서 가져왔다.

운정이 눈을 떴다.

"피가 모자란 듯합니다."

"예?"

"그는 뱀파이어라 피가 필요할 겁니다."

운정은 미스릴 검을 들어 그 끝으로 자신의 왼손 손목에 있는 동맥을 살짝 찔렀다. 그러자 그의 선혈이 주르륵 흘러나오기 시작했다. 운정은 왼손으로 카이랄의 입을 조금 벌리더니, 손가락을 타고 흘러내리는 핏물을 그의 입속에 넣어 주었다.

시르퀸이 말했다.

"너무 깊게 찌른 것 아닌가요? 동맥인데."

"내공을 다루면 얼마든지 지혈할 수 있으니, 걱정 마십시오. 일단은 카이랄에게 필요… 된 것 같습니다."

운정의 말이 끝나기 무섭게, 카이랄이 눈을 번쩍 떴다. 연보랏빛 눈동자에 거미줄처럼 붉디붉은 혈선이 그려지기 시작했다.

카이랄은 운정을 보고 말했다.

"어떻게 네가?"

운정은 슬쩍 미소를 지으며 왼손 손목에 내력을 보내 지혈했다.

"구하러 왔어. 정말 우연치 않……."

그때 누군가 밖에서 소리를 냈다.

"인간? 당신이 왜 이곳에 있습니까? 그리고 왜 안에 들어가 있고? 그리고 하이엘프는?"

운정과 카이랄 그리고 시르퀸이 뒤쪽을 보았다. 카이랄이 간힌 나무 감옥을 이루는 줄기 부분이 시작되는 지점에 한 남성 엘프가 서 있었다.

시르퀸은 그를 보며 말했다.

"알투레?"

알투레는 눈살을 찌푸렸다.

"Wape dilofumadamefi akofutamagekitolusa rejiqosulareki!"

"어차피 장로들이 먼저 말해 줬어."

시르퀸이 공용어로 일관하자, 알투레도 다시 공용어를 쓰기 시작했다.

"장로들이 제 이름을 왜 말해 줍니까?"

"운정과 신뢰 관계를 쌓기 위해서 서로의 대답에 성실히 대답하기로 했었거든. 그에게 정확한 정보를 얻는 것이 네 이름을 숨기는 것보다 어머니를 위해서 값진 일이라 생각한 것이지."

"……."

그는 아무런 말도 하지 못하고 시르퀸에게서 시선을 옮겨 운정을 노려보았다.

운정이 말했다.

"당신이 이 나무 감옥을 담당하는 엘프입니까?"

알투레는 고개를 끄덕였다.

"그렇습니다. 그런데 당신은 왜 그 안에 들어가 있는 겁니까?"

"이 수감자를 구하려고 합니다. 제 친우입니다."

"그건 용납할 수 없습니다. 그가 감옥 밖으로 한 발자국이라도 나오면 그는 죽어야 합니다."

"저는요?"

"예?"

"저는 죽이지 않습니까?"

알투레는 미간을 모으더니 말했다.

"제가 당신을 왜 죽입니까? 당신은 탈출한 수감자가 아닙니다."

운정은 이해했다는 듯 고개를 몇 차례 느릿하게 끄덕이더니 말했다.

"알겠습니다. 전 잠시 여기 있는 친우와 이야기하고 싶습니다."

"그러십시오. 하지만 친우가 밖으로 나와선 안 됩니다."

알투레는 그렇게 말한 뒤, 활시위에 머리카락을 걸고 품에 두었다. 그것은 여차하면 공격하겠다는 신호다.

운정은 다시 카이랄을 돌아봤다.

카이랄이 한쪽 입꼬리를 올리며 먼저 말했다.

"엘프를 완전히 이해했군, 운정. 당장 디사이더가 되어도 손색이 없겠다. 게다가 공용어도 많이 늘었고."

운정이 대답했다.

"장로들에게 들었어. 정보를 얻으려 하다가 여기 사로잡혔다고."

카이랄은 고개를 끄덕였다.

"알다시피 난 기억을 많이 잃었다. 요트스프림으로 다시 돌아가 복수하려면 입구를 알아야 하는데 기억나는 곳이 없어. 하지만 바르쿠으르 일족과 혈맹을 맺었었다는 건 기억이 났지. 그래서 이곳에서 정보를 알아낼 수 있으리라 생각한 거야."

"왜 나한테 말하지 않았어?"

"무엇을?"

"지금 이거. 복수한다는 거."

"말하지 않았나? 말한 거로 아는데."

"엘프를 습격한단 말은 안 했잖아."

"그야, 여기 와서 떠올린 일이니까. 그리고 이건 네 도움이 크게 필요한 일이 아니라고 판단했었다. 너도 너의 일이 있어 파인랜드에 온 것 아닌가?"

"……."

운정은 아무 말 하지 않고 카이랄을 보았다. 카이랄은 그를 가만히 보는 운정의 눈동자에 비친 자신을 볼 수 있었다.

자신은 엘프였다.

카이랄이 말했다.

"미안하다. 인간에겐 그것이 마음 상하는 일이 되는지 미처 생각하지 못했군."

운정은 고개를 저었다.

"아니야. 괜찮아. 일단 빠져나가야겠지?"

카이랄은 나무 감옥 창살 사이로 보이는 키퍼들을 하나하나 훑어보며 말했다.

"나가는 그 즉시 모든 키퍼들이 화살을 날릴 것이다."

운정은 순간 기억나는 것이 있어 시르퀸에게 물었다.

"엘프들의 화살은 바람 아닙니까?"

시르퀸은 고개를 끄덕였다.

"머리카락 속에 사는 실프의 도움을 받지요. 아, 실프의 힘이라면 엘리멘탈 킹인 당신에겐 아무런 위협도 되지 않겠군요."

그 말을 들은 카이랄이 물었다.

"엘리멘탈 킹?"

운정은 카이랄에게 작은 미소로 대답을 대신하고는 다시 고개를 돌려서 시르퀸에게 말했다.

"아쉽게도 내력이 없어서 바람의 힘을 다룰 수는 없을 것 같습니다만, 다른 수가 있는지 확인해 보고 싶습니다. 혹시 멀찍이서 제게 화살을 한 번 날려 주실 수 있으신가요?"

"흡수하시면 되죠. 그 놀라운 포커스(Focus)로."

"예?"

시르퀸은 운정이 놀란 것에 의아해하면서 말했다.

"바람의 힘을 흡수하시면 돼요. 엘리멘탈의 도움을 받으시면 가능하죠. 엘프들 간의 싸움에선 항상 서로의 바람을 받고 흡수하는 일이 일어나는데, 중원의 무공에선 그런 일이 없나요?"

운정은 그 말을 듣고는 잠시 생각에 잠겼다.

중원의 무사들이 서로를 향해서 검기를 쏘아 보낼 때, 그 검기를 내 몸에 흡수하지 못하는 이유는 간단하다. 그 검기는 분명 기로 이루어져 있지만, 인간의 내공을 통해서 정제되고 검을 통해서 나오며 자신의 특색을 가지게 되기 때문이다. 이것을 마법적으로 접근하면, 마나가 이미 마법으로 정제되었다고 할 수 있다.

하지만 엘프들이 실프를 통해서 쏘는 바람의 화살은, 마법으로 완성된 것이 아니다. 그저 엘리멘탈이라는 패밀리어를 통해서 마나를 순수한 바람의 힘으로 치환한 것. 다시 말하자면, 개개인의 특색이 들어가 있지 않기 때문에 실프의 힘을 쓰는 사람들끼리는 서로 완전히 동일하다.

그리고 동일한 기운이라면 흡수하지 못할 리도 없다.

생각을 마친 운정이 고개를 들고 시르퀸에게 말했다.

"정제되지 않은 같은 기운이라면 흡수할 수 있겠군요."

"전 중원에서 당신이 하늘을 뚫어 버리는 바람을 쏘았던 것을 아직도 생생하게 기억해요. 폭풍을 화살 삼아 검으로 쏠 수 있을 정도로 거대한 포커스를 가진 당신이라면, 충분히 키퍼들의 화살은 흡수하실 수 있을 거예요."

운정이 말했다.

"잠시 떨어져서 제게 바람의 화살을 쏘아 보십시오. 한번 해 보겠습니다."

시르퀸은 거리를 조금 벌렸다. 그리고 자신의 머리카락을 휙 하고 돌려 들고 있던 활시위에 걸었다. 알투레는 그녀에게 큰 소리로 말했다.

"수감자를 죽여서는 안 됩니다. 밖으로 나오기 전까지는."

시르퀸이 말했다.

"당신의 수감자를 노리는 일은 없을 겁니다."

그리고 그녀는 활시위를 잡아당겼다가 운정을 향해서 쏘았다.

운정은 자신을 향해서 날아오는 바람을 보았다.

그것은 순수하기 짝이 없는 건기(乾氣).

그는 자기도 모르게 오른손을 뻗었다.

후우욱.

작은 바람이 그의 오른손에서 감돌다 그 안으로 사라졌다.

운정은 자신의 오른손을 내려다보더니 중얼거렸다.

"건기는 곤기(坤氣)와 조화를 이룬다. 그렇다면?"

운정은 허리에서 미스릴 검의 검집을 왼손으로 잡아 꺼냈다. 그리고 그것으로 검결지를 대신했다.

그가 말했다.

"카이랄, 걸을 수 있지?"

카이랄은 대답했다.

"탈출이 가능하겠나?"

운정이 말했다.

"응. 가능할 거 같아. 시르퀸, 혹시나 해서 묻는 것인데, 제가 카이랄을 데리고 밖으로 나가는 것에 대해서 다른 마음이 있으십니까?"

시르퀸은 고개를 저었다.

"제 일이 아니에요. 현재 제 일은 당신을 따라가서 무공을 배우는 일이지요. 그러니 그가 탈출하는 것에 대해선 도움을 주지 않을 거예요."

방해하지 않을 것이냐 물었더니, 도와주지 않겠다고 답한다. 운정은 엘프의 사고방식을 다시 한번 이해하며 말했다.

"그럼 밖으로 안내하시는 건 가능하시겠군요. 당신의 입장에선 그저 저를 밖으로 안내하는 것이고, 카이랄을 탈출시키는 것은 제가 하는 일인 거니까."

"어머니에게 씨앗을 맡기기로 했는데… 뭐, 그건 당신을 안 내해 주고 나서 해도 괜찮겠지요."

시르퀸은 재밌다는 듯 미소를 짓더니, 고개를 돌려 알투레 를 보았다.

알투레의 표정은 가관이었다.

지금 일어나는 일을 전혀 이해하지 못하겠다는 표정으로 운정과 시르퀸을 번갈아 보며 그는 절규하듯 말했다.

"왜 이런 일을 하는 겁니까? 대체 왜? 당신은 왜 제 수감자 를 꺼내려 하는 것입니까?"

운정은 작은 미소를 짓더니 말했다.

"친구이기에 그렇습니다."

"제가 알기론 친구라는 것은 사이가 긴밀한 인간들끼리 쓰 는 말 아닙니까?"

"맞습니다."

"그러면 왜 당신의 친구인 제 수감자를 나무 감옥에서 나오 게 하려 하는 겁니까? 그런 일을 했다간 그가 죽을 것입니다. 당신은 당신의 친구를 아끼지 않습니까? 아끼는 사람이 바로 친구라는 단어의 정의가 아닙니까?"

"여기 있어도 그가 안전하진 않습니다. 그래서 그를 꺼내려 고 하는 겁니다."

알투레는 더욱 이해하지 못하겠다는 표정을 짓더니 시르퀸을 보곤 말했다.

"당신들의 행동을 전혀 이해하지 못하겠습니다. 하긴, 특이한 하이엘프나 인간의 생각을 제가 어떻게 알겠습니까? 어차피 곧 디사이더가 올 겁니다. 그가 판단하겠지요. 그때까지 저는 제가 맡은 일을 할 겁니다."

운정은 고개를 끄덕였다.

"얼마든지. 카이랄, 가자."

카이랄은 자리에서 일어났다. 그러곤 천천히 밖으로 나오려는데, 그가 창살에 가까워지면 가까워질수록 그를 주시하는 키퍼들의 활시위가 팽팽해졌다.

카이랄은 있지도 않은 침을 한 번 삼키고는 감옥 밖으로 발 하나를 두었다.

그러자 팽팽하게 당겨진 이십여 개의 활시위가 놓이며, 수십 다발의 바람의 화살이 그에게로 쏟아졌다.

그 화살 하나하나당 무림인의 검기와 비슷한 수준의 힘이 있었다.

운정은 머릿속으로 삼합사령마신공을 떠올렸다.

무궁건곤선공(無窮乾坤仙功)으로 건기와 곤기를.

태극음양마공(太極陰陽魔功)으로 리기와 감기를.

태극마심신공(太極魔心神功)으로 조화를 이룬다.

그는 심장으로부터 곤기에 감싸인 감기를 끌어올려 왼손에 잡은 검집에 불어넣었다. 그리고 건기에 감싸인 리기를 끌어올려 오른손에 잡은 미스릴 검에 불어넣었다.

그리고 그는 태극검법을 펼쳤다.

그의 미스릴 검이 눈에 보이지도 않는 빠른 속도로 움직여 사방에서 쏟아지는 모든 바람의 화살을 삼켰다. 그리고 그 검에 먹힌 그 바람들은 다시금 그 검 끝에서 화염으로 뿜어졌다.

화르륵!

화염은 그의 미스릴 검이 훑고 지나간 곳에서 타올랐다.

모든 엘프들은 정신을 집중해서 감옥 밖으로 걸어 나온 카이랄에게 더더욱 많은 바람의 화살을 쏘았다. 이슬비와 같던 화살들이 이젠 굵은 소나기가 되어서 그에게 쏟아졌다. 하지만 많은 양의 화살이 쏟아지면 쏟아질수록, 그것을 삼킨 운정의 미스릴 검에서 뿜어지는 화염은 더더욱 강렬해졌다.

화르륵!

하늘로 솟구쳐 오르는 화염의 크기는 점차 커지기 시작했다. 그 화염이 훑고 지나간 나뭇잎은 바싹 타들어 갔고, 나무 줄기는 검게 그을리기 시작했다. 화염은 타오르고 사라지기를 반복해서 불이 옮겨붙진 않았지만, 오래지 않아 화재가 일어날 것이 분명했다.

시르퀸은 그 광경을 멍하니 보다가 곧 운정의 목소리를 들었다.

"가세요. 움직이지 않으면 불이 옮겨붙을 겁니다."

시르퀸은 불길에 빼앗긴 시선을 겨우 되찾고는 한 줄기 쪽으로 걸어갔다. 그 줄기는 양옆으로 벌려져 있어, 사람 하나가 쏙 들어갈 것 같이 생겼다. 게다가 가파른 경사면을 이루며 쭉 아래로 꾸불꾸불 이어져 있어 그것을 타고 미끄러져 바르쿠우르 밖으로 나갈 수 있게 되어 있었다.

카이랄 역시도 화염을 보다가 곧 정신을 차리곤 시르퀸 쪽으로 걸어가기 시작했고, 운정은 카이랄의 주변에서 검무를 추며 모든 바람의 화살을 화염으로 변화시켰다.

그런데 어느 순간부터 바람의 화살이 잦아들기 시작했다. 그에 따라 검무를 서서히 멈춘 운정은 그 줄기 앞에 카이랄과 시르퀸과 함께 섰다. 그들은 줄기를 타고 떠날 생각을 하지 않고 가만히 서서 한쪽을 바라보고 있었는데, 그들뿐만 아니라 키퍼들조차도 그쪽을 보고 있었다. 그래서 멈추지 않고 쏟아질 것 같았던 바람의 화살이 끊긴 것이다.

그곳에는 꽤 이상한 복장을 하고 있는 여성 엘프 한 명이 서 있었다.

머리에는 사슴뿔 같은 것으로 장식된 모자를 쓰고 있었고, 상의는 아무것도 입지 않은 채 두꺼운 곰 털로 된 것을 어깨 위에 걸치고만 있었다. 그리고 딱 달라붙는 검은 가죽으로 된

하의를 입고, 손마디보다 더 큰 굽이 있는 황토색의 신발을 신고 있었다.

그녀는 팔짱을 낀 채로, 아주 흥미롭다는 표정으로 운정을 보았다. 생김새는 역시 시르퀸과 동일했지만, 그녀만큼의 아름다움은 쏙 빼놓은 듯했다.

또한 표정엔 시르퀸과 비교도 할 수 없을 만큼 생동감이 있었다. 올라간 입꼬리나, 찡긋하는 코. 그리고 게슴츠레 뜬 두 눈은 인간만큼이나 풍부한 감정을 표현하고 있었다.

그리고 무엇보다 그 두 눈동자. 그 깊고 깊은 눈동자 위로 강한 호기심이 둥둥 떠다니고 있었다.

운정은 그와 동일한 눈동자를 본 적이 있었다.

"큐리오(Curio)."

"응?"

그 여성 엘프가 놀란 듯 되묻자 운정은 확신이 들어서 물었다.

"큐리오를 아십니까?"

그 여성 엘프는 마구 고개를 끄덕였다.

"요트스프림 혈맹의 디사이더이지 않습니까? 같은 디사이더인 제가 그를 모르면 안 되지요. 당연히 압니다, 당연히 알아요."

운정은 고개를 끄덕였다.

"현자(XianZhe)가 바로 디사이더이군요. 디사이더라는 건 공용어일 테니, 엘프어로는 어떻게 됩니까?"

그 엘프는 운정이 왜 그런 질문을 하는지 알 수 없었지만 일단 대답을 해 주었다.

"Gausewike라고 합니다. 지혜로운 자라는 뜻이지요."

"그래서 현자로 번역했었군."

운정이 중얼거리는 것을 본 그 엘프는 자리에 쭈그려 앉으면서 양팔을 살짝 벌렸다. 때문에 그녀의 가슴이 아슬아슬하게 노출되었지만, 그녀는 전혀 신경 쓰지 않는 듯했다.

"아락세스. 아락세스라고 합니다. 인사가 늦었네요."

운정은 시르퀸을 보며 물었다.

"저 여인이 바르쿠으르의 디사이더가 맞습니까?"

시르퀸이 대답하기 전에 아락세스가 조금 더 큰 소리로 대답해 버렸다.

"네. 네. 맞습니다. 그런데 저랑 대화하다가 왜 갑자기 그쪽으로 대화를 트시는지?"

운정은 고개를 돌려 아락세스를 보곤 말했다.

"대화하길 원하십니까?"

아락세스는 고개를 마구 끄덕였다.

"그럼요, 그럼요. 대화하길 원하니 이렇게 급히 온 것 아니겠습니까? 얼마나 오랜 세월인지 가늠하기도 어려운 시간 동안 가꾼 숲입니다. 이러다가 숲이 화염에 휩싸이기라도 하면 할 일이 너무 많아져서 안 올 수가 없더군요."

운정은 키퍼들을 둘러보며 말했다.

"저들이 바람의 화살을 쏘지 않으면 화염이 일어날 일도 없습니다."

"알지요. 잘 압니다. 그래서 그만 쏘라고 한 것이고."

"분명히 말해 두지만, 전 카이랄을 데리고 나갈 겁니다."

"네. 네. 그러세요. 혹시라도 엘리멘탈 킹일지도 모르는 사람이 수감자 한 명을 데리고 나가겠다는데 저희 같은 엘프들이 뭘 어떻게 할 수 있겠습니까. 다만 좀 더 평화적인 방법이 있지 않을까 해서 말입니다."

"이대로 절 보내 주시는 것이 가장 평화적인 방법입니다."

"그건 안 됩니다. 이대로 수감자를 내보내는 것은 바르쿠우르에 명백한 손해이니, 그런 결정을 내릴 수는 없습니다."

그 말을 듣자 운정의 두 눈에 마기가 일렁였다.

"다시 말씀드리지만, 전 제 친우를 구할 겁니다."

아락세스는 한 손을 들어 자신의 머리를 마구 긁으면서 곤란한 표정을 지었다. 그런 그녀를 보며 시르퀸이 운정에게 다가와서 말했다.

"아무리 Rodalesitojuda가 엘프 중 가장 옅은 디사이더라고 해도, 마음대로 하지 못하는 게 있어요. 모든 결정은 일족의 유익이 되는 방향으로 해야 한다는 것입니다."

운정은 고개를 살짝 끄덕이더니 아락세스를 흘겨보며 말했다.

"그러면 이대로 수감자를 보내 주는 것이, 나에게 저항하여 숲이 불에 타오를 가능성이 있는 것보다 더 유익하다는 사실을 설득하면 되는 것입니까?"

"그런 식으로는 안 돼요. 가능성으로는 판단하지 않아요. 수감자가 있는 것과, 수감자를 보내 줌으로 생기는 유익. 이 두 가지만으로 판단해요. 아직 모르시겠어요?"

운정은 가만히 시르퀸을 보다가 곧 아락세스에게 고개를 돌렸다. 그녀는 결정하지 못하겠다는 듯 괴로운 표정을 짓다가, 곧 무언가 깨달았는지, 얼굴이 환해지면서 운정에게 물었다.

"아! 좋아! 그럼 만약 우리가 당신의 친구를 못 보내 준다고 하면, 당신은 우리 숲을 얼마나 태울 겁니까?"

"……"

"그 분량을 말씀해 주시면 제가 결정하는 데 도움이 될 겁니다."

"……"

"잘 모르시겠다면 대략적으로라도 괜찮습니다."

애초에 거짓말이 배제된 엘프들의 사고방식.

말은 오고 가지만 대화는 이뤄지지 않는 느낌이다.

운정은 그냥 조용히 미스릴 검을 천천히 내렸다.

그러곤 나지막하게 말했다.

"카이랄을 수감하려는 이유는 무엇입니까? 당신들의 와쳐들을 죽여서 처벌하려는 겁니까?"

아락세스는 운정의 질문을 듣고 고개를 한 번 갸웃하더니 말했다.

"처벌이라면, 그 인간 사회에서 법이란 것을 어길 때에 주는 개인적 손해를 말하는 겁니까?"

처벌에 대한 독특한 견해에, 운정은 고개를 끄덕이며 다시 물었다.

"그를 어떻게 하시려고 했습니까?"

아락세스는 묘한 표정을 짓더니 말했다.

"엘프는 처벌하지 않습니다. 솔직히 이해도 되지 않고. 그걸 한다고 해서 다른 개체가 왜 영향을 받는지도 모르겠습니다. 인간은 집단보다 스스로의 생명을 더 중요하게 생각하기 때문인 것 같긴 한데, 애초에 그러니까 법을 어기는 것이고. 우습습니다."

"……"

"아무튼 그에게는 다른 뜻이 있습니다. 추방당한 엘프가 어떻게 네크로멘시 학파의 마법으로 살아 있는지 그 원리에 대해서 심문하려고 했습니다. 깨어나질 않아서 못했지만."

"만약 그가 깨어나지 않으면?"

"깨어날 때까지 가둬 두려 했습니다."

"만약 깨어나도 말하기를 거부한다면?"

"그 또한 말할 때까지 가두어 두면 되는 것 아니겠습니까?"

"그 정보를 얻고 나면? 그를 풀어 줄 생각이셨습니까?"

"아니요. 그를 풀어 주어서 무슨 유익이 됩니까?"

"……"

"아마 나무 감옥이 가득 차서 자리가 없거나 키퍼의 개체수가 부족해지면, 혹은 그가 나무 감옥에서 죽게 되면, 그땐 그를 밖에 버리겠지요."

운정은 속에서 꿈틀거리는 묘한 분노를 느꼈다. 하지만 그를 이상하다는 듯 쳐다보는 아락세스에게 그 분노를 표출할 수는 없었다.

아마 운정의 분노를 이해하지도 못할 것이다.

운정은 허탈한 기분을 애써 떨궈 내며 말했다.

"네크로멘시 학파의 마법을 당신들에게 알려 준다면, 카이랄을 풀어 줄 것입니까?"

아락세스는 살짝 고민하더니 말을 흐렸다.

"그런 경우라면… 뭐, 좋습니다. 그렇게 합시다. 간단하게 끝나서 다행이군요."

운정은 카이랄을 돌아보며 말했다.

"내 속에서 엘리멘탈들이 동요하고 있어. 그 때문에 너도 가지 않고 서 있는 거지?"

카이랄은 시르퀸을 한 번 보았고 시르퀸은 고개를 끄덕였다.

카이랄은 운정에게 설명했다.

"주변에서 숲의 축복이 느껴진다. 아마 그 사이에 몸을 숨기고 있는 엘프마법사들이 있을 거야. 강성한 엘프 일족에겐 마법사들이 있다. 그것도 아주 강력한 자들이. 그들이 널 주시하고 있을 수 있어."

운정은 조용히 주변을 살피며 대답했다.

"엘리멘탈을 꺼내 놓은 상태인 듯해. 바람뿐 아니라, 불도 물도 땅도……."

카이랄은 아락세스, 그리고 사방에 퍼져서 그들을 주시하는 와쳐들을 보더니 말했다.

"그들도 네 힘을 이해할 수 없기에 가만히 지켜보는 것이지, 만약 그들이 이길 수 있다는 생각을 했으면, 대화하기도 전에 이미 공격했을 것이다. 그래서 얼마나 숲을 태울지도 물어본 걸 거야. 네 힘을 가늠하기 위해서."

운정은 조금 빗나가 있는 듯한 엘프들의 사고방식을 더욱 이해하기 어려워졌다. 그들 사이에서도 속임수는 있는 걸까? 이제 좀 알 것 같았는데, 조금 알고 나니 전보다 더 모르는 듯했다.

하긴 세상의 모든 것이 그렇지 않은가?

운정이 말했다.

"네크로멘시 학파의 마법. 그것을 알려 주면 평화롭게 탈출할 수 있을 것 같은데, 어때? 알려 줄 수 있어?"

카이랄은 고개를 끄덕였다.

"어차피 내 학파라고 하기에도 우스운 일이지. 나는 그곳의 학생이 되어서 마법을 익힌 것이 아니니까. 알려 주어도 내게 손해될 것은 없다."

운정은 고개를 한 번 끄덕이더니 아락세스에게 말했다.

"그럼 네크로멘시 학파의 마법을 알려 드릴 테니, 카이랄과 절 보내 주십시오."

아락세스는 고개를 마구 끄덕였다.

"좋아, 좋아. 그렇게 하도록 합시다. 흐음, 그럼 누가 좋을까? 당신, 당신이 좋겠어."

아락세스는 한쪽으로 손가락을 뻗었다. 그곳은 한 키퍼와 다른 키퍼 사이에 있는 빈 공간이었는데, 그곳의 공간이 살짝 일그러지더니 곧 지팡이를 들고 있는 여성 엘프 한 명이 나타났다.

그녀는 아락세스를 보더니 말했다.

"내가 배우면 되는 건가?"

아락세스는 마구 고개를 끄덕였다.

"응. 응. 가서 정확한 주문과 원리를 익히고 오세요."

"알겠다."

그렇게 말한 엘프마법사는 운정의 앞으로 걸어왔다. 차가운 눈길로 운정을 한 번 본 그녀가 말했다.

"어떻게 네 엘리멘탈들을 패밀리어로 삼은 것이지?"

운정은 카이랄 쪽으로 고갯짓했다.

"네크로멘시 마법을 익히러 온 것이면, 그것을 익히십시오."

엘프마법사의 눈초리가 살짝 좁혀지더니, 곧 고개를 돌려 카이랄을 보았다.

"우선은 주문부터."

이후, 카이랄은 주문을 천천히 말해 주기 시작했다. 그 엘프마법사는 그 주문을 한 번만 듣고는 그의 앞에서 되읊어서 틀린 점을 지적받았다. 그리고 그다음에는 원리와 제한에 관한 이야기 등을 했고, 그렇게 마법을 받는 모든 과정은 대략 1시간 정도 소요되었다.

그동안 시르퀸은 어차피 시간이 남는다며, 자신이 모은 씨앗들을 어머니에게 맡기고 돌아왔다.

"다 되었다."

엘프마법사는 그렇게 말한 뒤에, 자신이 원래 있던 자리로 돌아갔다. 그리고 곧 그녀의 몸은 투명하게 변했는데, 마치 그녀 뒤에 있던 숲의 배경이 그녀를 집어삼킨 듯했다.

그때까지도 쭈그려 앉아 있었던 아락세스가 말했다.

"숲의 와쳐에겐 뜻을 모두 전했으니, 이대로 나가면 될 겁니다. 그렇게 결정되었으니 하는 말인데, 한 가지 물어보고 싶은 점이 있습니다."

운정이 말했다.

"무엇이 궁금하십니까?"

아락세스는 두 눈빛을 맑게 빛내며 말했다.

"중원에선 인간의 왕국과 교류를 하려고 한다고 들었습니다. 혹시 중원의 무공을 인간의 왕국에게 전하려고 하시는 겁니까?"

운정은 고개를 끄덕였다.

"그렇습니다."

"그 바람을 삼켜 불로 내뿜는 것도 무공의 힘이겠지요."

"무공이 없이는 불가능하니 그렇다고 할 수 있겠습니다."

아락세스는 한쪽 눈을 찡긋하더니 한 손으로 시르퀸을 가리키며 말했다.

"그렇다면 혹시 우리하고만 교류하실 수는 없습니까?"

"우리라면, 엘프만 말씀입니까?"

아락세스는 고개를 마구 끄덕였다.

"예, 예. 듣자 하니, 당신은 인간도 엘프도 동족으로 여기지 않는다고 들었습니다. 인간이나 엘프나 당신에겐 낯선 존재일

뿌리라고 말입니다. 그렇기에 옆에 있는 시르퀸이나 우리의 수감자인 카이랄과도 친구로 지내고 계신 것이겠지요. 그렇다면 인간이 아니라 우리를 선택하는 데 있어서도 큰 무리가 없지 않겠습니까? 보상만 있다면."

운정은 고개를 저었다.

"차별하지 않기에 둘 모두와 교류하려 합니다. 저는 제 학교를 세울 것이고 또 학생들이 필요합니다. 되도록 모든 퍼슨(Person)에게 무공을 익힐 수 있는 기회를 허락하고자 합니다."

"……."

"대답이 되었습니까?"

아락세스는 안타깝다는 표정을 한 번 짓더니 다시금 고개를 여러 차례 끄덕였다.

"알겠습니다."

운정은 포권을 한 번 취해 보인 뒤에 시르퀸을 보았다. 시르퀸은 폴짝 뛰어서 줄기 위에 앉았고, 그러자 그녀의 몸이 부드럽게 미끄러져 쏜살같이 아래로 사라졌다.

그것을 본 카이랄이 언짢은 표정을 짓더니 운정을 한 번 보곤 말했다.

"괴상하기 짝이 없군."

운정은 피식 웃었다.

곧 카이랄은 시르퀸이 보여 줬던 것처럼 그 줄기 위에 앉아 아래로 미끄러져 내려갔고, 운정 또한 마찬가지로 줄기 위에 앉았다. 몸이 서서히 내려가는데, 운정이 무심코 슬쩍 뒤를 보았다.

그곳엔 아락세스가 무표정한 얼굴로 하늘을 올려다보고 있었다.

그리고 위를 향한 두 눈 속에는 살기가 있었다.

하늘에 이르는 살기가.

순간 심장이 뒤틀렸다.

두근!

몸이 점차 미끄러짐에 따라 아락세스의 모습이 보이지 않게 되었고, 때문에 그녀의 두 눈에 담긴 살기 또한 시야에서 사라졌다.

두근!

운정은 줄기 위로 미끄러져 내려가며 정신없이 지나가는 주변을 전혀 볼 수 없었다. 가슴을 뚫고 나올 정도로 심장이 요동쳤기에 그것을 다스리는 데만 온 신경을 집중했기 때문이다.

두근!

마기는 들끓었고, 혈맥은 찢어지듯 늘어났다. 운정은 모든 심력을 모아서 무궁건공선공, 태극음양마공, 태극마심신공을 동시다발적으로 읊었다.

두근.

심장의 고동이 점차 잦아들었고 서서히 정상 박동을 되찾았다.

그리고 그때쯤, 그의 몸이 줄기의 끝에서 떨어져 추락하기 시작했다.

풀썩.

산처럼 수북이 쌓인 낙엽들은 세상의 그 어떠한 것보다 푹신했다.

운정은 정신을 차리곤 곧 그 밖으로 나왔는데, 이미 나와서 그를 기다리던 시르퀸이 눈을 동그랗게 뜨고 운정을 보았다.

"괘, 괜찮으세요? 얼굴이 파랗게 변했는데?"

운정은 자기도 모르게 자신의 심장에 손을 댔다. 맥박은 정상적이었다. 하지만 묘한 고통이 있는 듯 없는 듯 했다. 마치 고통은 사라졌지만, 그 메아리가 남은 듯했다.

옆에 선 카이랄도 말했다.

"네가 급히 추락했다고 공포에 질린 것은 아닐 테고, 갑자기 무슨 일이지."

운정은 눈을 살짝 감았다.

그리고 그가 마지막 순간에 보았던 아락세스를 떠올렸다.

"처음 보았어, 그 정도로 진한 것은."

"뭘?"

"그 살기는 단순히 개인을 향한 것이 절대 아니야. 수많은 사람을, 아니, 생명을 죽이겠다는, 아니, 죽이겠다는 것도 아니라 그저 없애 버리겠다는 냉혹하기 짝이 없는 살기였어. 아무런 무공도 익히지 않은 자의 두 눈을 보고 마공이 극도로 동요할 정도라면… 모르겠어. 엘프이기에 가능한 살기인가?"

"무슨 말을 하는 거지? 살기라니? 누가?"

운정은 또다시 심장이 가빠지는 것을 느꼈다. 그 살기 어린 시선을 머릿속으로 떠올리는 것만으로도 마기가 점차 끓어오르기 시작한 것이다.

그는 오른손으로 이마를 부여잡고 최대한 그 기억을 머릿속에서 지우기 위해 고개를 양옆으로 흔들었다.

"아니야. 괜찮아."

"……"

"시르퀸, 우리를 그 저택에 데려다줄 수 있습니까?"

시르퀸은 고개를 끄덕였다.

"물론이에요. 하지만 이제부터 전 당신과 함께 행동하며 무공을 배울 거예요. 알겠죠?"

"알겠습니다."

운정이 고개를 끄덕이자 시르퀸이 양손을 뻗었다. 카이랄이 그 손을 물끄러미 바라보는데, 시르퀸이 그에게 부드럽게 말했다.

"뱀파이어가 되어서 축복을 잃으셨잖아요."

카이랄은 고개를 느릿하게 끄덕였다.

"그랬지. 다른 엘프가 내게 축복을 나눠 주게 될 줄이야, 꿈에도 몰랐어."

그는 씁쓸한 표정으로 시르퀸의 손을 잡았다. 운정 또한 시르퀸의 손을 잡자, 그들은 상상을 초월하는 속도로 숲속을 가로지르기 시작했다.

그렇게 그들은 얼마 지나지 않아 머혼의 저택 뒤에 도착했다.

어두운 하늘에 떠 있는 여러 달들이 그래도 꽤나 밝게 밤을 밝혀 주고 있었다.

손을 놓은 운정이 말했다.

"무공을 가르치는 것은 아침부터 하도록 하지요. 일단은 저택에 돌아가도록 하겠습니다."

시르퀸은 고개를 끄덕이더니 말했다.

"그럼 내일 아침에 뵈어요."

운정이 의아한 듯 말했다.

"저택에 방이 많습니다, 들어오시지 않겠습니까?"

"전 아무래도 숲이 익숙해요. 해가 떠오르면 입구로 찾아가도록 하지요."

"알겠습니다. 그럼 말을 해 놓지요. 카이랄은?"

그는 주변을 돌아보며 말했다.

"네가 준 피로는 충분하지 않아. 주변에 있는 몬스터를 잡아다가 흡혈을 해야겠어. 나도 알아서 행동할 테니, 아침에 저택 앞에서 보도록 하지."

운정은 그 둘을 보곤 포권을 취하고는 몸을 돌려 저택으로 향했다.

그가 저택 입구에 도착하자, 입구를 지키고 있던 기사가 그를 알아보고 한쪽 주먹을 가슴에 올렸다.

"밤에 오실 거란 말씀 들었습니다. 어서 오십시오, 식사는 하셨습니까?"

운정이 말했다.

"식사는 괜찮습니다. 다만, 아침에 엘프와 다크엘프가 이곳에 올 텐데, 그들을 잘 맞이해 주셨으면 합니다."

"예?"

"제 친구들입니다."

"에, 엘프하고 다크엘프 말씀입니까?"

"아침에 문 앞을 지키실 분에게 일러 주시면 불필요한 일이 일어나지 않을 것 같아서 일러 둡니다. 그럼."

운정은 포권을 취하고 안으로 들어갔다. 기사는 운정의 말에 당황한 표정을 지었다가, 이내 빠르게 그에게 걸어와 그를 붙잡았다.

"아, 아아. 잠시, 운정 도사님."

"무슨 일이십니까?"

"그게, 머혼 백작님께서 말씀하시길 혹시 너무 피곤하지 않으시다면 집무실로 와 줄 수 있냐고 물어봐 달라고 했습니다. 정중하게 부탁드리기를 권고하셨고, 거절하셔도 괜찮다고 꼭 말해 두라고 하셨습니다."

운정은 작은 미소를 지었다.

"크게 피곤하거나 하지 않으니 가 보도록 하겠습니다."

그 기사의 표정이 환해졌다.

"아, 늦은 밤에 피곤하실 텐데 감사합니다. 백작님께서도 분명 감사하실 겁니다."

"그럼, 이만."

운정은 포권을 다시금 취해 보이고는 저택 안으로 들어갔다.

그는 늦은 밤까지도 저택 안을 지키고 있는 하녀를 보았다. 그녀는 반쯤 자는 자세로 한 복도 문 앞에 서 있었는데, 오늘 밤 당번인 듯싶었다.

운정은 그녀에게 다가가서 작게 속삭이듯 말했다.

"뭐 하나 물어봐도 되겠습니까?"

그 하녀는 화들짝 놀라며 얼른 입가로 흘리던 침을 닦았다. 그리고 곧 자신에게 말을 건 운정을 보았는데, 어둠 속에서도 빛나는 그의 외모에 그녀는 말을 제대로 잇지 못했다.

"그, 그게. 아, 아니, 예. 예. 무, 물어보세요. 뭐든지."

운정은 작게 미소 지으며 말했다.

"머혼 백작님의 집무실이 어디 있는지 알려 주실 수 있으십니까?"

"지, 집무실이라면, 절 따라오세요. 제가 안내해 드리겠습니다."

"아닙니다. 위치만 알려 주십시오. 피곤하실 텐데."

하녀는 순간 실망한 표정을 짓더니 곧 안타까운 목소리로 집무실의 위치를 설명했다. 운정은 역시나 포권을 취해 보이곤 그곳으로 향했다.

머혼의 집무실 문은 위아래로 불빛이 새어 나오고 있었다. 그리고 그 문을 통해 나오는 대화 소리가 고요한 복도를 은은하게 채우고 있었다.

운정은 그곳으로 가서 손을 들어 문을 몇 차례 두드렸다. 안의 대화 소리가 끊기자 운정이 말했다.

"운정입니다."

안에서 사람이 일어나는 소리가 들리더니, 곧 집무실의 문이 활짝 열렸다.

그곳에는 머혼이 문틈을 꽉 채우며 서 있었다. 매우 편한 차림이었는데, 초록빛이 나는 목걸이는 처음 보는 것이었다.

"늦은 밤에 죄송합니다, 운정 도사. 혹시 피곤하거나 하면 언제든 방으로 돌아가셔도 괜찮으니까 절대로 부담 갖지 않으셨으면 합니다."

운정이 대답했다.

"저는 괜찮습니다."

머혼은 안으로 들어오라는 손짓을 하며 안에 앉아 있는 사람을 손바닥으로 가리켰다. 그는 문 반대편으로 있는 소파(Sofa)에 앉아 있었기에, 운정은 소파 위로 있는 그 뒷머리만 볼 수 있었다.

"인사하시지요. 천년제국의 크라울 후작입니다."

그때까지도 가만히 있던 크라울은 그제야 의자에서 일어났다. 그는 양손으로 이리저리 몸을 만져 자신의 옷매무새를 끝까지 점검했다. 그의 옷은 델라이 왕국에서도 찾아볼 수 없었던 특이한 형태였는데, 하나의 거대한 흰색 천으로 다리를 두르고 그대로 왼쪽 어깨로 올려 멘 뒤, 왼손으로 그 끝자락을 잡고 있었다. 그 때문에, 그의 오른쪽 어깨와 가슴으로 속에 입은 흰 천 옷이 그대로 드러났다.

그는 헛기침을 하며 몸을 돌려 말했다.

"크흠. 크라울 후작입니다."

그의 키는 조금 작았고, 검고 꼬불꼬불한 머리카락을 가지고 있었다. 또한 약간 까무잡잡한 피부와 깊게 들어간 두 눈이 다소 어두운 인상을 만들어 내고 있었다. 그러나 짙은 눈썹과 다부진 입술은 강한 남성성을 대변해 주고 있었다.

운정은 그를 보며 포권을 취했다.

"운정 도사입니다."

크라울은 강렬한 눈빛으로 운정의 얼굴을 한참 보았다. 그러다가 곧 오른손을 활짝 펼치더니 자신의 가슴으로 모으며 말했다.

"이렇게 말로만 듣던 이계의 인간을 실제로 뵙게 되어서 영광입니다."

머혼은 떨떠름한 표정을 지으며 문을 닫았다.

"중원이라 합니다."

크라울은 입만 미소를 지으며 말했다.

"아, 실례했군요. 용서하시기를."

머혼은 운정을 보며 크라울 반대편을 향해서 다시금 손짓했다. 그러자 운정은 천천히 걸어서 그곳에 앉았다.

"괜찮습니다."

머혼이 다시 걸어와서 운정 옆에 앉자 크라울도 자리했다.

운정은 자신의 얼굴을 뚫어지게 바라보는 크라울의 시선에 담긴 감정들을 엿보았다. 호기심과 경계심 등등 다양한 감정들이 있었지만, 그중 가장 큰 것은 의심이었다.

머혼이 멋쩍게 웃으며 말했다.

"운정 도사님은 미남이시기에 다른 사람의 시선에 익숙하시 겠지만, 그래도 그렇게 보시면 불편하지 않겠습니까? 하하."

크라울은 아까와 같은 입만 웃는 미소를 얼굴에 그렸다.

"또다시 실례했습니다. 아무래도 전 처음 보는 인종이라. 다시금 사과드립니다."

머혼의 표정이 또 당황으로 물들자, 운정이 그를 한 번 보곤 부드럽게 말했다.

"그럴 수 있습니다. 뭐든 처음 보면 신기한 법이지요."

크라울은 그제야 자신의 말실수를 눈치채고는 다시금 공손히 말했다.

"이거. 이거. 늦은 밤이라 그런지 혀가 잘 말을 안 듣는군요. 그나저나 그, 공용어를 정말로 잘하십니다. 발음만 놓고 보면 저보다 더욱 좋으시군요."

운정이 물었다.

"공용어가 모어가 아니십니까?"

크라울은 멋쩍게 웃으며 되물었다.

"천년제국령 안이긴 하지만 작은 시골에서 태어났지요. 크라울가에 입양되기 전까지 평범한 시민으로 살았으니, 공용어가 모어가 될 리는 없지요."

그의 말에 머혼은 따뜻한 미소를 지으며 크라울을 보았다.

"운정 도사께서 파인랜드에 오신 것은 이제 막 하루가 지난 일입니다. 그러니 다른 의도로 물어보신 것은 아니실 겁니다."

운정은 그 말을 통해서 상식 하나를 유추할 수 있었다. 모어가 공용어가 아니라는 말이 다른 의도로 물은 것이 아니라는 머혼의 말과, 자신은 입양되었다는 크라울의 말을 종합해서 생각하면, 공용어는 귀족 집안에서나 쓰는 언어라는 것이다.

크라울은 깜짝 놀란 표정을 지으며 말했다.

"만 하루요? 설마 만 하루밖에 되지 않았는데, 이토록 공용어를 잘하신다는 말입니까? 하하하. 이걸 어찌 받아들여야 할지 난감합니다, 그저."

머혼은 아차 하는 생각이 들었지만, 가까스로 무표정을 유지했다. 그의 시선이 반쯤 비어 있는 와인(Wine) 잔을 잠시 향했다가 운정에게로 갔다.

"여기 계신 운정 도사님은 마법에도 일가견이 있으십니다. 때문에 언어를 빠르게 습득하실 수 있습니다. 크라울 후작께서도 잘 아시다시피, 마법사들은 언어를 쉽게 익히지 않습니까?"

크라울은 고개를 느리게 움직이며 말했다.

"그렇지요. 하지만 하루 만에 이렇게 언어를 잘하시리라곤 참."

그의 눈 속에만 있던 의심이 이젠 서서히 그의 표정으로 드러나기 시작했다.

운정은 나지막하게 설명했다.

"중원에 있을 때부터 마법과 공용어를 익혔습니다. 제가 속한 천마신교(TianMoShenJiao)와 델라이 왕국 간의 교류 또한 제가 담당합니다. 그러니 더 의심하지 않으셔도 됩니다."

그 말에는 머혼도 놀랐고, 크라울도 놀랐다. 머혼은 운정이 딴사람이 된 것이 아닌가 싶어 놀랐고, 크라울은 너무나 직설적인 언행에 어찌 말을 해야 할지 모르는 듯했다.

크라울은 곧 자신의 앞에 있던 와인 잔을 들어서 한 모금 마시는 것으로 상황을 회피했다.

"의심한 적은 없습니다. 괜히 사람을 이상하게 만드시는군요."

"그랬다면 다행입니다."

항상 수동적인 자세를 보이던 운정이 의외의 모습을 보여주자 머혼은 잠시 그를 지켜보다가 곧 공손히 말했다.

"여기 계신 크라울 후작께서는 파인랜드에서 유일하게 미스릴(Mithril)을 대량생산 하실 수 있으신 분입니다. 중원에 미스릴을 공급하기 위해서 이렇게 모신 것입니다."

운정이 말했다.

"제가 외교의 구심점이 된 것은 사실이지만, 그것은 양쪽의 신뢰를 얻기 때문이지 외교에 대해서 잘 알기 때문이 아닙니다. 자세한 세부 사항은 모릅니다. 무엇을 수입하고 말지는 제가 아니라 천마신교에서 결정할 것입니다."

머혼이 운정의 어휘 능력에 다시금 놀랐지만 일단은 용건을 말했다.

"천마신교와의 외교에선 그렇겠지요. 하지만 운정 도사께서는 천마신교에 마음이 없고 스스로의 학교를 세우고자 하는 마음이 더 크지 않습니까? 중원과의 교류라는 말이 꼭 천마신교와의 교류라는 말은 아닙니다."

운정은 머혼의 목소리에서 음산함을 느꼈지만 무엇으로 인한 것인지는 알 수 없었다.

그는 솔직히 자신의 의문을 꺼냈다.

"저를 왜 이 자리에 초대하신 겁니까?"

운정의 질문에 머혼은 미소를 지으며 말했다.

"여기 크라울 후작님에게 소개시켜 드리고 싶었습니다. 운정 도사님께서도 눈치채셨다시피 크라울 후작님께서는 중원의 존재 자체를 의심하시고 계십니다. 미스릴 독점을 지금까지 지켜 온 크라울 가문의 책임자답게, 그 신중함은 파인랜드 전역에 유명하지요."

그렇게 말한 그는 슬쩍 크라울을 보며 고개를 한 번 끄덕여 보였고, 크라울은 한쪽 입꼬리를 올리며 와인 잔을 들어 보였다.

운정이 말했다.

"저를 통해서 중원의 존재를 증명하고 싶으셨습니까?"

머혼은 담담히 대답했다.

"독점이라는 특성 때문에, 크라울 후작께서는 판매에 신중할 수밖에 없습니다. 판매처를 믿지 못하면 절대 판매하지 않으시지요."

"제가 이곳에 있다고 해서 중원이 있는 것은 아닐 겁니다. 의심이 많으신 분께서 저를 실제로 본다고 확신하시겠습니까?"

머혼은 손바닥으로 크라울을 가리키며 말했다.

"어떻습니까? 크라울 후작님. 실제로 중원에서 오신 운정 도사님을 직접 보니 이제 제 말을 믿으실 수 있겠습니까?"

크라울은 탐탁지 않다는 표정을 지으며 나지막하게 말했다.

"흐음. 글쎄요. 솔직히 저로서는 받아들이기 힘든 게 사실입니다. 갑자기 다른 차원인 중원이라는 곳에서 대량의 미스릴을 원한다? 좀 더 생각할 시간이 필요할 것 같습니다."

운정은 눈을 내리고 와인을 마시는 크라울을 보며 말했다.

"크라울 후작께서는 별로 미스릴을 판매하고 싶은 것 같지 않아 보입니다."

크라울은 와인 잔을 기울여 와인을 마시려다가, 운정의 말을 들었다. 와인이 입술을 살짝 적시는 그 각도에서, 그는 와인 잔을 더 이상 기울이지 않았다. 그리고 두 눈을 치켜뜬 채로 운정을 보았다.

그는 곧 와인 잔을 그냥 내려놓으며 말했다.

"현재 미스릴은 초합금속 중에서 꽤 비싼 축에 속하긴 하지만 그렇다고 아예 못 구할 정도는 아닙니다. 적절한 시장가격이 있어서, 파인랜드 어디에서도 그 안팎에서 거래되곤 합니다. 한번 세상에 풀릴 때마다, 경매장이 들썩거리는 멜라시움(Melasium)이나 드래곤 본(Dragon bone)에 비할 바가 못 되지요. 운정 도사께서는 혹시 그 이유를 유추하실 수 있겠습니까?"

운정은 처음 떠오르는 생각으로 답변했다.

"미스릴은 크라울 가문에서 지속적으로 판매하기 때문 아닙니까? 계속 세상에 나오니까요."

크라울은 고개를 작게 여러 차례 끄덕였다.

"맞습니다. 국가가 공급을 통제하는 멜라시움이나 생산 조건 자체가 미궁인 드래곤 본은 시장에서 가격이 매겨질 수 없지요. 하지만 미스릴은 정확한 공급과 수요가 있으니 시장가격이 생깁니다. 문제는 이 시장가격이 시간이 지나면 지날수록 떨어진다는 점입니다. 그 또한 유추하실 수 있겠습니까?"

"첫 번째 이유가 또 답이 되지 않겠습니까?"

"그보다 더 중요한 이유가 있습니다."

운정은 잠시 생각에 잠겼다.

미스릴 검을 이용하여 태극검법으로 바람의 힘을 흡수하고 불의 힘을 뿜었던 그 순간. 강대하기 짝이 없는 기가 끊임없이 흡수되고 끊임없이 발산하면서 미스릴 검을 그 매개체로 삼았었다. 그것은 태극마검과 차원이 달랐다. 미스릴 검과 태극마검의 차이는 마치 철검과 목검의 차이만큼이나 극명했다.

물론 어떤 매개체를 쓰던 발경한 기에는 차이가 없다. 검기나 검강은 모두 그 자체로 순수하다. 하지만 발경은 기본적으로 매개체에 담긴 내력의 초진동을 붙잡아 두는 것부터 시작하는 것이다. 그리고 그것은 필연적으로 마찰을 낳는다. 그 마찰을 매개체가 감당하지 못하면 당연하게도 매개체는 내부의 힘을 이기지 못하고 폭발한다. 그것을 붙잡는 것이 기를 다스리는 심력이며 그래서 보검을 사용할수록 심력의 낭비가 줄어든다.

특이한 경우를 제외하고 대체적으로 말하자면, 매개체가 약하면 약할수록 기를 주입하는 데 들어가는 심력의 효율이 극도로 낮아질 수밖에 없다. 그렇기에 기에 대한 마찰이 적어서 기를 마음껏 내뿜을 수 있는 물질일수록 강한 물질이다.

그리고 강한 물질일수록 수명이 길다.

그렇다면 그토록 강대한 기를 내뿜고 흡수했던 미스릴은

얼마나 강한 물질이며, 얼마나 수명이 긴 물질이라는 것일까?

운정이 말했다.

"오래가는군요."

크라울이 바로 말을 이었다.

"미스릴은 천 년이 지나도 질에 변함이 없습니다. 그렇기에 한번 판매되어 세상에 나온 미스릴은 분실되지 않는 한 반영구적으로 사용됩니다. 그리고 크라울가는 미스릴 제조법을 발견해 낸 때부터 지금까지 수없이 많은 미스릴을 팔았습니다. 지혜가 조금 부족했던 선조들이 절대 쇠하지 않는 상품을 시장에 너무 풀었지요."

"……."

"작금에 와서는 미스릴을 독점하고 있다는 말이 무색할 정도입니다. 국가뿐만 아니라 많은 가문에서도 미스릴을 쌓아 두고 있어, 시세가 오르기라도 하면 바로 팔아 버립니다. 그렇다 보니, 제조법은 분명 독점하고 있지만 시장을 독점한다고 할 수는 없지요."

"……."

"이 정도 설명이라면 제가 왜 미스릴 판매에 대해서 주저하는지 아시리라 믿습니다. 팔 의지가 없는 것이 아닙니다. 시장이 넓어졌다는 것만 증명된다면 전 무리해서라도 미스릴을 대량생산 할 겁니다."

운정이 말했다.

"그럼 중원에 직접 와 보시면 되지 않습니까?"

그 말에 머혼이 머쓱하게 코를 만지작거렸다.

"아하. 그, 그것이… 이계와의 접촉은 국가 기밀입니다. 타국의 귀족에게 알릴 만한 것이 아니지요. 크라울 가문이 파인랜드에서 유일하게 미스릴을 제조할 수 있는 곳이 아니라면 이 자리를 마련하지도 않았을 겁니다. 크라울 후작께서도 이번 일을 비밀로 해 주시기로 하셨지요. 안 그렇습니까?"

크라울은 고개를 작게 끄덕였다.

운정은 팔짱을 끼더니 머혼에게 말했다.

"그렇다면 방법이 없겠군요."

그렇게 툭하니 말한 운정은 자리에서 일어났다. 단호한 운정의 모습을 보며 크라울의 표정이 급변하기 시작했다. 그는 운정을 따라서 엉거주춤 일어나더니 다급히 말했다.

"자연적으로 생성되는 것을 제외하고, 미스릴을 가공할 수 있는 가문은 파인랜드 전체를 통틀어서 크라울 가문밖에 없습니다. 그리고 크라울 가문은 제가 책임지고 있습니다. 다시 말하면, 제가 아니라면 운정 도사께서 원하는 만큼의 미스릴을 공급받으실 수 없다는 말입니다."

운정은 그를 물끄러미 보았다. 크라울은 자신이 갑자기 돌변한 태도를 보인 것이 민망해서 운정의 눈길을 피할 수밖에 없었다.

운정이 물었다.

"이젠 믿으시는군요."

그 말을 듣자 크라울은 운정의 눈을 마주 보며 말했다.

"방금 모습을 보곤 운정 도사께서 진심인 것을 알았습니다. 의심한 부분에 대해서는 사죄합니다."

운정이 뜸을 들이다가 말했다.

"다른 가문에서도 미스릴을 보관하고 있다고 하지 않으셨습니까? 그들에게 살 수도 있습니다. 굳이 당신과 거래하지 않아도 됩니다."

"그렇게 되면 가격이 폭등할 것입니다. 중원의 입장에선 반가운 소식이 아닐 겁니다."

"크라울 가문에는 좋은 것 아닙니까?"

"물론 좋습니다. 하지만 더욱 넓게 보자면, 중원에 독점적으로 미스릴을 공급하는 것이 훨씬 이윤이 나겠지요. 미스릴을 파인랜드로 가져오지 않는다는 선에서."

"……."

거기까지 생각하지 못한 운정은 잠시 말을 하지 못했다. 확실히 머리로만 아는 것과 현실을 아는 것은 다른 것 같았다.

크라울은 운정의 표정에서 거래의 의사를 읽고는 재빠르게 말을 이었다.

"크라울 가문하고만 거래하겠다는 것과 미스릴을 파인랜드에 가져오지 않는다고 약조하신다면, 저희도 가격을 끝까지 유지한 채 최대한 많은 양을 공급하겠습니다. 중원에선 점차 시장가격이 높아지는 것이 부담이고 저희로서는 시장에 미스릴이 많이 풀리는 것이 부담이니, 서로 가려운 등을 긁어 주면 될 것입니다."

"흐음."

운정이 고민하는데 문득 크라울의 눈에 운정의 검이 들어왔다. 크라울은 그 기회를 잡아 단숨에 물었다.

"검의 손잡이를 보아하니, 미스릴로 되어 있는 듯합니다."

운정은 허리에 찬 검을 반쯤 뽑아 보였다. 머혼은 영문을 모르다가 곧 로튼이 대신 주었거니 생각했다.

운정이 나지막하게 말했다.

"델라이 왕국에서, 그리고 머혼 백작께서 제게 선물로 주셨습니다."

크라울은 박수 한 번을 짝 치더니 말했다.

"어떠셨습니까? 마음에 드셨습니까?"

운정은 손가락을 들어 반쯤 뽑힌 미스릴 검의 검신을 천천히 쓸며 말했다.

"정말로 좋은 검입니다. 중원의 어떠한 전설적인 보검도 이것에 미치지 못할 듯합니다."

크라울은 싱긋 미소 짓더니 말했다.

"그런 검을 수십 자루… 저희가 드릴 수 있습니다. 생각해 보십시오. 중원에서 미스릴 검으로만 이루어진 기사단을! 그보다 더 강력한 힘이 어디 있겠습니까? 다른 초합금속으로는 그만한 물량을 따라갈 수 없습니다. 멜라시움 같은 경우에는 매년 검 다섯 자루도 힘들 것입니다. 만약 물량이 따라간다 해도 가격이 끝 모르고 오를 것입니다."

운정은 고요한 눈길로 크라울을 보았다. 그리고 고개를 돌려 머혼을 보았다. 그는 가만히 운정과 크라울의 대화를 지켜보고 있었다. 머혼의 두 눈은 매우 깊어 그 속내를 알 수 없었다.

달빛이 새어 들어오고 있었지만, 방 안은 여전히 어둑하다.

이 두 귀족은 왜 이 야심한 시각에 어두운 방 안에서 만나는 것일까?

이상하다.

머혼은 왜 이 시간에 불렀을까?

운정이 머혼에게 말했다.

"두 분이서만 더 하실 이야기가 있을 줄 압니다. 전 제 방에 돌아가 있겠습니다. 나중에 결과를 알려 주시지요."

그렇게 말한 운정은 방 밖으로 터벅터벅 걸어 나갔다. 그 단호한 태도에 크라울은 차마 그를 막지 못했다.

쿵.

문이 닫히고 운정의 모습이 사라졌다.

그 순간 크라울의 표정이 잔뜩 일그러졌다. 그는 결심한 듯
머혼을 향해 몸을 돌리며 말했다.

"머혼 백작님, 이게 뭡니까? 제대로 주선해 주시지⋯⋯."

머혼은 상 중앙에 시선을 둔 채, 크라울의 말을 잘라 버렸
다.

"크라울 백작, 전 백작께서 미스릴 제조법을 제게 알려 주셨
으면 합니다."

"예?"

"미스릴 제조법. 그것을 알고자 합니다."

크라울은 두 번이나 듣고도 잘못 들었다고 생각했다. 그 정
도로 그것은 황당무계한 소리였다.

그가 눈살을 찌푸리더니 말했다.

"노, 농담도 지나치십니다."

머혼은 상 중앙을 보던 시선을 들어 크라울을 보았다.

"진담입니다. 미스릴 제조법을 제게 알려 주시지요, 크라울
후작."

크라울은 안 그래도 짜증이 났었는데, 화를 낼 좋은 기회
를 놓칠 리 없었다.

그가 조금 큰 언성으로 말했다.

"그, 그런 말도 안 되는 말을 하겠다고 날 부른 겁니까? 노망이라도 난 겁니까? 아니, 제가 노망이 났다고 생각하신 겁니까? 만약 그렇다고 해도 제가 미스릴 제조법을 델라이에게 넘길 생각은 추호도 없습니다! 이제 보니 중원과 다리를 놔 주겠다는 건 거짓말이셨군요."

"델라이 왕국이 아닙니다."

"뭐라고요?"

"나. 나한테 넘기시라는 겁니다. 미스릴 제조법을."

머혼은 손으로 자신을 가리키고는 크라울을 올려다보았다. 머혼의 표정은 시종일관 유쾌한 그의 성격과 전혀 달리 진지하기 짝이 없었다.

그것을 본 크라울은 누군가 찬물을 끼얹은 것 같았다. 터져 나오던 분노가 한순간에 가라앉아 버렸다. 그는 그렇게 알쏭달쏭한 표정을 짓다가 천천히 자신의 자리로 왔다. 그리고 다리를 꼬고 앉으며 몇 번이나 망설이더니 물었다.

"그, 그렇다면… 지금 머혼 백작께서는 델라이 왕국을 대표하는 것이 아니라 개인적인 거래를 하겠다는 말씀이십니까?"

"당연하지요. 델라이 왕국을 대표해서 미스릴 제조법을 알려 달라고 하면 천년제국 황제가 가만히 있겠습니까? 뿐만 아니라, 다른 왕국들도 덩달아서 시끄러울 겁니다. 이 거래는 크라울 가문과 머혼 가문. 이 둘의 사적이고 은밀한 거래인 것입니다."

크라울은 조용히 고민하다가 갑자기 고개를 마구 저으며 말했다.

"아, 아닙니다. 그런다고 달라질 것은 아무것도 없습니다. 전 미스릴 제조법을 절대로 팔아넘길 생각이 없습니다, 머혼 백작. 아무래도 전 이쯤에서 가 봐야 할 것 같습니다."

그가 자리에서 일어나려는 머혼이 강하게 말했다.

"대가로 멜라시움(Melasium) 제조법을 드리지요."

"……."

"멜라시움 제조법을 드리겠습니다."

크라울은 입을 떡 벌렸다. 그리고 그 상태 그대로 힘없이 자신의 자리에 앉았다.

그는 그렇게 머혼을 뚫어지게 보다가 곧 눈을 확 감아 버리곤, 자신의 관자놀이를 짚었다. 그렇게 몇 번의 호흡을 내뱉은 그는 아주 조용한 목소리로 말을 꺼냈다.

"반역… 아닙니까?"

"……."

"멜라시움 제조는 오로지 델라이 왕국에서만 할 수 있습니다. 그 비밀을 알기 위해서 천년제국이 음지와 양지 양면으로 수없이 시도했습니다만, 알아내지 못했지요. 그것은 국가 기밀인 것을 넘어서서 델라이 왕의 목숨보다도 더 소중한 것일 텐데요."

"그렇습니다. 그렇기에 크라울 후작께서 멜라시움 제조법을 알게 된다면, 천년제국의 공작이 되는 건 큰 무리가 아니며 조금만 노력하시면 대공까지도 되실 수 있을 겁니다."

"……."

"크라울 가문에서 멜라시움을 제조하기 시작한다면 미스릴이야 어차피 취급도 하지 않을 겁니다. 그러니 미스릴 제작법을 제게 넘기는 것도 큰 손해는 아니지요."

크라울은 도저히 이해가 가질 않는다는 듯 말했다.

"왜? 왜 그런 제안을 하시는 겁니까? 국가 기밀인 멜라시움 제조법을 빼돌리는 반역죄를 저지르면서, 고작 원하는 것이 미스릴 제조법이라는 겁니까?"

머혼은 작은 미소를 지으며 음흉하게 말했다.

"그래서 이 비밀스럽기 짝이 없는 대화에 운정 도사님을 모셨던 것입니다. 그가 이곳에 오지 않았다면 제 말을 믿지 않으실 테니까요."

"……."

"크라울 후작, 솔직히 말해서, 제가 애국자로 보이십니까?"

"……."

크라울은 여전히 침묵을 지켰고, 그것은 그것대로 대답이 되었다.

머혼은 다시 말을 이었다.

"천년제국에도, 델라이에도, 저는 아무런 애착이 없습니다. 사실 애국심 같은 걸 가진 놈들이 어리석은 겁니다. 그런 쓸모도 없는 걸 믿어서 뭐 하겠다는 건지… 웃기지 않습니까? 후작님. 하하하."

크라울은 눈치를 보더니 머혼을 따라 슬그머니 웃었다.

"그, 그렇지요. 하하하."

머혼은 웃음을 멈추고는 자기 의자 옆에 있던 와인병 하나를 꺼내서 자신의 잔에 따르며 말했다.

"뭐, 후작님이니까 말씀드리는 건데, 요즘 델라이 왕이 영예전만큼 절 잘 대해 주질 않습니다. 제가 델라이 왕국 내에서 영향력이 커지다 보니까, 왕도 슬슬 견제하는 것 같습니다. 사실 누구 덕분에 지금의 델라이가 이만한 국력을 지니게 되었습니까? 예? 사왕국(The Four Kingdoms)에서 멜라시움 하나로 근근이 버티고 있던 델라이가 이젠 천년제국에서도 견제할 정도로 강성해지지 않았습니까? 그게 다 누구 덕분입니까?"

머혼은 자신의 잔에 와인을 다 따르고 크라울의 와인 잔에도 따르기 시작했다. 크라울은 자기도 모르게 양손으로 와인잔을 잡고는 말했다.

"물론 머혼 백작님이시지요. 사실 머혼 백작님께서는 이런 왕국에서 백작으로 있기에는 너무 그릇이 큰 분이십니다. 명색이 대공의 상속자이지 않으셨잖습니까? 머혼 백작님께서는 백작님의 위대하신 아버님처럼 천년제국의 대공이 되셔야 할 분이지요."

"아버지 얘기는 하지 맙시다, 후작. 드시지요."

"아, 실례했습니다."

둘은 같이 잔을 들었다. 머혼은 그대로 반을 들이켰지만, 크라울은 겨우 입술을 적시는 정도로 끝냈다.

머혼이 잔을 조금 강하게 내려놓으며 취기가 올라오는 듯 상의를 조금 풀어 헤쳤다.

"운정 도사가 중원과 델라이 왕국 간의 외교를 담당한다는 것쯤은 이미 아시겠지요? 아까 태도가 급변하신 것이 설마 그 순간 운정 도사의 진심을 깨달았기 때문이겠습니까? 중원의 존재를 이미 첩자를 통해서 알고 계셨지만 가격을 떨어뜨려 보기 위해서 흔한 상술을 펼치려다가 호되게 당한 것이겠지요. 하하하."

"……."

"아, 긴장하실 것 없습니다. 사실, 그 정도 정보력도 없으셨다면 조금 실망했을 테니까요."

크라울의 표정이 잠시 굳었지만, 이내 그는 조용히 대답했다.

"예, 알고 있습니다. 델라이 왕국이 이미 중원과 교류를 시작했다는 것도 이미 들었지요."

"그럴 줄 알았습니다. 참 나. 그런데 그 멍청한 왕은 천년제국에선 꿈에도 모를 거라고… 이대로 델라이가 천년제국을 대신할 수, 하아. 애송이가 참 나. 아무것도 모르고, 아니, 천년제국의 국력이 어떻게 되는지 전혀 가늠조차 못 합니다, 델라이 왕은. 천년제국이 괜히 천 년을 살아남았겠습니까? 힘을 숨기고 겨우 살아남은 척해 주고 있는 거지."

"……"

"아무튼, 델라이 왕은 이번 이계와의 교류 때문에 야망이 생긴 모양입니다. 지 그릇도 모르고. 그래서 제가 후작님을 모시고 이런 제안을 하게 된 겁니다. 제 뜻을 알겠습니까?"

크라울은 머혼을 한 번 흘겨보더니 말했다.

"그럼 중원과 연결시켜 주겠다고 하신 말씀은 정말 거짓이겠습니다. 서로의 제조법을 교환하자는 것이 본론이구요."

머혼이 더 말했다.

"그렇습니다. 크라울 후작께서 직접 미스릴을 조달하는 건 어차피 델라이 왕이 허락하지 않을 겁니다. 천년제국이 강성해질 테니까요. 오로지 저를 통해서만 판매할 수 있겠지요."

"그렇다면 그냥 제게 미스릴을 공급받으면 되지 왜 제조법까지 알려 달라고 하시는 겁니까? 멜라시움 제조법을 제안하면서까지 말입니다."

머혼은 양어깨를 올리며 말했다.

"그저 공급받기만 하는 거라면 이런저런 문제가 생길 가능성이 크지요. 차라리 제가 만들어서 주도적으로 중원에 판매하는 것이 깔끔합니다. 멜라시움 제조법 정도나 되는데 미스릴 제조법 정도는 제가 받아야 하지 않겠습니까?"

"그게 이해가 잘 안 갑니다. 반역까지 하면서 멜라시움 제조법을 넘기려고 하시다니요. 반역을 하시려면 아예 스스로 멜라시움을 만드시지요. 그것을 암중에 판매해서 버는 이익이 미스릴을 중원에 파는 것보다 더 크지 않겠습니까?"

"멜라시움은 한 가문에서 만들 수 있을 만한 것이 아닙니다. 후작께서도 멜라시움 제조법이 있다 한들 황제에게 후원을 받아야 할 것입니다."

"그렇다면 저도 그냥 미스릴 제조법을 가지고 미스릴 장사를 하는 것이 좋겠습니다."

"그러면 점차 크라울 가문은 쇠락해 갈 뿐입니다. 미스릴은 더욱 시장에 풀릴 것이고, 가격은 더욱 떨어질 것입니다. 이제 슬슬 터닝 포인트가 필요한 시기 아닙니까? 후작, 영지도 겨우 유지하신다고 들었는데… 기사단 전체가 미스릴로 도배되어 있지만, 미스릴은 아시다시피 마법에 너무 취약하지 않습니까?"

"……"

"황제에게 후원을 받아 멜라시움을 만든다면 지금처럼 단순히 장사하는 귀족이 아닌 실질적인 권력의 핵심이 되실 수 있습니다. 멜라시움은 그 정도의 가치를 하는 초합금속입니다. 아닙니까?"

크라울은 잠시 초조한 표정을 짓다가 곧 앞에 있는 와인을 끝까지 마셨다. 그러곤 와인 잔을 살짝 내려놓으며 말했다.

"이, 이건 더 깊이 생각해 봐야 할 문제 같습니다."

머혼이 타이르듯 말했다.

"방금 보셨다시피, 운정 도사는 저희 집에 머무를 정도로 절 신뢰합니다. 저는 델라이 뒤에서 그와 개인적인 거래를 하고자 합니다. 은밀히 미스릴을 제조해서 그에게 공급하여 이윤을 크게 남기고 싶습니다. 델라이 왕이 만약 허락하지 않는다면, 몰래 미스릴 제조법을 그에게 팔아 버리는 것도 하나의 방법이겠지요."

그 말을 들은 크라울은 황당한 표정을 지었다.

"미스릴 제조법은 그렇게 막 아무 데나 팔 만한 것이 아닙니다."

"그게 더 이상 무슨 상관이 있겠습니까? 크라울 가문은 멜라시움을 제조하게 될 터인데?"

"……"

크라울은 또다시 말이 없어졌다.

그런 그를 보며 머혼이 편안한 목소리로 말했다.

"제 제안을 깊이 고려해 보시고 답을 주시지요. 당장 제게
답을 주시지 않으셔도 됩니다."

크라울은 머혼을 보지 못하고 자신의 와인 잔만을 바라보
았다.

머혼의 입가와 눈가에는 깊은 웃음 자국이 그려졌지만, 그
의 눈동자는 전혀 웃질 않았다.

그는 자신의 초록빛 목걸이를 만지작거렸다.

第四十七章

똑똑.

운정이 기거하는 귀빈실의 문에서 노크 소리가 났다. 운정은 깊은 운기조식 속에서 네 엘리멘탈과 소통하다 그 소리를 들었다. 그는 아쉬움을 뒤로한 채, 표면 위로 의식을 끌어올리려 했다. 네 엘리멘탈은 마치 일터로 나가는 아버지에게 가지 말라고 보채는 어린아이처럼 그를 말렸다. 하지만 운정은 다음을 기약하며 그들에게서 멀어져 현실로 올라왔다.

"들어오십시오."

그의 말이 끝나기 무섭게 문이 열렸다.

로튼이었다.

"아, 혹 중원 방식으로 수련하고 계셨습니까?"

"괜찮습니다. 무슨 일이십니까?"

로튼은 말했다.

"다름이 아니라 엘프 한 명과 다크엘프 한 명이 저택 앞에 와 있습니다. 기사 중 한 명이 말하기를 운정 도사께서 그들이 찾아올 것이라 했다 하는데, 그들을 잘 아십니까?"

"네, 제 친구들입니다."

"치, 친구요?"

운정은 자리에서 일어났다. 그리고 미스릴 검이 들어 있는 검집을 허리에 차고 방문으로 향했다.

"혹시 문제라도 생겼습니까?"

로튼은 길을 비켜 주며 말했다.

"거의 생길 뻔했지요. 엘프는 그렇다 쳐도 다크엘프에 대해서 알려진 것은 거의 없으니까요."

운정은 고개를 한 번 끄덕여 보인 뒤에 말했다.

"일단 입구로 가도록 하지요."

그렇게 말한 운정은 앞서 걸어갔다. 로튼은 심각한 표정을 지으며 자잘하게 난 수염을 한 번 쓸더니 그를 따라 걸었다.

저택의 입구에는 열 명이 넘어가는 기사들이 중무장한 채로 각자의 무기를 꺼내 들고 있었다. 그리고 문 밖에 서 있는 시르퀸과 카이랄을 향해 뻗은 채 언제든 공격할 준비를 했다.

시르퀸과 카이랄은 저택의 안팎을 가르는 선을 넘었다고 보기에도, 넘지 않았다고 보기에도 애매한 곳에 가만히 서 있었다. 시르퀸은 땅에 나 있는 잡초들과 대화를 나누는 듯했고, 카이랄을 팔짱을 낀 채 기사들을 주시하고 있었다.

운정이 나타나자, 그 기사들을 중앙에서 통솔하던 고폰이 그를 돌아봤다. 그는 투구를 벗더니 그에게 말했다.

"운정 도사, 이들은 누굽니까?"

운정은 대치한 그들의 중간에 서며 대답했다.

"어젯밤에 돌아왔을 때 기사분께 말씀드렸었습니다. 제 친구들인 엘프와 다크엘프가 찾아올 것이라고. 혹 그들을 환영해 줄 수는 없습니까?"

고폰은 황당한 표정을 지으며 한쪽을 보았다. 그러자 한 기사가 당황한 목소리로 말했다.

"제가 말씀드렸지 않습니까?"

운정이 지난밤에 만났던 그 기사인 듯싶었다.

고폰은 추궁하듯 말했다.

"친구라는 말은 안 하지 않았나?"

"그, 그게. 그건 제가 잘못 들었다고 생각해서 말입니다. 엘프와 다크엘프가 친구라고는 전혀 생각하지 못했습니다."

고폰은 인상을 한 번 꽉 쓰더니, 운정을 돌아보며 말했다.

"일단 저들이 운정 도사님의 친구가 맞습니까? 그렇다면 머혼가에 아무런 해를 끼치지 않겠다고 약조하실 수 있겠습니까?"

"약조드리겠습니다."

운정이 확실히 말을 하자, 고폰은 고개를 한 번 끄덕여 보이곤 기사들을 향해서 손짓했다. 그러자 기사들은 각자 들고 있던 무기를 하나둘씩 내려놓기 시작했다.

그때쯤 저택에서 머혼이 헐레벌떡 뛰어왔다. 그의 옆에는 투구를 제외한 미스릴 풀 플레이트 아머세트(Mithril Full Plate Armor Set)를 입은 아시스가 나란히 뛰어오고 있었다.

머혼은 기사들을 헤치고 운정과 기사 사이쯤 서더니, 카이랄과 시르퀸을 번갈아 보며 말했다.

"한 분은 카이랄, 다른 분은 모르겠군요. 중원에서의 인연이라는 그 엘프가 맞습니까?"

운정은 고개를 끄덕였다.

"앞으로 그들은 저와 동행하길 원합니다. 저택에서도 같이 지냈으면 합니다만."

머혼은 입을 살짝 벌렸다가 말했다.

"그, 그야. 안 될 건 없지요. 그런데 얼마나 같이 있으시려고 하는 겁니까?"

운정은 시르퀸과 카이랄을 한 번씩 둘러보며 말했다.

"앞으로는 계속 함께할 듯합니다. 무공도 가르쳐야 하니."

"무, 무공을요?"

"예. 하이엘프께선 제 학생이 되기로 했습니다."

시르퀸은 맑게 웃으며 머혼에게 말했다.

"시르퀸입니다. 잘 부탁드립니다."

운정과 카이랄은 조금 놀란 눈치로 그녀를 보았다. 하지만 정작 시르퀸은 아무렇지도 않은 듯 더욱 깊은 미소를 지어 보였다.

쿵.

쿵쿵.

몇몇 기사들이 들고 있던 무기가 땅에 떨어졌다. 머혼 본인도 가까스로 평정심을 찾아서 말했다.

"듣던 대로 아름다우시군요, 레이디 시르퀸."

"저에 대해서 들으셨나요?"

"아, 아니, 그니까 엘프들이 아름답다는 말을……."

머혼이 말을 더듬자, 아시스가 한 걸음 앞으로 나오며 말을 뺏었다.

"귀빈의 친구이시니, 귀빈으로 모시겠어요. 다만 한 가지 궁금한 것은 당신의 출신 족속이에요. 혹 수도 주변에 새로 생긴 엘프족이신가요?"

머혼은 그 말을 듣자, 아름다움으로 흔들렸던 마음을 완전히 다잡을 수 있었다. 그는 자랑스러운 딸에게 따뜻한 시선을 보내곤 다소 냉정해진 시선으로 시르퀸을 바라보았다.

시르퀸은 고개를 저었다.

"이 주변은 엘프가 정착하기엔 너무 혼란스럽죠. 전 발구르 숲에서 왔어요."

아시스는 머혼과 눈을 한 번 마주치고는 말했다.

"아, 발구르 숲의 엘프시군요. 그럼 먼 길을 오셨을 텐데, 쉬셔야지요. 안으로 드시지요."

아시스는 그렇게 말한 뒤에 공손히 손짓했다. 그러자 시르퀸과 카이랄은 운정의 뒤에 섰고, 운정은 그들을 이끌고 안으로 천천히 들어섰다. 그 광경을 지켜보던 로튼은 가만히 서 있던 머혼에게 다가와 작게 속삭였다.

"이젠 백작께서 해야 할 일들을 레이디께서 대신하셔도 전혀 손색이 없을 듯합니다."

"그러니까."

머혼은 고폰에게 손을 들어 손가락을 한 번 튕겼다. 그러자 고폰은 기사들을 해산시켰고, 머혼과 고폰은 아시스와 운정 일행을 뒤따라 걸었다.

아시스는 운정의 옆으로 가면서 시르퀸을 한 번 째려봤다. 시르퀸은 그런 그녀의 눈길을 받으며 눈웃음을 지었고, 그 아름다움 때문에 아시스는 자기도 모르게 마음이 두근거리는 것을 느꼈다.

그리고 여자에게 마음이 설렌다는 사실에 그녀는 몸서리치면서 운정에게 말했다.

"이미 학생을 받으셨을 줄은 몰랐습니다. 아직 학교를 설립할지 말지 고민하시던 것 아니었습니까?"

운정은 조용히 대답했다.

"파(派)는 건물이나 장소에 있는 것이 아니라 그 아래로 모인 사람에게 있습니다. 장소는 정해지지 않았지만, 제자를 받을 순 있습니다."

"파(Pai)? 학교(School)와는 다른 것입니까?"

"학교라기보다는……."

운정이 말을 흐리자, 그의 뒤에 있던 카이랄이 말을 이었다.

"클랜(Clan). 과거 중원의 정보를 공용어로 표현할 때 나는 클랜이란 단어를 썼었다."

그 말을 듣자 아시스가 손가락 하나를 입가에 가져가며 말했다.

"그렇다면 무공을 익힌 기사의 집단은 스쿨이라 부르는 것보단 클랜이 어울리겠군요. 마법사들의 스쿨은 그들의 도메인(Domain)을 중점으로 두는데, 무공은 장소에 큰 의미가 없는 것입니까?"

운정은 잠시 걸음을 멈췄다. 때문에 그를 따르던 아시스와 시르퀸 그리고 카이랄뿐만 아니라 그 뒤에 있던 머혼과 로튼까지도 멈춰야 했다.

모두들 운정을 보는데, 운정이 나지막하게 말했다.

"의미가 있긴 있습니다. 제 클랜인 무당(WuDang)의 도메인은 무당산이었죠. 그 도메인을 떠나면 무공을 수련할 수 없었습니다. 하지만 이제 제가 설립할 무당파(Wudang Clan)는 한 장소에 기대지 않을 겁니다. 각자의 마음속에 그 도메인을 둘 테니까요."

"……"

"……"

도메인을 각자의 마음에 둔다.

무슨 뜻일까?

그 누구도 운정의 말을 이해하지 못해 침묵을 지켰다.

운정은 사색에서 벗어나 다시 걸음을 걷기 시작했고, 모든 이들은 그를 따르기 시작했다.

어색한 침묵이 계속되자, 머혼이 빠르게 걸어 앞으로 와서 말했다.

"우선 다 같이 식사하는 것이 어떻습니까? 아시스, 너도 밥 안 먹었지? 같이 먹자고."

아시스는 머혼에게 말했다.

"아침 수련이 끝나지 않았어요."

"먹고 해. 먹고."

"아침 수련은 공복에 해야 해요."

"아니, 한 번쯤은 그냥 넘어가. 으, 꽉 막힌 건 네 어미를 닮아서 말이야."

"아무튼 전 수련을 끝마치고 밥을 먹을 테니까, 식당에 가려면 아버지나 가요. 손님 대접하면서 먹는 것밖에 모른다니까."

"아니, 그럼 손님 대접이 같이 식사하는 거지 그거 말고 뭘하냐? 응? 너 좋아하는 것처럼 서로 검이나 들고 쌈박질이라도 할까?"

그들은 격식을 차리다가도 서로 대화할 때는 여지없이 부녀지간이었다.

아시스는 고개를 절레절레 흔들면서 운정에게 말했다.

"아침 수련이 끝나면 바로 식당에 갈 테니, 그때까지만 아버지와 말동무라도 해 주십시오. 힘들겠지만."

그녀는 그렇게 말한 뒤에, 다른 쪽 복도로 멀어졌다. 머혼은 숨을 한 번 깊게 내쉬더니 말했다.

"아, 추태를 보였습니다. 자식 교육에 힘을 썼어야 하는데, 나랏일이 너무 바빠서 말입니다. 자, 그러면 운정 도사님, 그리고 손님 두 분께서도 이쪽으로 오시지요."

머혼은 그렇게 그들을 식당으로 안내했다.

갑자기 식당에 나타난 두 엘프 때문에 그곳에서 음식과 식기들을 나르던 하녀들은 당황함을 숨기지 못했다. 특히 이미 식사를 마치고 조용히 차를 마시던 아시리스 부인과 아이시리스는 멍한 표정으로 그 일행을 볼 수밖에 없었다.

특히나 아시리스는 운정 뒤에서 따라오는 두 엘프를 보곤 티스푼을 놓쳐 버렸다.

"여, 여보, 저, 저들은?"

머혼은 대수롭지 않다는 말투로 말했다.

"부인, 이들은 운정 도사님의 친구들이라고 합니다. 귀빈의 친구이니 귀빈처럼 그들을 대해 주시오."

아시리스는 잠시 멍한 표정으로 그들을 보다가 곧 자리에서 일어나더니, 가슴에 손을 올리고 인사했다.

"안녕하세요, 여기 머혼 백작의 아내인 마담 아시리스라 합니다. 자주 뵐 수 없는 귀빈들을 모시게 돼서 영광입니다."

카이랄과 시르퀸을 보는 아시리스의 두 눈빛은 반짝반짝거렸다. 카이랄과 시르퀸은 그녀를 향해 인사했다.

"카이랄이다."

"발구르의 시르퀸입니다."

아시리스는 환한 표정을 짓더니 빈 의자를 가리키며 말했다.

"어서 앉으시지요. 엘프분들께서는 어떤 음식을 드시는지 모르겠습니다. 과일과 채소를 드신다고 들었는데 맞습니까?"

그녀의 간드러지는 목소리를 들은 머혼과 아이시리스는 어이없다는 표정으로 서로를 보았다. 그들은 평생 동안 자신의 아내와 어머니가 그렇게 간드러지는 목소리를 낼 수 있는지 꿈에도 몰랐기 때문이다.

게다가 저렇게 환한 미소라니?

머혼으로서 다행인 점은 그녀의 미소가 오로지 시르퀸을 향해 있었다는 점이다. 그는 아시리스가 평소 완벽한 아름다움을 추구하기에, 엘프인 시르퀸의 외모에 완전히 빠져들었다는 것을 눈치챌 수 있었다.

시르퀸이 말했다.

"인간의 음식은 대부분은 먹을 수 있으니, 아무거나 주셔도 됩니다. 다만 열매를 선호하긴 합니다."

카이랄도 말했다.

"나는 이미 충분히 식사했으니 괜찮다."

그들은 운정을 보았다. 운정은 그 시선을 느끼곤, 세 명이 나란히 앉을 수 있는 의자 중앙에 앉았다. 그러자 시르퀸과 카이랄이 그의 좌우에 앉았다.

아시리스는 금세 시르퀸의 옆으로 와서 앉더니, 하녀에게 말했다.

"남은 과일을 전부, 다양하게 내오거라."

아시리스의 눈길은 여전히 시르퀸을 향해 있었다. 시르퀸은 불편함을 느낄 만도 하건만, 전혀 부담을 느끼지 않는지 가만히 아시리스를 마주 보았다. 아시리스는 시르퀸이 자신을 보자 더욱 깊이 눈웃음을 치며 시르퀸을 보았다.

곧 하녀들이 다양한 과일들을 들고 나오는데, 한쪽 문에서 아시스가 나타났다.

"참 나. 그러다가 얼굴 뚫리겠어요, 어머니."

그녀는 그렇게 기가 찬다는 듯 말하더니 운정의 맞은편으로 가서 앉았다. 갑옷만 벗고 바로 왔는지, 상의가 땀에 푹 절어 그 몸매를 그대로 드러내고 있었다.

머혼은 그녀를 보며 물었다.

"뭐야? 아침 수련 마저 하러 간다며?"

아시스는 젖은 머릿결을 뒤로 넘기더니, 팔찌를 빼서 머리를 묶었다.

"생각해 보니 홀로 계속 수련하는 것보다 고강하신 운정 도사님의 말씀을 한마디라도 더 듣는 게 낫겠다 싶어서 왔어요. 그런데 왜 죄다 과일이에요? 이건 뭐야? 신기하게 생겼네."

아시리스는 처음으로 시르퀸에게서 시선을 떼서 아시스를 보며 날카롭게 말했다.

"수가 적은 건 귀빈을 위해서 남겨 두렴."

그러곤 다시 시르퀸을 돌아보았다.

아시스는 막 집었던 과일을 내려놓았다. 그것은 그녀도 처음 보는 과일로 상 위에 딱 두 개밖에 없었기 때문이다.

아시스는 옆에 있던 아이시리스를 슬쩍 보며 입술만 움직여서 말했다.

'왜 저래?'

'몰라.'

역시 입술로만 답한 아이시리스는 의자에서 폴싹 내려오더니 말했다.

"전 이만 들어가 볼래요. 바이, 엄마."

아시리스는 아이시리스에게 시선도 주지 않고 손만 살짝 들어 보였다. 되레 머혼이 미안한 표정을 짓자, 아이시리스는 어깨를 들썩하며 상관없다는 몸짓을 취한 뒤, 한쪽으로 걷기 시작했다.

아시리스가 시르퀸에게 말을 걸었다.

"제가 알기로는, 엘프들은 자신의 보금자리에서 잘 나오지 않는데 어떻게 여행을 떠나게 되셨나요?"

시르퀸은 막 과일 하나를 들고 베어 먹으려다가 입에서 떼고 대답했다.

"운정 도사님의 씨앗을 얻으……."

"씨, 씨앗?"

"푸후흡"

"주르륵."

"헤에."

'씨앗'이라는 말에, 아시리스는 놀란 목소리로 되물었고, 머혼은 입에 있던 것을 뱉고야 말았다. 아시스는 막 머금었던 오렌지주스를 아래로 쏟아 버렸고, 아이시리스는 양손으로 입을 막고는 시르퀸을 돌아봤다.

시르퀸은 당황한 인간들을 향해서 아무렇지도 않게 말을 이었다.

"네, 씨앗이요. 씨앗을 얻으려다가 거절당했어요. 그런데 그보다 더 귀한 것이 그에게 있다는 것을 알게 되어서 그것을 얻기 위해 함께하려 해요."

모두 공황 상태에 빠져서 가만히 있는데, 그마나 정신을 유지한 로튼이 물었다.

"그게 무엇입니까?"

시르퀸은 대답했다.

"무공(WuGong)이죠. 그것으로 그는 엘리멘탈들을 다루게 되었으니, 그 비밀을 배우는 것이 제겐 더 유익해요."

아이시리스는 다시금 천천히 식탁으로 걸어와서, 자신이 앉았던 의자에 올라가 다시 앉았다.

"왜? 안 가려고?"

아이시리스는 아시스의 질문을 무시하곤 시르퀸에게 물었다.

"엘리멘탈들이라니요? 무슨 말이에요, 그건?"

시르퀸은 친절히 답변해 주었다.

"말 그대로예요, 레이디. 운정 도사께서는 네 엘리멘탈을 모두 다루세요. 이를테면 패밀리어가 네 개라는 뜻이죠."

아이시리스는 눈을 살짝 찌푸렸다. 그러나 곧 그녀는 머혼과 아이리스를 번갈아 보더니 태연하게 말했다.

"그런가요? 그게 대단한 일인가요?"

시르퀸은 아이시리스의 두 눈을 지그시 바라보더니 고개를 갸웃했다.

"이미 알고 있었던 것 아닌가요?"

아이시리스는 의문을 가득 담아 되물었다.

"뭘요? 운정 도사님이 네 패밀리어를 가지고 있었다는 거요? 그건 전혀 몰랐는걸요."

"아니요. 그 사실 말구요. 그것이 대단한 일이라는 것을 알고 있지 않았냐는 뜻이에요."

"……."

"나이가 어리셔서 제 말이 조금 어려운가 보군요. 아무것도 아니에요. 아무튼 전 그 비밀을 배우기 위해서 운정 도사와 함께하려는 겁니다."

아시스는 아이시리스를 보았는데, 아이시리스는 더 이상 말을 하려는 것 같지 않았다. 때문에 아시스는 본인이 궁금한 것을 물었다.

"그, 아까 말한 씨앗 말이에요. 그게 정확히 무슨 뜻이죠? 엘프들의 특이한 비유 같은 건지 아닌지 잘 모르겠네요."

시르퀸은 편안한 목소리로 거침없이 말했다.

"정확한 단어로는 정액을 뜻해요. 그거."

"푸흡."

머혼은 막 입가를 닦고는 하녀들에게 괜찮다는 손짓을 했다. 모두 머혼을 보는데, 아시스만이 고개를 돌리지도 않고 시르퀸을 뚫어지게 보며 과일 하나를 들면서 아무렇지도 않다는 듯 말했다.

"그래서? 아삭. 그것을 얻으셨나요? 쩝쩝."

"아니요. 아까 거절당했다고 말씀드렸어요. 왜 그러시죠?"

"아, 그냥 쩝쩝. 확인하고 싶어서 그래요."

아시리스는 고개를 홱 하고 돌려서 아시스를 보며 손가락을 들어서 자신의 입을 툭툭 쳤다.

"음식을 입에 담고 말하면 안 된다. 기품 없기는……."

아시스는 갑자기 마구마구 씹더니 꿀떡 삼키고는 말했다.

"됐죠?"

아시리스는 다시금 관심 없다는 듯 고개를 돌려 시르퀸을 보았다.

막 물을 다 마신 머혼이 말했다.

"자자, 입궁 시간도 이제 다 되어 가니 슬슬 채비해야지. 운정 도사. 혹 그 엘프분들도 입궁하십니까?"

운정이 시르퀸과 카이랄을 보자, 그들이 운정에게 말했다.

"어디든 따라가요."

"나도 마찬가지."

운정은 머혼을 향해서 고개를 끄덕였다.

"네, 그렇습니다. 혹 어렵겠습니까?"

머혼은 턱 쪽을 긁적이며 대답했다.

"어려울 것은 없습니다. 다만 말이 많아지겠지만. 아무튼, 30분 후에 저택 입구에서 보도록 하지요."

아이시리스가 말했다.

"아버지 식사도 거의 안 하셨잖아요?"

머혼은 피식 웃으며 자리에서 일어났다.

"사실 별로 생각이 없어."

그가 자리에서 일어나자 운정이 말했다.

"아, 그 손님께서는 어디 계십니까?"

머혼은 잠시 멈칫하더니 환한 미소로 말했다.

"갈 길이 머셔서 일찍 출발하셨습니다. 그럼 있다가 마차에서 더 이야기를 나누도록 하지요."

머혼이 그렇게 한쪽으로 사라지자, 운정 또한 자리에서 일어났다. 모든 이가 그를 보는데 운정이 말했다.

"저도 채비를 해야 할 것 같아서 먼저 일어나 보겠습니다."

그가 일어나자 시르퀸과 카이랄도 덩달아 일어났고, 그에 맞춰서 아시리스, 아시스, 아이시리스까지 모두 얼떨결에 일어났다.

운정은 포권을 여러 번 취한 뒤, 그대로 자신의 침실로 걸어왔다.

시르퀸과 카이랄도 안으로 들어오자, 운정이 말했다.

"시르퀸, 오늘부터 무공을 가르쳐 준다고 했었지요. 일단 내공을 익히는 것은 대자연의 기운이 충만한 아침이 좋습니다. 다만, 파인랜드에선 대자연의 기운이 희박해서 보통의 방법으론 내공을 익히기 어렵습니다."

"그러면 어떻게 해야 하죠? 중원으로 가야 하나요?"

운정은 고개를 저었다.

"무당파의 내공(Neigong)에서 사용하는 에어(Aer)와 테라(Terra)는 무당산이 사라져서 어차피 중원에서도 얻을 수 없습니다. 다만 실프와 노움의 도움으로 얻을 수 있습니다. 무당산의 것보다 더 순수한 것으로 말이죠. 그것을 이용해서 무당파의 내공을 익히시게 될 겁니다."

"……."

"아직 전 어디까지 무당파의 규율을 계승하고 개선하며 폐지해야 할지 모릅니다. 그러니 일단은 규율을 따르겠습니다.

구배지례(JiuBaiZhiLi)를 통해서 절 스승으로 모시겠다 맹세하면 제 제자가 되고 무당파의 선공을 받을 것입니다."

시르퀸이 물었다.

"그것을 어떻게 해야 하는 것이죠?"

운정은 그녀 앞에서 구배지례를 한 번 몸소 선보였다. 그러곤 그녀에게 말했다.

"이렇게 아홉 번 제게 절하는 것입니다."

"그것만 하면 되나요?"

"그 이후 절 스승으로 받들겠다고 맹세하시면 됩니다."

"맹세란 엘프에게 적용되는 말이 아니에요. 우리는 거짓을 말하지 않아요. 그리고 스승(Teacher)보다는 마스터(Master)가 더 어울리는 단어가 아닌가요?"

그때 카이랄도 한마디 거들었다.

"제자(Student)도 디사이플(Disciple)이란 단어를 추천하지."

운정은 카이랄과 시르퀸의 말을 듣고 잠시 고민하고는 입을 열었다.

"좋습니다. 그렇다면 절 마스터로 여기겠다 말로 표현하시면 제가 당신을 제자(Disciple)로 받겠습니다. 그리고 구배지례 또한 한 번으로 줄입시다."

시르퀸이 고개를 끄덕이고는 운정 앞에 섰다. 그리고 그가 보여 주었던 구배지례를 했다. 그녀는 허리를 굽히고 양손을 뻗어 땅을 짚고 왼쪽 무릎을 먼저 꿇고 오른쪽을 맞추어 꿇은 뒤에 머리를 손등에 맞대고는 말했다.

"앞으로 운정 도사님을 마스터로 모시겠습니다."

운정은 고개를 끄덕이며 중어로 말했다.

"天地萬物始原和因果極點, 三淸……."

그가 말을 하다가 말자, 시르퀸은 고개를 들어서 운정을 올려다보았다.

"운정?"

운정은 고민이 가득한 표정으로 가만히 있다가 곧 공용어로 다시 말했다.

"지금 시각 이후로 신무당파(New WuDang Clan)의 파운더(Founder)인 나 운정은 시르퀸을 제자(Disciple)로 맞이하겠다. 시르퀸, 너는 이제부터 신무당의 제일대 제자(First Order)이며, 나를 도와 신무당의 기틀을 함께 마련하자."

시르퀸은 방긋 웃어 보이더니 말했다.

"예, 마스터."

운정은 한숨을 푹 하고 내쉬더니 말했다.

"우선은 엘리멘탈들을 단전에 부여하는 방법부터 찾아야겠지. 그것을 통해서만 내공을 익힐 수 있을 테니. 그 부분에 관해서는 왕궁에 함께 가서 스페라의 도움을 받아 보도록 하자."

"예, 마스터."

운정은 자신의 앞에서 기뻐하는 시르퀸을 보면서 싱숭생숭한 기분을 느꼈다.

그는 언젠가 자신이 누군가의 스승이 되는 것을 넘어서 무당파의 가르침에서 벗어나 새로운 계파의 가르침을 내리게 될 것을 예상했었다.

무당산의 정기를 되찾을 수 없다는 것은 곧 무당파의 가르침 중 상당 부분이 의미를 잃어버리는 것이다. 때문에 무당의 가르침을 이어 나가기 위해선 의미를 잃은 부분들을 모조리 새것으로 바꿔야 하며 그건 전적으로 운정만이 할 수 있었다. 그러니 그가 결정하는 대로 무당파는 새롭게 태어날 것이다.

그렇게 바꿔 나가려는 시도에서 엘리멘탈이 무당의 내공 속에 들어왔고, 그렇다 보니 마법 또한 추가되지 않을 수 없다. 그런 새로운 것을 사용하여, 무용지물이 된 무당의 가르침에 새로운 생명을 불어넣는다면 그것이야말로 무당을 진정으로 계승하는 것이다.

이것까진 좋다.

정리되었다.

하지만······.

어디까지 바꿔야 하는가?

어디까지 버려야 하는가?

어디까지 개선해야 하는가?

도대체 어디까지.

운정은 고개를 들었다. 그리고 눈을 감았다.

그러자 오래전에 잊어버렸다고 생각한 스승님이 눈앞에서 아른거렸다.

스승님은 포근한 미소를 짓고 운정을 바라보고 있었다.

운정이 눈을 떴고, 그의 두 눈에선 눈물이 흐르고 있었다.

"운정? 괜찮나?"

"마스터? 우시는 건가요?"

운정은 자신의 기분을 이해할 수도 없고 공감할 수도 없는 두 엘프를 보았다. 그들 사이엔 눈물로 흐려진 시야만큼이나 어쩔 수 없는 간극이 있다. 하지만 하나는 가장 많이 마음을 나누는 첫 친구이고, 다른 하나는 앞으로 무당파의 가르침을 이어 나갈 첫 제자다.

그들은 현재 그가 가장 아끼는 자들이다.

운정은 눈물을 닦아 냈다.

'나도 내가 왜 눈물을 흘렸는지 모르니, 그들과 내가 다르다 할 수 있겠는가?'

그의 입가에 실낱같은 미소가 자리 잡았다.

*　　　　　*　　　　　*

델라이의 집무실에 들어선 머혼은 고개를 숙여 델라이에게 인사했다.

"신 머혼이 국왕 전하를 뵙습니다."

"그렇게나 격식 차릴 것 없네. 난 애송이에 불과하니까."

머혼은 잠시 델라이의 말을 이해하지 못했다. 그러다가 델라이의 상 위에 놓인 초록빛 목걸이를 보고는 이해했다. 그것은 목소리를 녹음할 수 있는 아티팩트로, 지난밤 크라울과의 대화를 모두 녹음하여 왕궁에 보낸 것이다. 델라이가 그것을 모두 들은 모양이다.

머혼은 고개를 한 번 더 조아리며 말했다.

"당시 크라울 후작을 속이기 위해서 어쩔 수 없었다는 것을 잘 아시지 않습니까?"

델라이는 피식 웃더니 손짓했다.

"와서 앉게. 자네 생각을 더 듣고 싶군."

머혼은 그의 앞에 있는 소파에 가서 앉으며 말했다.

"제 촉으로는 물 것 같습니다."

델라이는 다리를 꼬면서 말했다.

"그래? 내가 봤을 땐 잔뜩 겁먹어서 그대로 황제한테 일러바치지나 않을까 하는데."

"신중한 것과 두려운 것은 다릅니다. 마치 비슷해 보이지만, 눈을 보면 알 수 있죠. 그는 두려워하지 않았습니다. 신중했지요."

"흐음. 그렇다고 해도, 꼭 제안을 받으리란 보장은 없지. 두려워서가 아니라 신중해서 황제에게 일러바칠 수도 있어."

"물론 그렇습니다."

"그가 만약 자네의 제안을 거절하기로 마음먹는다면 황제의 귀에 자네가 그런 제안을 했다는 게 바로 들어갈 것이네."

"그것은 그것대로 또 이용하면 됩니다. 그리고 제가 봤을 때, 황제가 그 이야기를 들으면 오히려 크라울 후작에게 거래를 하라고 부추기리라 생각합니다."

"오호? 왜?"

머혼은 상의 단추를 몇 개 풀어 헤치면서 자신의 생각을 말했다.

"낚시라고 하기에는 미끼가 너무 큽니다. 낚시란 것을 알고도 물 수밖에 없을 만큼 말입니다."

델라이는 고개를 끄덕이며 말했다.

"멜라시움 제조법 말이지. 하긴, 사실상 그게 델라이를 지탱하는 가장 큰 기둥이지."

머혼이 몸을 앞으로 기울이며 말했다.

"천년제국에서 그것을 얼마나 탐냈는지 아시지 않습니까? 우리가 아는 것만 해도 스무 번이 넘어갑니다. 타노스 자작이 회유될 수 없다는 것을 깨닫고는 암살 시도까지 있었습니다.

지금도 현재진행 중이고요. 타노스 자작에게 가족이 없어서 다행이지, 만약 아들 하나라도 있었으면 진작 그 아들을 물고 늘어져서라도 멜라시움 제조법을 알아냈을 겁니다."

"그만큼 대단한 물질이니까."

델라이의 표정에 자부심이 떠올랐다. 그러나 동시에 그의 눈빛이 차갑게 가라앉았다.

그것을 본 머혼은 조심스레 물었다.

"뭔가 염려되시는 부분이 있습니까?"

델라이는 머혼의 눈치를 보다가 마지못해 고개를 끄덕였다.

"미스릴 제조법을 알아내는 대신에 멜라시움 제조법을 준다. 사실 나하고 머혼 백작 둘이서 비밀스럽게 진행해서 가능한 거지, 대신들이 알았다면 한 명도 빼놓지 않고 반대했을 것이네. 포트리아 백작은 아마 기사단을 움직여서 자네를 체포하려 할걸? 솔직히 말하면, 내 왕권까지 이번 일에 달려 있어. 국가 기밀 유출은 국가반역죄에 해당하고 국가반역죄로는 왕족도 처형할 수 있으니."

"전하, 다시 말씀드립니다만, 멜라시움은 이제 아무런 쓸모도 없습니다. 그 무림인이 주먹으로 완전히 깨부수는 것을 두 눈으로 보시지 않으셨습니까? 각종 테스트 결과 그 놀라운 무림인의 기술이 동원될 시 미스릴이 압도적으로 강력합니다. 중원의 내공이 파인랜드에 보급되기 전에 이를 미리 선점해야 합니다."

델라이는 자신의 턱을 만지작하며 말했다.

"그래서 말인데, 대신들에게 말하는 건 어떤가?"

"예?"

"그 놀라운 광경을 대신들도 다 봤잖아? 그들도 멜라시움이 더 이상 의미가 없게 되었다는 것을 깨달았겠지. 그러니 이것을 은밀히 진행하되, 적어도 대신들의 의견을 들어서 합의한 후 진행하는 것이 좋지 않겠나?"

머혼은 눈을 반쯤 감으며 답답하다는 듯 말했다.

"사람들의 인식은 쉽게 바뀌지 않습니다. 멜라시움이 여전히 좋다고 생각할 겁니다. 또한 대신들에게 말하면 첩자를 통해 천년제국에게 정보가 넘어갑니다. 안 그래도 우리가 중원과 교류하고 있다는 사실을 크라울 후작은 이미 알고 있었습니다. 조금만 더 시간이 흐르면, 중원의 기술을 사용할 때 미스릴이 최강의 금속이 될 것이라는 정보도 얻게 될 것인데, 그전에 미스릴 제조법을 얻어야 합니다."

델라이는 얼굴을 반쯤 찡그리며 뜸을 들이다가 말했다.

"그것도 조금 그래. 미스릴이 최강이 되는 건 알겠는데, 마법은 어떻게 하겠는가? 애초에 미스릴이 멜라시움보다 뒤처지는 것은 내마성 때문이 아닌가? 그러니 미스릴이 최고여도 멜라시움이 계속해서 쓰이지 않겠는가?"

머혼은 눈을 한 번 질끈 감고는 설명했다.

"멜라시움에는 중원의 기술이 전혀 통하지 않습니다. 그 마나를 불어넣는 게 전혀 되지 않는다는 말입니다. 그러니까, 마나를 넣어서 강화시킬 수 없으니, 미스릴까지 갈 것도 없이 일반 철검에도 통나무처럼 썰립니다."

"……."

"다시 말하면 멜라시움의 그 무거운 무게를 견뎌 보았자, 결국 얻는 이점이라곤 내마성 하나라는 겁니다. 강도고 경도고 전부 다 마나를 불어넣는 중원의 기술에 상대조차 되지 않습니다. 그래서 제가 또 말씀드리지 않았습니까? 어차피 내마성 하나만 볼 거면 멜라시움이 아니라 가볍고 활용성이 높은 나리튬(Naritium)을 쓰는 게 좋다고요."

"근데 그건 또 미스릴과 함께 쓸 수 없다고 하지 않았는가? 금속과 가까우면 내마성을 잃는다고……."

머혼은 결국 델라이의 말을 잘라 버렸다.

"그러니 그 방도를 찾으려고 오늘 또 운정 도사를 불러서 다양한 테스트를 하고 있습니다. 파인랜드와 중원, 각각에서 발전한 모든 무술과 마법을 종합적으로 고려해서, 가장 완벽한 형태의 아머를 만들 겁니다. 그러면 그 힘으로 전하와 제 꿈을 실제로 이룰 수 있게 됩니다. 왜 그것을 모르십니까?"

델라이는 입술을 굳게 닫다가 나지막하게 말했다.

"그냥 멜라시움을 넘기는 것도 아니고 멜라시움 제조법을 넘기는 거야. 당연히 신중할 수밖에 없지 않은가? 고작 미스릴 제조법을 위해서 멜라시움 제조법을 넘기려고 하다니."

머혼은 이젠 답답함을 넘어서 의아함을 느꼈다. 이 계획을 세울 때만 해도 과감하고 또 주도적으로 나서던 델라이가 막상 진행되고 있으니 왜 이렇게 소극적으로 변했을까?

머혼은 대놓고 묻기로 했다.

"이 이야기를 누구에게 했습니까?"

"……."

말이 없는 것을 보니, 한 듯하다.

머혼은 침묵하고 있는 델라이를 보며 그가 누구에게 조언을 얻으려 했을지 단박에 알 수 있었다.

"포트리아 백작입니까?"

델라이는 한숨을 푹 쉬며 말했다.

"이미 어느 정도 알고 있더군. 자네와 운정 도사, 그리고 타노스 자작이 모여서 이런저런 테스트를 한다는 이야기를 들었나 봐."

머혼은 긴장감이 역력한 표정으로 물었다.

"설마 멜라시움 제조법을 넘긴다는 걸 말씀하신 건 아니지요?"

델라이는 고개를 저었다.

"그럴 리가. 다만, 자네와 함께 의회도 모르는 어떤 은밀한 일이 진행되고 있다는 것까지만 말해 주었네. 그러자 자네에게 휘둘리지 말라고 조언하더군. 자네는 목적을 달성하기 위해서 수단과 방법을 가리지 않는 수준을 넘어서 파괴하는 지경이라고."

머혼은 순순히 인정했다.

"포트리아 백작은 확실히 사람 보는 눈이 있지요."

델라이는 기가 찬다는 듯 말했다.

"인정하는 겐가?"

머혼은 어깨를 들썩이더니 말했다.

"사실 제 창의력은 거기서 나오는 겁니다. 제가 아니라면 미스릴 제조법을 얻기 위해서 멜라시움 제조법을 내주자는 생각을 누가 했겠습니까?"

"그건 그렇지."

델라이의 눈빛에는 여전히 불안감이 감돌고 있었다. 이계와의 교류 때부터 지금까지 모든 일에 강한 리더십을 발휘하던 그와는 사뭇 다른 모습이었다.

머혼은 심호흡을 하면서 말했다.

"정 불안하시다면, 계획을 취소하겠습니다. 아직 멜라시움 제조법을 넘긴 것도 아니니, 돌아올 수 없는 강을 건넌 것은 아닙니다. 아무쪼록 전하께서는 심사숙고하신 뒤 제게 말씀해 주십시오. 그럼 전 이만 테스트를 지켜보러 가 보겠습니다."

"아, 벌써 가는 건가?"

"더 하실 말씀 있으십니까?"

"아니, 없네."

"그럼 이만."

머혼은 자리에서 일어나서 살짝 고개를 숙인 뒤에, 집무실 밖으로 나갔다.

문을 열자 포트리아가 정면에 서 있었다.

"머혼 백작."

고개를 살짝 끄덕이며 인사하는 포트리아는 강한 눈빛으로 머혼을 뚫어지게 보았다. 집무실의 문은 닫혀 있는 동안 어떠한 소리도 밖으로 새어 나가지 않게 설계되어 있다. 하지만 머혼은 포트리아가 마치 안에서의 대화를 모두 들은 것 같아 보였다.

머혼은 딱딱한 목소리로 말했다.

"길을 비키시지요, 포트리아 백작. 나가는 사람이 먼저 아닙니까?"

그의 말을 들은 포트리아는 눈썹을 위로 올리면서 슬쩍 옆으로 물러나며 말했다.

"항상 유쾌하시고 밝으신 머혼 백작께서 이토록 기분이 안 좋으시다니 어떤 염려가 있으신지 궁금합니다. 델라이 왕국의 모든 실권을 장악하신 머혼 백작에게 도대체 무슨 걱정거리가 있을 수 있단 말입니까?"

머혼은 입술을 살짝 비틀더니, 갑자기 환하게 웃음을 지으며 포트리아를 보았다.

"전혀요. 그럼, 포트리아 백작."

머혼은 천천히 앞으로 걸어 나갔고, 포트리아는 그런 그의 뒷모습을 한참 지켜보며 중얼거렸다.

"전혀요? 받아치지도 않고 그냥 가다니⋯⋯."

델라이는 문 앞에 선 채로 가만히 있는 포트리아를 향해 말했다.

"포트리아 백작? 밖에서 기다린 것인가?"

포트리아는 몸을 돌려 델라이의 반대편에 있는 소파에 앉으려 했다. 하지만 그 부분이 살짝 안으로 들어가 있는 것을 보고는 획 몸을 돌려서 그 옆에 앉았다.

포트리아는 비어 있는 상을 보곤 말했다.

"웬일로 차를 드시고 계시지 않습니까?"

델라이는 고개를 살짝 흔들며 말했다.

"중원의 차 맛에 익숙해져 버려서 말이야. 어느 순간부터 민트 티가 별로더군. 곧 더 많이 수입될 걸세."

"하기야, 차는 중원의 것이 좋지요."

델라이는 손바닥을 보이며 말했다.

"그래서, 포트리아 백작은 무슨 일로 날 찾았는가?"

포트리아는 집무실의 문이 닫히는 것을 한 번 보고는 말했다.

"소론(Soron)에서 미확인 기사단의 군사 활동이 감지되었습니다."

그 말을 듣자 델라이의 표정이 일순간 왕의 그것으로 바뀌었다. 그는 눈을 날카롭게 뜨며 말했다.

"미확인? 어딘지 대강이라도 모르는가?"

"확인 중입니다만, 끝까지 알아내지 못할 가능성이 높습니다."

"왜?"

"일절 증거를 남기지 않습니다. 게다가 그들의 목적이 불투명합니다. 무엇을 위해서 움직이는지 알 수 없으니, 어디서부터 온 기사단인지도 모르지요."

"소론 왕은 알고 있나? 아니면, 아직 우리만 아는 정보인가?"

"알고 있습니다. 그들이 먼저 알고 기사단 파견을 요청했습니다. 그들의 무력으로 어찌할 수 없나 봅니다."

"어느 수준인데?"

"확인된 것은 총 삼십 명. 기본 아머가 아디만티움(Adamantium)이며 멜라시움 무기와 방패도 확인되었습니다."

"적어도 사왕국급이로군."

"흑기사단이 아니면 상대할 수 없을 듯합니다."

"흑기사단을? 흐음, 백기사단으로는 안 되나?"

"워메이지도 셋 이상 확인되었습니다. 같은 아디만티움이거나 멜라시움이 아니라면, 세 배가 넘는 인원을 투입해야 그나마 싸움이 될 겁니다. 만약 사상자를 최소로 두려면 적어도 다섯 배가 필요합니다."

"흑기사는 보내는 데 마나스톤이 너무 많이 소비되는데… 흠. 아쉽게 되었어."

"어떻게 하겠습니까?"

"포트리아 백작 생각은 어떤가?"

포트리아는 헛기침을 하며 목을 가다듬고는 미리 생각한 바를 말했다.

"다행히 슬롯 경이 모두 회복되었다고 합니다. 그가 흑기사단 스무 명 정도를 이끌고 간다면 충분히 제압할 수 있을 겁니다."

"워메이지는?"

"정면 대결을 하면 사상자가 나올 수도 있습니다. 또 거기서 대치하기로 작정할 경우 일이 길어지기도 합니다. 차라리 스페라 백작에게 부탁하여 그 지역 일대를 전부 노매직존(No Magic Zone)으로 만들어 버리는 것이 좋습니다."

"한 일대를 전부? 그렇게까지 하면서 마나스톤을 낭비해야 겠는가? 이미 흑기사단을 보내는 것만으로도 천문학적인 액 수야. 내가 마법은 잘 모르지만, 그 정도의 스케일이라면 델라 이의 현 재정으론 버거울 것이네."

"어차피 마나스톤은 중원에서 채울 것이지 않습니까? 마나 스톤보다 중요한 건 기사들입니다. 다른 누구도 아닌 흑기사 이지요. 한 명이라도 잃는 쪽이 더 치명적입니다."

"……."

"제 조언은 여기까지입니다. 전하께서는 기사들을 아낄지 아니면 마나스톤을 아낄지 그것을 선택하셔야 합니다."

"……."

"언제 그들이 종적을 감출지 모르는 일입니다. 한시가 급하 죠."

델라이는 잠시 눈을 감고 있다가 곧 자신의 생각을 그녀에 게 말했다.

"좋은 생각이 있네. 들어 보게. 잘만 되면 스무 명까지 안 보내도 될 거야."

그의 눈동자는 마치 머혼의 그것처럼 변해 있었다.

*　　　　*　　　　*

스페라는 복도 저 멀리 보이는 머혼을 보고 크게 외쳤다.

"머혼 백작!"

머혼이 멈춰 서서 스페라를 보자, 스페라는 넓은 발걸음으로 팔을 앞뒤로 크게 왕복하며 그에게 후다닥 뛰어왔다.

머혼은 질색하며 말했다.

"애도 아니고… 아이시리스도 그렇게 오진 않습니다, 스페라 백작."

스페라는 씨익 웃더니 말했다.

"운정 도사 보러 가시는 길 맞나요? 나돈데, 같이 가요."

머혼은 눈살을 찌푸렸다.

"스페라 백작이 그곳으로 왜 갑니까?"

스페라는 자기 가슴을 툭툭 치며 말했다.

"제작부에서 마법부에 대량의 마나스톤과 마법사 한 명을 신청했어요. 딱 봐도 타노스 자작이 운정 도사한테 마법을 써 보려는 것 같아서 제가 가기로 했죠."

"스페라 백작께서 굳이 가시지 않으셔도 되지 않습니까?"

"마법사 한 명을 누구라고 딱 꼬집어서 말하지 않았으니, 저도 갈 수 있는 거 아닌가요, 머혼 백작?"

"그야, 뭐."

머혼은 떨떠름한 표정으로 걸음을 옮기기 시작했다.

스페라는 그와 나란히 걸으며 양팔을 머리 뒤로 교차하며 말했다.

"계획은 잘되어 가나요?"

머혼의 눈이 반쯤 감겼다.

"어디까지 아십니까?"

스페라는 방긋 웃으며 말했다.

"머혼 백작의 저택 주변에서 장거리 공간마법이 확인되었다는 거? 그리고 그게 천년제국의 크라울 후작 영지와 이어져 있었다는 거? 뭐, 그 정도. 근데 델라이 왕국 내에서 그만한 마법력을 나 모르게 동원할 수 있다니 역시 대단해요, 머혼 백작."

머혼의 걸음이 멈추고는 스페라를 돌아봤다.

"결국 아셨잖습니까."

"운이 좋았지요. 파티 후 그냥 자기 영지로 돌아간 날라리 귀족들이 많아서. 그들을 돌려보내느라 공간에 민감해진 상태여서 겨우 알 수 있었지요."

"혹 다른 누구에게도 말씀하셨습니까?"

스페라는 그런 머혼을 보며 한쪽 입꼬리를 올렸다.

"진짜 매번 적응이 안 되네요. 왕궁 내에서만 이렇게 나한테 당당하게 구는 거."

"그야 여기선 마법을 못 쓰시니까요."

"그러니까 그건 알겠는데, 그렇다고 너무 노골적으로 태도가 바뀌는 거 아니에요? 왕국 밖에서 내가 무슨 해코지를 할지 모르는데?"

"태도가 바뀌는 건 그렇게 말씀하시는 본인도 마찬가지입니다, 스페라 백작. 본인은 잘 모르시겠지만, 마법을 쓸 수 있을 때와 마법을 쓰지 못할 때, 스페라 백작도 매우 다릅니다. 특히 국가의 지원을 받아 완전무장 하셨을 때는 왕조차도 개미 새끼로 보실 정도로 콧대가 높아지시죠."

"……"

"그리고 우리 관계는 이제 그런 자잘한 건 서로 그냥 넘어갈 정도 아닙니까?"

머혼은 다시 걷기 시작했고. 스페라도 따라 걸었다.

스페라는 조심스럽게 물었다.

"그래서 계획이 정확하게 뭔데요?"

"멜라시움 제조법을 팔아서 미스릴 제조법을 살 겁니다."

스페라는 우두커니 서 버렸고, 머혼은 그녀보다 한 발자국 더 내딛고는 그녀를 뒤돌아보았다.

스페라는 경악한 표정으로 그를 보며 말했다.

"그냥 그렇게 말해 버리네요."

머혼은 어깨를 들썩였다.

"뭐, 주변에 아무도 없지 않습니까? 그리고 스페라 백작께선 알아내고자 한다면 충분히 알아내실 만한 능력이 있으시니까요."

"······."

"일단 걸으실까요? 그쪽에서도 기다리는 거 아닙니까?"

스페라는 어이가 없다는 듯 중얼거렸다.

"누가 미치광이라는 건지······."

스페라는 다시금 걷기 시작했고, 머혼도 그녀를 따라서 걸었다.

그들은 곧 타노스 자작의 대장간에 도착했다.

문을 열고 들어가자, 정중앙에 서 있는 운정이 그들을 보았다. 그는 중원의 의복과도 비슷한 형태의 백의를 입고 있었는데, 그 위로 희미한 금실이 떠올라 있었다. 그리고 한 손에는 그가 전에 받았던 미스릴 검을 들고 있었다.

타노스 자작은 한 손에 큰 종이를 들고 한 손에는 펜을 든 채로 무언가에 열심히 몰두하고 있었다. 그러다가 스페라와 머혼이 들어오는 것을 보곤 그것들을 옆에 있는 상에 내려놓으며 말했다.

"오셨습니까, 머혼 백작님. 한데 스페라 백작님께서는······."

스페라는 운정에게 눈을 고정한 채로 대답했다.

"마법사가 필요하다 해서 왔어요. 그런데 운정 도사님은 멋들어진 옷을 입고 계시네요? 뭐예요?"

운정은 포권을 취했다.

"타노스 자작께서 만들어 주신 옷입니다."

그들이 타노스를 보자, 그의 얼굴에 자부심이 떠올랐다.

"오, 그래요?"

스페라가 되묻자 운정이 말을 이었다.

"그리고 전처럼 말 놓으셔도 됩니다."

"내가요? 언제요?"

"전에 카이랄과 있었을 때, 놓으셨습니다."

"아… 맞다. 그거야 그 다크엘프가 말을 놓으니까 분위기에 휩쓸려서 그랬던 거 같아요."

"먼저 놓으셨습니다."

"……."

"그리고 전 정말 괜찮습니다. 제 스승님이시니까요."

"그, 그렇다면야, 뭐."

스페라가 민망해하는 사이, 타노스는 운정에게로 걸어가서, 그 소매를 잡아 펼쳐 보이면서 머혼에게 말했다.

"나리튬을 실로 뽑아서 옷 위에 마법저항의 의미가 담긴 문양을 그려 넣었습니다. 주변에 금속이 전혀 없다 보니 강력한 내마성을 지니게 되었지요."

스페라는 흥미롭다는 시선으로 그것을 보며 말했다.

"내마성을 지닌 천 옷이라… 갑옷은 쓰지 않을 생각인가 보죠? 그래도 갑옷이 있는 게 좋지 않을까요?"

머혼은 얼굴이 조금 어두워진 채 그 질문을 거들었다.

"운정 도사님의 생각은 어떻습니까? 갑옷이 없는 게 더 좋다고 생각하십니까? 갑옷이 없다면 한 번의 공격만으로도 치명상을 입게 될 텐데요."

운정이 나지막하게 대답했다.

"그렇기에 무공의 방어법은 상대방의 공격을 무기로 받아넘기거나 회피하는 식으로만 발전하였습니다. 파인랜드의 검술이나 방패술처럼 피해가 거의 없는 부위를 일부러 맞으면서 상대의 자세를 흩뜨리는 방식은 전무하다시피 합니다. 하지만 그 방식은 그 방식 나름대로 장점이 있습니다."

머혼은 그래도 운정이 갑옷에 장점이 있다고 인정한 부분에서 안도했다.

파인랜드가 공급하는 초합금속의 활용도가 클수록, 중원에 대한 파인랜드의 영향력이 커진다. 때문에 갑옷까지 쓰이는 쪽이 파인랜드에겐 더 좋은 소식이다.

머혼이 되물었다

"어떤 부분이 그렇습니까?"

운정은 양팔을 펼쳐 보이며 말했다.

"무림인들은 상대의 발경을 도저히 방어할 수 없을 때, 반탄지기를 사용합니다."

"반탄지기(FanTanZhiQi)?"

"온몸으로 마나를 내뿜는 것입니다. 공격은 한 부분인데 방어는 온몸으로 하니, 당연하지만 그 효율이 너무나도 떨어집니다. 게다가 맨몸으로 하는 것이기 때문에 철검에서 뿜어진 검기를 맞상대하기에도 질적으로 떨어지지요. 하지만 갑옷을 입고 있다면, 그 갑옷의 한 부분을 내력으로 강화시켜 방어하는 것이 가능할 것입니다. 이른바 갑옷의 무공, 갑공(甲功)이 되겠군요. 왠지 그것은 황궁 쪽에서 더 자세히 연구할 법합니다만."

"갑공(JiaGong)⋯⋯."

운정의 말을 따라 말한 머혼은 솔직히 운정이 무슨 말을 하는지 잘 이해할 수 없었다. 그러나 무공이 파인랜드에 도래한다고 해서 갑옷이 사장되지 않을 것이라는 정도로 이해했다.

스페라는 타노스에게 말했다.

"그럼 마나스톤하고 마법사를 부른 이유는 저 천 옷의 내마성을 시험해 보고 싶어서 그런 건가, 타노스 자작?"

타노스는 고개를 조아리며 말했다.

"네. 그런데 스페라 백작께서 직접 오실 줄은 몰랐습니다. 그저 워메이지급 한 명만 있으면 되긴 합니다만, 귀찮게 해 드린 것이 아닌가 합니다."

"아니야, 괜찮아. 내가 좋아서 왔으니까. 그럼 일단 왕궁 밖으로 나가야지. 여기선 마법을 쓰지 못하니."

타노스가 말했다.

"제작부의 금속제조실에선 마법을 쓸 수 있습니다. 공기가 조금 탁하긴 하지만 기밀을 위해서 그곳이 좋을 듯합니다만."

스페라는 고개를 저었다.

"왕궁 뒤쪽에 있는 NSMC(National Spatial Magic Circle: 국립 공간마법진)에서도 가능해. 거긴 보안이 철저해서 그곳 안에서 일어나는 일은 아무도 알 수 없으니까, 그곳에서 테스트하지. 머혼 백작의 생각은 어때요?"

머혼은 머리를 긁적이더니 말했다.

"금속제조실은 바로 이 방 아래에 위치해 있습니다. 중간중 간 이곳에 올라와서 다른 금속들도 테스트해야 할지 모르니 그냥 가까운 곳에서 하는 게 좋지 않습니까?"

스페라는 얼굴을 반쯤 찡그리더니 말했다.

"이 아래? 여긴 황궁 안이잖아?"

"……."

"……."

다들 아무런 말을 하지 않았다.

스페라는 대강 분위기를 눈치채곤 말을 둘러댔다.

"공기 안 좋은 곳은 피부에도 안 좋은데. 뭐, 알겠어요. 왔 다 갔다 하기도 귀찮으니. 타노스 자작, 안내해."

타노스는 머혼을 슬쩍 보았다. 머혼은 고개를 끄덕여 보인 뒤에 한쪽으로 걸어가서, 벽면 한 곳을 눌렀다. 그러자 큰 울림과 함께 벽 한쪽이 열려 아래로 향하는 계단이 나타났다.

스페라는 눈빛을 빛내며 말했다.

"기계공학? 아직도 왕궁에 기계공학이 남아 있어?"

그 질문은 타노스를 향한 것이었지만, 타노스는 가만히 있었고 머혼이 대답했다.

"마법을 쓰지 못하는 곳에서 그만큼 유용한 것도 없습니다."

"……."

"그럼 다 같이 내려가 보실까요."

타노스는 자료들을 가지고 먼저 앞장섰고, 그 뒤로 머혼, 스페라, 그리고 운정까지 모두 따라갔다.

금속제조실의 공기는 타노스의 말대로 매우 탁했다. 머혼은 기침을 하며 입을 막았다. 스페라는 인상을 찌푸렸지만, 곧 그녀의 피부에서 느껴지는 마나의 흐름 때문에 그나마 기분이 나아졌다. 운정 또한 기가 전혀 없는 곳에 있었다 보니, 그 미약한 대자연의 기운조차 그토록 반가울 수가 없었다.

타노스가 한쪽 벽면에 있는 마나스톤을 살짝 누르자, 금속제조실의 천장에 마법의 불이 들어왔다.

그곳은 위층에 있는 대장간보다 훨씬 넓었다. 목적을 전혀 유추할 수 없을 만큼 괴상하게 생긴 기계들이 가득 차 있었는데 그 위로 그려진 마법진은 스페라도 처음 보는 종류였다. 금속제조실이라 했으니, 멜라이의 기밀 중 기밀인 멜라시움도 이곳에서 제작되는 것으로 보였다.

스페라와 운정이 그 중간쯤에 서자, 타노스는 자신이 가져온 자료들을 찬찬히 훑어보며 말했다.

"일단 미스릴 검을 든 채로 전투에 임하시게 될 것이니, 그대로 테스트해 보겠습니다. 일단 스페라 백작께서는 가장 기본적인 미사일(Missile)을 발사해 보시지요."

"뭐? 요즘 그걸 쓰는 사람이 누가 있다고?"

"일단은 부탁드립니다. 처음부터 하나씩 확인해야 정확하게 측정할 수 있습니다. 그리고 운정 도사님은 가만히 서서 맞아 주시면 됩니다. 내력으로 몸을 보호하되, 마법을 직접적으로 막으려 하시면 안 됩니다."

운정은 고개를 끄덕이곤 내력을 끌어올렸다.

스페라는 짜증 난다는 듯한 표정을 지었지만, 앞으로 오른손을 휙 내저었다. 그러자 공중에서 그녀의 지팡이가 확 하고 나타나 그녀의 손에 잡혔다. 그녀는 왼손을 주머니 속에 넣어서 작은 마나스톤을 꺼내더니 말했다.

[미사일(Missile).]

시전어가 떨어지자, 그녀의 지팡이 앞에 마나가 모여들더니 순수한 마나의 화살이 운정을 향해 날아가기 시작했다. 운정은 그것을 보면서 놀라지 않을 수 없었다.

인간의 특색이 전혀 담기지 않은 대자연의 기운 그 자체. 그것을 발경한다면 저렇게 되는 것일까? 저것이야말로 백도가 추구하는 가장 순수한 기가 아닌가?

운정이 그런 생각을 하는 도중 미사일은 운정의 몸에 닿았다. 그리고 그 순간 천 옷의 황금빛 문양이 은은한 빛을 내며 운정의 몸을 밝혔고, 미사일은 완전히 소멸해 버렸다.

타노스는 자료들을 훑어보면서 말했다.

"몇 써클(Circle)입니까?"

스페라는 눈초리를 좁히며 말했다.

"미사일? 흐음, 몇이었더라. 아니, 써클은 왜 물어보는데?"

"내마성 측정에 중요한 부분입니다. 기억나지 않으십니까?"

스페라는 귀찮다는 듯 말했다.

"아마 2써클일걸?"

"그럼 그레이터 미사일(Greater Missile)을 사용하실 수 있습니까?"

"GM은 또 왜?"

"일단 나리튬이 잘 작동하는 것을 확인했으니, 그 위력을 알고 싶습니다. 나리튬의 내마성은 A급, 다시 말하면 7써클 아래까지 무효이고 8써클은 확률적 성공입니다. 그레이터 미사

일은 6써클이라고 하니까 수월하게 막는지……."

스페라는 그 말을 잘랐다.

"진작 그렇게 말하지. 내가 잘 쓰지도 않는 마법을 쓰라고 해. 7써클이면 되는 거지? 내가 하나 확실히 알고 있는 게 있으니까, 그걸로 하지. 대체 언제적 써클 타령을 하는 건지, 요즘 견습마법사들은 그거 배우지도 않아."

"예, 압니다. 일단 주변에 영향이 가장 적은 것으로……."

스페라는 지팡이를 앞으로 뻗으며 타노스의 말을 잘랐다.

[그레이터 임플로젼(Greater implosion)!]

그러자 운정의 옷에서 휘황찬란한 황금빛이 갑자기 일어나 그 방 안을 뒤덮듯 했다. 머혼은 고개를 돌렸고, 스페라는 지팡이로 눈을 가렸으며, 타노스는 억지로라도 그 광경을 보려 했다.

황금빛은 점차 사그라지기 시작했고, 곧 종적을 감췄다.

운정은 자신의 옷을 내려다보며 말했다.

"보아하니, 마법의 힘을 황금빛으로 바꾸는군요."

타노스는 한숨을 깊게 내쉬면서 말했다.

"자칫 잘못했다가는 마법이 시전되어 폭발할 뻔했습니다."

스페라는 어깨를 들썩이더니 말했다.

"그랬으면 내가 다 살려 줬을 테니 너무 걱정 말아. 그나저나 나리톰? 저거 재밌네. 그레이터 임플로젼을 막을 정도면

웬만한 마법은 다 막아 주잖아? 저거 마법사들은 안 쓰는 거 야?"

타노스가 나지막하게 설명했다.

"나리튬은 기사의 망토나 마법사의 로브에 기본적으로 다 있습니다. 때문에 써클 마법이 크게 힘을 쓰지 못하는 것이지 요. 확률적이긴 하지만 8써클까지 막아 버리니까요. 그래서 단순 써클 마법으로는 그랜드위저드도 망토를 두른 기사 한 명을 제대로 상대할 수 없습니다."

스페라는 눈을 위로 올리곤 말했다.

"아하. 그래서 써클 마법이 사장된 거였어? 몰랐네."

"설마 스페라 백작께서 그걸 몰랐다니 의외입니다."

"나는 다른 이유로 알고 있어서. 서로 배우는 학문이 다 르니까, 이유도 다르게 보겠네. 하여간 그래서 파워 워드 킬(Power—Word Kill)을 전문적으로 익히는 워메이지만 기 사들한테 쓸모 있구나. 9써클이니까. 그런데… 그러면 나리 튬은 워메이지를 상대로 의미가 없잖아?"

타노스는 그 질문을 듣고는 씨익 웃으며 말했다.

"나리튬이 8써클 이상 마법을 막지 못하는 이유는 그 이상 의 마법이 황금빛을 내는 것으로 대체할 수 없을 만큼의 카오 스를 가졌기 때문입니다. 하지만 운정 도사께서 만약 나리튬 에서 일어나는 카오스를 진정시킬 수 있다면 이 상위의 마법

도 방어할 수 있으리라 생각합니다. 제가 오늘 테스트하고자
하는 것이 바로 그것입니다."

운정은 고개를 갸웃했다.

"어떻게 말입니까?"

"전에 말씀하신 그 무림인의 내력과 심력을 이용해 보는 겁
니다! 만약 가능만 하다면, 나리튬으로 멜라시움에 근접하는
내마성을 얻을 수 있을 겁니다."

타노스의 목소리에서는 은은한 흥분이 묻어 나오고 있었
다.

                    *   *   *

머혼은 깜박 잠이 들었다가 눈을 떴다. 타노스는 한쪽에
미리 따라 두었던 물컵을 들고 그에게 내밀면서 말했다.

"많이 피곤하신가 봅니다, 머혼 백작님."

머혼은 눈을 비비더니 타노스가 준 물컵을 보았다. 그것을
집어 든 그는 물을 벌컥벌컥 마시더니 곧 눈앞에 초점을 모았
다.

그곳에는 운정과 스페라가 한창 내마성을 테스트를 하고
있었다. 잠결로 인해 멀어졌던 청각이 돌아오면서 스페라가
하는 말이 들리기 시작했다.

그녀는 자신의 지팡이를 운정을 향해 뻗으며 말했다.

"마법은 절대성을 가지고 있어. 그리고 그 절대성은 단계별로 이루어져 있지. 절대적인 것과 또 다른 절대적인 것은 그 안에서는 상대적이야. 하지만 그보다 한 차원 더 절대적인 것에는 상대적일 수 없지. 마치 건물의 층을 생각하면 돼. 같은 층에서는 상대적인 강함과 약함이 있지만, 높은 층에는 절대로 이길 수 없지."

"그것이 써클(Circle)이라는 겁니까? 한 번도 제게 가르쳐 주시지 않았었습니다."

"나도 잘 모르니까. 그건 이제 과거의 유산이야. 사장된 것이지."

"왜 사장되었죠?"

스페라는 잠시 고민하며 말했다.

"다시 말하지만, 나도 많이 알지는 못해. 내가 아는 건, 그런 식의 구분법은 낮은 써클에선 완벽하다시피 설명하지만, 높은 써클에선 상당히 모호해진다는 것이지. 그래서 9써클 이상의 써클이 없는 거야. 그 이상으론 단계를 나누는 것 자체가 불가능할 정도로 구분법이 모호해져 버려서."

"혹 예를 들어 주실 수 있습니까?"

스페라는 지팡이를 들고 반원을 그렸다. 그러자 그녀의 지팡이로부터 사람의 손가락만 한 작은 불꽃이 화르륵 피어올랐다.

"내 전문인 화염마법으로 설명할게. 이건 1써클인 파이어 볼트(Fire bolt)야. 그리고 이건 2써클인 파이어 볼(Fire ball)이지."

그녀의 말이 끝나자 작은 불꽃 위로 다른 불이 피어올랐는데, 그것은 사람의 주먹만 한 크기였다.

스페라가 지팡이를 떨자, 손가락만 한 작은 불꽃들이 그 떨림에 맞춰서 먼지처럼 떨어져 나왔다. 그리고 둥실 날아오르더니, 모두 함께 두 번째 주먹 같은 불꽃으로 쏘아졌다.

그런데 주먹 같은 불꽃은 그 불들을 집어삼키면서 더욱 강해질 뿐이었다.

스페라가 말했다.

"파이어 볼트로 아무리 쏜다 한들 파이어 볼을 이길 수는 없어. 수백, 수천, 수만의 파이어 볼트가 쏘아져도 파이어 볼은 그 불을 삼키고 자기가 커질 뿐이야. 하지만 상위 써클에선 이야기가 달라져."

그녀가 왼손으로 주먹을 쥐었다 폈다. 그러자 불꽃들이 한순간에 모조리 사라지며 하나의 작은 폭발을 낳았다. 하지만 역시 크기는 사람의 주먹만 했다.

그것은 마치 별처럼 안에서부터 끊임없는 폭발을 일으키고 있었는데, 보이지 않는 막에 의해 공 모양의 형태를 유지하고 있었다.

"6써클인 임플로젼(Implosion)이야. 그리고 이건 7써클인 그레이터 임플로젼(Greater Implosion)이지."

스페라가 왼손을 들었다. 그리고 다섯 손가락을 모아서 지팡이 앞의 끊임없이 폭발하는 구체에 가져갔다. 그 다섯 손가락이 그 구체의 중심을 뚫자, 중심에선 전보다 훨씬 더 강력한 폭발이 일어났다.

스페라는 송곳처럼 만든 다섯 손가락을 활짝 펼쳤다. 그러자 그 강력한 폭발에서부터 처음 정도의 폭발을 가진 다섯 개의 폭발하는 구체가 각각의 손가락 끝에 걸렸다.

손바닥에 큰 폭발.

각각 다섯 손가락 끝에 작은 폭발.

스페라는 손을 모으며 말했다. 그러자 손가락 끝에 걸린 다섯 개의 작은 폭발들이 손바닥에 있는 큰 구체에 몰려들었다.

"그레이터 임플로젼은 임플로젼보다 상위 써클이지. 이론상으로는 얼마나 많은 임플로젼을 그레이터 임플로젼에게 퍼붓는다고 해도 그레이터 임플로젼이 상쇄되면 안 돼. 하지만 우습게도 임플로젼 다섯 개만 모여도 이렇게 되지."

다섯 작은 폭발들이 큰 폭발 속으로 비집고 들어가기 시작했다. 그러자 큰 폭발은 그 작은 폭발들을 어떻게든 막아 내려 하다가 곧 그 맹렬한 침투를 이기지 못하고 곧 화르륵 불꽃으로 사라졌다.

스페라가 손을 거두자 모든 폭발이 사라졌다.

"써클 마법은 상위로 가면 그 이론이 무너져 버리는 거야."

아름다운 그 광경 때문에 감성에 젖어 있던 운정의 눈동자가 갑자기 강한 이성에 사로잡혔다.

"절대성이 사라지는군요."

"이를 이상하게 여긴 한 마법사가 있었으니, 그 유명한 예언자 그레이스라고 해. 마법혁명의 어머니로 불리는 마법사인데, 그녀는 평생을 연구한 끝에 모든 마법에서 스펠의 통합을 이끌어냈고, 그로 인해서 써클 마법은 점차 사라지게 되었어."

"스펠의 통합이라는 것이?"

스페라는 지팡이를 앞으로 뻗으며 힘차게 말했다.

[Flame(플레임).]

그러자 그녀의 지팡이 끝에서 처음 보여 주었던 작은 화염이 퍼져 나왔다.

그리고 그녀는 또다시 지팡이를 흔들며 말했다.

[Flame(플레임).]

그러자 그녀의 지팡이 끝에서 화염이 둥근 형태로 변해서 마구 구르기 시작했다.

스페라는 그 화염을 사랑스러운 눈길로 바라보며 말했다.

"파이어 볼트, 파이어 볼, 임플로젼, 그레이터 임플로젼 등

등. 그 모든 것은 결국 불을 가지고 다루는 화염마법이야. 써클 마법은 불을 공부하다 만나는 임계점들을 하나하나 나누어서 다른 마법처럼 취급했지. 하지만 그것은 억지에 불과해. 불이 뜨겁게 타오를수록 하나씩 하나씩 직면하는 자연의 시험은 써클이라는 이름 아래 인간이 감히 나눌 수 있는 것이 아니지. 결국 플레임이라는 이름 아래, 그 마법들은 전부 하나인 것이지."

"……."

"이것을 깨달은 예언자 그레이스는 스펠들을 한데 모아서 정리했고, 그렇게 그녀가 시작한 연구는 지금까지 이어져 모던(Modern) 마법이 되었지. 그레이스가 아니었다면, 스펠의 수가 천만 개는 훌쩍 넘었을 거야. 하지만 그녀의 예언대로, 스펠의 수는 기하급수적으로 줄었어."

"몇 개나 됩니까?"

"공식적으로 사백 개. 비공식적인 것까지 해도 팔백을 넘지 않을 거야. 당연하지만 모던 마법이 써클 마법보다 간단하지. 그래서 써클 마법이 사장되었다고 나는 알고 있어. 뭐 타노스 자작은 나리튬 때문이라고 하지만."

"……."

스페라는 양손의 검지와 중지를 들어서 따옴표를 만들어 보이며 말했다.

"자, 이제 '나리튬이 8써클 마법을 확률적으로 방어한다. 그리고 9써클 마법은 막지 못한다'라는 이 말이 얼마나 허무맹랑한 소린지 이해했지? 그쯤 올라가면 8써클인지 9써클인지 뭔지도 모르게 된다니까? 심력으로 나리튬의 내마성을 더 키울 수 있다는 타노스 자작의 말은 엄밀히 말하면 틀린 해석이야. 정확하게는 심력을 동원해서 적의 9써클 마법을 흔들어서 나리튬의 내마성 아래 둘 수 있다는 거지."

"그것이 가능합니까?"

"그게 250년 전 있었던 마법혁명의 근본이라니까? 9써클이 얼마나 어려운 건데? 원래는 파인랜드 전체를 뒤져도 9써클 마법을 쓸 수 있는 마법사가 하나둘 있을까 말까 해. 그런 마법을 지금은 워메이지들이 아무렇지도 않게 쓰잖아? 그게 뭐겠어? 보다 본질적인 스펠로 써클을 무시하는 거지."

운정은 고개를 몇 차례 끄덕이더니, 타노스에게 말했다.

"이론적으론 이해를 다 했습니다."

타노스는 안도한 표정으로 말했다.

"다행입니다. 학문적 해석은 달라서, 스페라 백작님이 직접 오시지 않았으면 제대로 진행되지도 못했겠군요."

운정은 가만히 고민하다가 다시 말했다.

"하지만 실질적인 문제가 있습니다. 나리튬은 애초에 내마성이 강하기 때문에 거기에 마법을 쓸 수 없습니다. 그러니 스펠로써 써클을 무시하는 일이 애초에 불가능하지 않습니까?"

타노스가 말했다.

"물론입니다. 그래서 지금까지도 그 방법을 쓰지 못한 것이고요. 하지만 운정 도사에게는 내공이 있지 않습니까? 내력을 불어넣는 기술 말입니다."

"내마성이 강한 것은 내력을 받지 않습니다."

타노스는 경기를 일으키는 것처럼 손을 마구 저으며 말했다.

"아, 아, 아닙니다, 운정 도사님. 엄연히 내력은 들어가지요. 다만 안에서 차오르지 않는 것뿐입니다. 그렇게 말씀하셨지 않습니까?"

"정확히는 그렇습니다. 하지만 내력이 차오르지 않으……"

타노스는 그 말을 잘랐다.

"차오르지 않아도 됩니다. 내력으로 심력만 전달하면 됩니다. 그리고 그 심력 속에는 의지를 담을 수 있으니, 분명 써클을 무시하는 의지도 가능할 겁니다."

운정은 그 말을 듣고는 나지막하게 말했다.

"내력의 소비가 심하긴 하겠군요. 바닥이 없는 우물에 물을 넣는 격이니."

타노스는 스페라를 보더니 말했다.

"바로 테스트 가능하겠습니까?"

그런데 또다시 운정의 머리를 스치는 생각이 있었다.

"방패는 왜 쓰는 겁니까? 멜라시움 방패."

"응?"

"예?"

운정은 그 둘을 번갈아 바라보며 말했다.

"예를 들면 누군가 저한테 즉사주문을 시전했다고 합시다. 그건 마법이니 어떤 투사체가 있는 것이 아니지 않습니까? 그런데 방패를 들어서 막는 것이 어떤 의미가 있습니까? 여전히 즉사주문은 제게 적용되지 않습니까? 멜라시움 갑옷을 입은 것과는 어떤 차이가 있습니까?"

스페라가 머뭇거리며 마땅히 대답하지 못하자, 타노스가 대답했다.

"방패를 들고 막는다는 그 행위가 중요한 것입니다."

"행위가 중요하다면?"

"그 행동 자체가 마법적인 의미를 가지게 되는 것이지요. 그래서 멜라시움 방패로 앞을 막고 있다면 즉사주문이 통하지 않게 됩니다."

운정은 믿을 수 없다는 듯 되물었다.

"그렇다면 그런 믿음이 중요하다는 겁니까? 멜라시움 자체가 아니라? 믿음만 있으면 되는 겁니까?"

이번엔 스페라가 말했다.

"포커스(Focus). 미디움(Medium). 마나(Mana). 마법의 삼 요소를 잊지 마, 제자. 포커스는 방패로 자신을 막은 행위에서 오는 믿음. 멜라시움 방패는 실질적인 미디움이 되지. 그리고 마나는 사건이 일어나지 않으면 소비되지 않아. 엄연히 방어 잖아? 그러니 필요 없지."

"그건 마법이 아니지 않습니까?"

"마법적인 의미를 지닌다고 하잖아? 그러니 같은 거야."

"……"

운정이 아무런 말도 하지 않자, 타노스가 말했다.

"그래서 워메이지가 즉사주문을 성공시키기 위해선 상대를 무방비 상태로 만들어야 합니다. 마법적인 무방비 상태 말입니다. 그러기 위해선 내마성을 지닌 방패를 어떻게든 치워야 하죠."

스페라가 그 말에 한마디를 얹었다.

"본래 파워 워드 킬에는 사실 그런 것이 필요 없지. 모던 마법이기 때문에 조건들이 주르륵 붙는 거야. 그건 나중에 마법을 배울 때 더 가르쳐 줄게, 제자."

타노스가 더 신난 듯 말을 이었다.

"그래서 될 수 있으면 갑옷으로 입어야 합니다. 그것은 실질 적으로도 그리고 심적으로도, 모든 방향에서 오는 마법을 막을 수 있지요. 그래서 운정 도사의 것도 전신을 뒤덮는 옷으로 준비한 것입니다."

운정은 곧 힘없는 목소리로 중얼거렸다.

"행위가 곧 의미가 된다는 것이로군요."

"그렇습니다. 또한 그렇기에 나리튬에 내력을 불어넣어 심력을 전하는 것 또한 그 마법적인 의미를 증폭시키는 결과를 낳을 것입니다."

운정은 고개를 몇 차례 끄덕였다.

"절대성을 지닌 마법이기에 오히려 상대적인 결과가 일어나는군요. 카이랄이 한 말이 이것이었군. 그러면 한번 제대로 테스……."

머혼이 들은 것은 딱 여기까지였다.

그렇게 그가 다시 눈을 떴을 땐, 눈앞에 타노스밖에 없었다.

"으힉. 뭐, 뭐야? 다 어디 갔어?"

타노스는 그에게 봉투 하나를 내밀었다.

"우, 운정 도사님과 스페라 백작님은 잠시 밖에서 걷다가 다시 오신답니다. 그리고. 다, 다름이 아니라 백작님 앞으로 전갈이 왔습니다. 오직 머혼 백작께서만 열어 보실 수 있다고 해서 품에 보관하고 있었습니다."

머혼은 입가에 묻은 침을 닦고는 그 편지를 받았다. 그런데 순간 주변 환경이 변한 것을 보곤 놀라며 말했다.

"뭐? 뭐야? 대장간으로 올라온 거야? 그, 그러고 보니 나 의자에 앉아 있네?"

타노스가 대답했다.

"운정 도사께서 주무시던 백작님을 업고 올라오셨습니다."

"아, 그래? 흐음. 미안하게 되었어."

머혼은 건성으로 대답하고는 편지를 빠르게 읽었다. 타노스는 몸을 휙 돌려서 실수로라도 보지 않으려 했다.

그 편지를 모두 읽은 머혼이 얼굴을 확 찌푸리며 중얼거렸다.

"벌써 미끼를 물었다고? 점심 저녁 메뉴 고르는 것도 한 세월 걸리는 그런 까탈스러운 자가? 뭐 이리 빨라? 뭔가 이상한데. 하아. 이걸 진행해, 말아? 쯧. 이상해. 일단은 보류해 봐야겠어. 타노스 자작."

타노스는 여전히 뒤돌아 있는 채로 말했다.

"예?"

머혼은 그를 올려다보더니 피식 웃고는 편지를 구겨서 그에게 주었다.

"그리 경직되어 있을 거 없어. 이거나 버려 줘."

"아, 제가 만져도 됩니까?"

"어. 그냥 저기 저 화로에 태워."

타노스는 순간 멈칫했다. 대장간에 있는 화로는 초합금속을 다루는 데 쓰는 것이고 그것을 위해선 온도가 생명이라 매우 세심한 불 조절이 필요했다. 종이 같은 작은 불순물이 불에 끼어드는 정도로도 충분히 망칠 수 있었다.

하지만 그는 결국 뭐라 말도 못 하고, 그 편지지를 화로에 버렸다.

머혼은 허리를 뒤로 젖히면서 두 눈을 감고 양손을 들어 자신의 눈을 지그시 눌렀다.

"하아. 밤에는 잠이 하나도 안 오더니, 낮에는 뭐 이리 피곤해. 도대체가 어떻게 생겨 먹었는……"

벌컥.

그때 대장간의 문이 열리고 누군가 안으로 들어왔다.

머혼은 눈을 슬쩍 뜨고 대장간 안으로 들어온 사람을 보았다.

그리고 눈을 떴다는 것을 바로 후회하고는 다시 눈을 감으며 말했다.

"의외입니다. 포트리아 백작이 그런 기본적인 예의도 잊어버리시고."

포트리아는 다급한 목소리로 말했다.

"운정 도사, 지금 어디 있습니까?"

다소 무례한 언행에 머혼은 눈살을 찌푸렸다.

第四十八章

"후우."

타노스의 대장간의 문을 열고 나오며 운정은 크게 숨을 들이마셨다. 깨끗한 공기가 들어와 그의 폐를 씻었지만, 그 속에 담긴 대자연의 기는 그의 기혈 속에 들끓는 마기를 진정시키기엔 턱없이 부족했다.

그는 왼손에 쥔 마나스톤을 물끄러미 내려다보며 그 안에 담긴 마나를 흡수, 엘리멘탈의 도움을 받아 건기와 곤기로 만들었다. 미세하지만 무궁건곤선공으로 기혈을 다스릴 정도는 되었다.

"중원에선 호흡을 통해서 기를 모을 수 있지만, 파인랜드에 선 마나스톤을 통해서만 마나를 모을 수 있어. 내공이 일정 이상의 경지를 넘어서면 모를까, 단순한 호흡법으로는 내력을 익힐 수 없을 텐데……."

운정의 두 눈에는 깊은 고민이 있었지만 또한 강렬한 의지 가 빛났다.

무당파를 다시 세우겠다는, 다소 추상적인 목표를 가지고 있을 때는 생각이 많았다. 하지만 시르퀸을 제자로 받고 신무 당파의 개파를 선언하고 나니 실질적이고 단계적인 목표들이 머릿속에 정리되었다.

만약 파인랜드를 신무당파의 거점으로 삼는다면, 이 환경에 맞는 내공심법을 만드는 것이 가장 먼저 해야 할 숙제다.

그리고 그와 동시에 또 해야 할 것이 있다.

"뭐야? 그렇게 음흉하게 날 부르고, 운정 제자답지 않은걸? 나랑 무슨 대화가 하고 싶어서 그래?"

운정을 뒤따라 나온 스페라는 고혹적인 미소를 지으며 운 정 앞으로 왔다. 그리고 그를 게슴츠레 보며 손가락으로 그의 어깨를 툭툭 찔렀다.

운정은 무표정한 그대로 말했다.

"오래 걸리진 않을 겁니다."

"그래? 난 같이 걷고 싶은데?"

"아, 그렇습니까? 걸으면서 대화해도 좋습니다."

스페라는 방긋 웃더니 복도의 한 면이 완전히 유리로 되어 그 밖을 비추고 있는 쪽을 손가락으로 가리켰다.

"산책하자. 중앙 정원에서. 따라와."

스페라는 신난 듯 앞장섰고, 운정은 얼떨결에 그녀를 따라 갔다.

조금 걸은 그녀는 투명한 유리에 툭 튀어나와 있는 문고리 하나를 잡았다. 그리고 앞으로 잡아당기자, 유리문이 불쑥 앞 으로 열렸다. 유리벽과 틈새가 전혀 없어서 마치 스페라가 마 법으로 네모난 구멍을 뚫어 버린 것 같았다.

그녀가 그 안으로 먼저 들어갔고, 운정이 그녀를 따라 안으 로 들어갔다. 그러자 전보다는 확실히 진해진 대자연의 기운 이 그를 반겼다. 하지만 물론 중원에 비할 바는 못 되었다.

짹짹짹!

쉬이이익!

피익! 피익!

운정이 아는 소리와 모르는 소리가 이곳저곳에서 울렸다. 눈에 보이는 건 다양한 생김새를 가진 나무들과 풀뿐인데, 그 안에 수많은 생명이 숨어 있는 것 같았다.

스페라는 그녀 앞에 매끈한 돌로 만들어진 길 위를 걷기 시작하며 운정에게 말했다.

"자, 말해 봐. 무슨 대화를 하고 싶은지?"

운정은 그녀를 반걸음 정도 뒤에서 따라가며 말했다.

"제자를 하나 받았습니다. 그녀에게 무공을 가르쳐……."

스페라의 고개를 휙 돌리며 말했다.

"제자? 그녀? 여자야?"

운정은 조금 화난 듯한 그녀의 표정에 당황하며 고개를 느리게 끄덕였다.

"예… 그 이번에 새롭게 무당파의 개파를 선언했고, 그에 따라 제자를 받았습니다만……."

"누군데? 뭐, 아시스?"

"아니요."

"여자라며? 아시스 말고 누가 있어?"

"여성 엘프입니다. 이름은… 시르퀸이라고 합니다."

운정은 시르퀸이 자신의 이름을 머혼 백작가의 기사들에게 아무렇지도 않게 말했다는 것을 기억했다. 어떤 심경 변화가 있었는지 모르겠지만, 더 이상 비밀이 아니라는 뜻일 테니 스페라에게 말해 주어도 문제가 없으리라.

하지만 스페라는 운정이 엘프의 이름을 함부로 말했다는 사실을 아예 자각하지 못했다. 오로지 여자 엘프가 운정의 제자가 되었다는 사실만이 그녀의 생각을 온통 사로잡았다.

"그새 어쩌다가 여성 엘프랑 알게 된 거야? 시르퀸? 누군데?"

운정은 그녀와 있었던 일을 간략하게 설명했다. 스페라는 시종일관 좋지 못한 표정으로 묵묵히 그 말을 듣다가 결국 폭발했다.

"아니, 하이엘프가 무슨 무공을 익히겠다고 난리야? 뭐에 쓸모 있다고. 하이엘프면 하이엘프답게 자기가 해야 할 일에나 집중하… 잠깐, 너 혹시 그 애랑 잔 건 아니지?"

운정은 지친 듯 눈썹을 들어 올리며 말했다.

"신선(Shenxian)이 되기 위해서 가장 멀리해야 하는 욕구는 다름 아닌 성욕입니다. 그것은 조금만 맛보아도, 크게 걸려 넘어질 수 있기에 예로부터 무당파의 도사들은 자신의 동정을 지킵니다."

"아, 그래? 너, 아직 여자랑 안 잤다는 거지?"

"예."

스페라는 얼굴을 휙 돌려 버렸다. 운정은 얼굴을 보이지 않는 그녀의 뒷머리를 물끄러미 바라보는데, 그녀는 헛기침을 몇 번 하더니 말했다.

"크흠, 크흠, 그래, 그래서? 넌 신선이 되려고 하니까, 앞으로 여자랑은 안 잘 거야?"

운정은 그 질문을 듣고는 순간적으로 의문에 빠졌다. 그가 아무런 말도 하지 않자, 스페라는 불안한 눈길로 그를 돌아봤는데, 운정은 고개를 살짝 숙인 채로 고민하고 있었다.

그가 곧 무거운 입을 열었다.

"과거에는 신선이 되는 것이 제 첫 번째 목표이긴 했습니다. 하지만 지금은 신선이 되는 것보다는 무당파의 유지를 잇는 것이 더 중요하다고 생각합니다. 물론 그렇다고 해서 최종적으로 신선이 되려는 것을 포기한다는 건 아닙니다. 무당파의 도사는 곧 신선을 목표로 두어야 하는 것이기 때문에… 하지만 그것도 과연 유지해야 하는지 모르겠습니다. 신선을 목표로 두는 무당파의 그 사상을 무당산이 없어진 지금까지도 유지해야 할까요?"

스페라는 머리를 긁적이더니 말했다.

"그 질문에는 내가 답변을 못 할 것 같은데. 그나저나 너 정말 많이 늘었다."

"예?"

"공용어. 이제 이틀인데 어떻게 이렇게 늘지? 아무리 마법의 영향이라고 해도 이상한데."

"……"

"어쨌든, 안 잘 거야?"

운정은 턱에 손을 올리며 말했다.

"아마 그럴 듯합니다. 일단은."

"일단은?"

"예, 일단은. 그러나 지금 막 생각난 것인데, 자손을 남기는 것도 무당파의 유지를 잇는 데 도움이 될 것 같긴 하군요."

"그, 그래? 흐음. 화, 확실히. 도움이 되긴 하겠지?"

스페라가 슬쩍 운정을 흘겨보는데, 운정이 갑자기 턱에서 손을 놓고는 그녀를 올려다보았다. 눈이 마주치자, 운정이 말을 시작했는데, 스페라는 자기도 모르게 눈길을 피해 버렸다.

"하지만 무당파의 무공을 익히고 또 활용할 수 있는 방도를 제대로 고안해 내지 않는다면, 제가 자손을 남긴다 한들 무당파의 유지는 이어지지 않을 것입니다. 일단은 그 방법부터 고안하는 것이 먼저일 것입니다."

"그, 그래. 그런 거라면, 나도 일단 그 방법을 고안하는 데 최선을 다해서 도와줄게."

"아, 안 그래도 그걸 위해서 대화하자고 한 것입니다."

"응?"

"무당파의 내공과 엘리멘탈을 패밀리어로 한 마법 계열. 그러니까, 그 엘리멘톨로지(Elementology)를 융합해서, 엘리멘탈을 기반으로 건기와 곤기를 뽑아 무당파의 내공을 운용하는 새로운 방법을 고안해야 합니다. 그런데 전 아직 마법적 지식과 깨달음이 부족해서 저 스스로 만들기에는 조금 어려운 감이 있는 듯합니다. 혹시 스페라 스승님께서 마법적인 부분에 대해서 절 도와주실 수 있는지 여쭙고 싶었습니다."

"아… 그거 때문에 갑자기 나 부른 거야? 실험하다 말고?"

왠지 실망한 목소리 때문에 운정은 짧게 생각했다.

"죄송합니다. 실험에 성실히 임했어야 하는데."

"그게 아니잖아."

"예?"

스페라는 한숨을 쉬었다.

"아니야. 그, 뭐냐. 그 부분은 나도 잘 모르니까 전에 말한 것처럼 전문가를 소개시켜 줄게. 안 그래도 이미 학교에 연락을 넣은 상태니까. 곧 황궁에 당도하겠지."

"그랬다면 감사합니다."

"하지만 학교도 얻는 게 있으니까 사람을 보내 주는 거야. 네 몸속에 패밀리어가 넷이나 자리 잡은 그것을 확인하려 할 테니, 그 부분에 대해서 너도 잘 말해 줬으면 좋겠어."

운정은 고개를 끄덕였다.

"스승님의 얼굴에 먹칠하는 일은 없을 겁니다."

"그래."

"……"

스페라의 말은 이제 슬프기까지 했다. 운정은 그것을 느꼈지만 그 이유까진 알 수 없어 뭐라 말할 수 없었다.

스페라의 걸음이 천천히 느려지더니 멈춰 서서 그녀가 말했다.

"돌아가자."

그녀가 몸을 돌리는데, 한쪽에서 부스럭거리는 소리가 났다. 그리고 곧 한 노년의 남자가 나타났는데, 그 특이한 외모는 운정의 기억 속에도 강렬히 남아 있었다.

운정이 그 단어를 기억했다.

"조련사(Tamer)?"

그는 자신의 낡은 모자를 벗어 공손히 인사하며 말했다.

"귀하신 분들을 뵙습니다."

스페라는 그를 보더니 곧 알겠다는 듯 말했다.

"아, 당신의 쇼를 몇 번 봤어요. 마법사들도 다루기 힘들어하는 다양한 마법 생물들을 조련하셨던데 대단하세요. 이름이 어떻게 되시죠?"

조련사는 더욱 고개를 숙이며 말했다.

"한슨입니다. 별 특별할 것도 없는 평범한 이름이지요."

운정은 머혼의 장자인 한슨도 같은 이름을 가지고 있다는 것을 떠올렸다. 아마 그 이름은 귀족이 아닌 평민들이나 쓸 법한 이름, 예컨대 중원의 '왕일'이나 '장일' 같은 것으로 보였다.

스페라가 말했다.

"여기는 어쩐 일이시죠?"

한슨은 어색한 미소를 지었다. 그의 입술 사이로 군데군데가 비어 있는 누런 치아가 드러났다.

"다름이 아니라 이 정원의 관리마법에 문제가 생겨서 한번 와 봤습니다."

스페라는 고개를 갸웃했다.

"관리마법?"

한슨이 한 손에 쥔 모자를 이제 양손으로 만지작거리며 조심스레 말했다.

"이곳은 인위적으로 다양한 식물과 동물들을 모아 둔 곳이라서요. 습도나 온도 같은 걸 마법으로 관리해야만 이 안의 생태계가 유지됩니다. 때문에 제가 기르는 다양한 생물들도 이곳에서 살지요."

운정은 전에 포트리아가 관리마법 때문에 안에 들어가지 말라고 했던 것이 기억났다.

스페라는 얼굴에 짜증을 올리며 말했다.

"한 곳도 아니고 두 곳씩이나 있네요. 왕궁 안에서 마법을 사용하는 데가?"

"예?"

스페라는 고개를 저었다.

"그럴 리가 없어요. 관리마법이란 거, 마법 아니지요? 마법이라면 내가 느끼지 못했을 리가 없는데 말입니다."

한슨은 머리를 긁적이더니 말했다.

"그, 글쎄요. 저는 그게 마법이라고 알고 있습니다만. 뭐 제가 마법사도 아니고 그걸 알 수는 없지요. 다만 관리하는 방법만 알고 그것으로 관리할 뿐입니다."

운정이 말했다.

"기계공학이로군요. 아까 말했던."

스페라는 혐오스럽다는 듯 고개를 흔들면서 말했다.

"참 나. 그런 걸 아직도 쓰다니… 그런 불편함을 감수할 거면 왕궁 내 노매직존을 없애 버리든가."

그녀는 투덜거리며 몸을 돌렸다. 운정은 가만히 한슨을 보았는데, 한슨은 고개를 푹 숙인 채로 미동조차 하지 않았다.

그러다가 잠깐 고개를 들었는데, 그 순간 운정과 눈이 마주쳤다. 그것을 깨달은 한슨은 얼른 고개를 푹 숙였다.

운정은 그를 계속해서 지켜보다가 말했다.

"언제 한번 당신이 기르는 동물들을 보고 싶습니다. 혹시 이곳에 초대해 주실 순 있으십니까?"

한슨은 다시금 고개를 살짝 들고는 운정을 보았다. 스페라는 움직이지 않고 있는 운정 때문에 잠깐 서서 고개를 돌렸는데, 한슨은 그것을 눈치채고는 또다시 고개를 숙여 눈을 피했다.

"어, 언제든지 오십시오."

"편한 시간에 오겠습니다."

한슨은 어쩔 줄 몰라 하다가 곧 대답했다.

"그, 해가 지는 시각쯤에 오시면 낮에 활동하는 것과 밤에 활동하는 것 모두를 보시기 좋을 겁니다."

"그럼 그때 오겠습니다."

그렇게 말한 운정은 포권을 취해 보였고, 한슨은 낯선 그 인사법에 당황한 표정을 지으며 양손을 내저을 수밖에 없었다.

*　　　　　*　　　　　*

운정과 스페라가 타노스의 대장간에 도착하니, 그곳에는 포트리아가 와 있었다. 그녀는 머혼과 조금 큰 목소리로 언쟁하고 있었는데, 때마침 들어온 운정과 스페라를 보며 바로 대화를 중단하고 그들에게 말했다.

"운정 도사님, 안녕하십니까?"

운정은 포권을 취했다.

"안녕하십니까?"

머혼이 뭐라 하려는데, 포트리아는 그를 무시하곤 바로 본론으로 돌아갔다.

"머혼 백작께선 학문을 많이 쌓으신 문인이시라 지식에 상당한 가치를 두어 이론적인 테스트 정도로 만족합니다만, 저나 운정 도사님처럼 무를 아는 사람은 이론보다는 실전을 더 중요시하게 마련 아닙니까?"

운정은 공감하며 대답했다.

"확실히 무공에는 이론적으로 가능하지만 실전에서 무용지물인 것도 많이 있습니다. 실전에서 쓸 수 없다면 이론은 그 의미를 잃어버립니다."

포트리아는 환하게 웃더니 말했다.

"그래서 테스트가 아니라 실전에서 그 무공을 확인해 보고 싶습니다."

머혼은 결국 참지 못했다.

"포트리아 백작, 지금 왕국의 귀빈께 무슨 말을 하는 건가? 예를 갖추지 않을 건가?"

포트리아는 고개를 뻣뻣하게 고정한 채로 몸을 돌려 머혼을 내려다보았다.

"왕께서도 허락하신 일입니다."

"아직 나와 상의하지 않으셨네."

"그래도 이미 왕명으로 내리셨습니다."

"그럼 취소하면 되지. 지금이 뭐 고대 시대인가? 왕이 왕명을 취소도 못 하게?"

"그럼 얼마든지 왕을 만나셔서 상의하시지요. 전 그동안 왕명을 수행해야 하므로 제 일을 하도록 하겠습니다. 만약 왕께서 왕명을 거두신다면, 그 소식을 제가 듣는 즉시 일을 그만두고 돌아오겠습니다."

머혼은 이를 부득 갈았다.

델라이의 생각을 바꾸는 것도 쉽지 않겠지만, 그 생각을 바꾼다고 해도 이미 내려진 왕명을 거두는 것은 체면의 문제이기도 하다. 그것까지도 설득해서 델라이가 체면을 무릅쓰고 왕명을 취소한다 해도 그 명령을 과연 포트리아가 들으려 할까? 이미 밖에서 일을 하느라 못 들었다고 핑계 댈 것이 뻔한데.

운정은 그들 사이에서 흐르는 불편한 기색을 읽고는 말했다.

"무슨 실전을 말씀하시는 겁니까? 왕명은 무엇이고요."

포트리아는 낮게 가라앉은 머혼의 두 눈을 똑바로 바라보다가 곧 고개를 돌려 운정을 보았다.

"소론 자치령에서 군사 문제가 있었습니다. 물론 그것은 중원과는 전혀 상관없는 일이며 마땅히 델라이의 군부에서 처리해야 할 일이지요. 다만 왕께서 운정 도사님의 무공에 관한 이론적인 테스트가 막바지라는 것을 듣고는 그것이 과연 실전에서도 유용한가 확인하고자 하는 마음이 드셨나 봅니다. 그래서 혹시나 저희와 함께 소론 자치령에 가셔서 무공을 실전에서 사용해 보시는 건 어떠신가 해서 말입니다."

머혼이 말했다.

"운정 도사, 운정 도사는 델라이 왕국의 신하가 아니라 귀빈입니다. 왕의 명령을 들을 필요가 없습니다."

그 말이 끝나는 즉시 포트리아가 말했다.

"왜곡하지 마시지요, 머혼 백작. 왕명은 운정 도사께 내려진 것이 아닙니다. 저희 군부에게 내려진 것이지요. 내용을 정리하자면, 방금 말한 제안을 운정 도사께 하고, 만약 응하실 경우 최선을 다해서 운정 도사를 보필하라는 것이었습니다. 운정 도사께서 거절하신다면, 이대로 물러가겠습니다."

운정이 말했다.

"실전에서 무공이 유용한 것을 증명하라… 그 의회장에서 충분히 보여 드린 것이 아닙니까?"

포트리아는 눈을 날카롭게 뜨며 말했다.

"확실히 그땐 화려하고 멋진 장면이었습니다. 하늘을 날아다니며 신과도 같은 괴력으로 두 분께서 전투를 선보이셨지요. 하지만 그 전투는 엄연히 같은 단체의 소속원 두 분이서 하신 것이지요. 적긴 하지만 그 부분에 의문점을 품는 사람들이 있을 줄 압니다."

머혼은 어이가 없다는 듯 말했다.

"그럼 뭐 둘이 짰다는 그런 말인가?"

포트리아는 머혼을 보지도 않고 운정을 향해 말을 이었다.

"때문에 그런 의심 많은 어리석은 자들을 위해서라도 실전에서 무공이 유용하다는 것을 이번에 증명해 주셨으면 합니다. 실질적인 예가 있으면 왕께서 황궁이 아닌 천마신교와 외교를 하는 데 있어 좀 더 편히 일을 진행할 수 있으리라 생각합니다."

운정은 가만히 그녀를 보다가 툭하니 말했다.

"만약 무공의 유용성이 다시금 입증된다면, 천마신교와의 외교를 확정하시겠습니까?"

포트리아는 고개를 끄덕였다.

"제가 나서서 하자고 할 겁니다. 전 무인입니다, 운정 도사. 이 나라의 무력에 보탬이 된다면 제가 누구보다도 앞장설 겁니다."

그녀의 눈은 주름져 조금 내려앉아 있었지만, 그 안의 눈동자는 그 어떤 청년보다 더욱 맑게 빛났다.

운정은 고개를 끄덕였다.

"좋습니다. 따르겠습니다."

가만히 이야기를 듣던 스페라가 포트리아에게 말했다.

"군사 활동이라면 마법사가 필요하겠지요? 저도 가지요."

포트리아는 고개를 저었다.

"이번 테스트는 무공을 사용하면서 마법사에 대해서도 대항할 수 있는지에 대한 것이라 들었습니다. 그러니 마법사의 도움을 받지 않고 워메이지를 상대할 수 있는지, 그것을 확인하는 것이 맞다고 생각합니다. 그리고 그런 경우이기에, 이번 사건에 대해서 군부에서 마법부에 요청할 것은 NSMC뿐입니다. 그리고 그것은 이미 준비되었지요. 마법부는 일을 하는 데 있어 스페라 백작의 부재함에 큰 영향이 없는 듯 보이더군요."

포트리아의 말을 한마디로 말하면 마법사는 필요 없고 NSMC나 쓰겠다는 것이다.

"……."

마법부의 수장으로 있지만, 매일 귀찮다고 아무 일도 안 하는 그녀는 당연히 아무 할 말이 없었다.

포트리아는 감흥 없는 표정으로 발걸음을 내디디며 말했다.

"그럼 운정 도사. 저를 따르시지요."

포트리아는 그렇게 말한 뒤에, 대장간의 문을 열고 나갔다. 머혼은 낭패한 얼굴로 운정에게 다가와서 속삭였다.

"수상합니다. 너무 급하게 진행되고 있어요. 굳이 가지 않아도 내가 델라이와 천마신교와의 외교를 성사시켜 보이겠으니, 지금이라도 거절하는 것이 좋을 듯합니다."

운정은 자신의 의복을 내려다보며 말했다.

"그녀의 눈빛에서 진심을 보았습니다."

"……"

"이번 일로 무공의 위력을 증명해 낸다면 그녀가 앞장서서 외교를 성사시키겠다는 그 말을 믿어 보려 합니다. 그녀와 머혼 백작. 두 분이 외교에 대해 찬성한다면, 분명 그대로 이루어질 테지요. 아닙니까?"

머혼은 숨을 깊게 마시더니 말했다.

"그렇긴 합니다. 델라이에서 저희 둘이 동의하는 사안이 반대되는 일은 없습니다."

"그럼 가 보겠습니다."

운정의 말에서 그의 확신을 읽은 머혼은 마지못해 고개를 끄덕였다.

"알겠습니다. 뒤에서 이번 일이 어떻게 이뤄졌는지 알아보고 수상한 것이 있다면 어떤 수를 써서라도 당신에게 위해가 가지 않게 하겠습니다. 그러니 몸조심하시길 바랍니다."

운정은 그에게 포권을 취한 뒤에, 스페라와 타노스에게도 취해 보이고는 방을 나섰다.

이후, 포트리아는 매우 빠른 걸음으로 걸었다. 그녀는 아무런 말도 걸지 않고 묵묵히 걷기만 했는데, 그 속도가 보통 사람이 뛰는 것보다 조금 못한 수준이었다.

운정이 말했다.

"잠시 제 방으로 가야 할 듯합니다."

"무슨 용무로 그러십니까? 말씀드렸다시피 급한 일입니다만."

"제 친우 둘이 있습니다. 방금 한 테스트가 국가 기밀이라 그들이 함께하지 못했지만, 이후로는 계속 함께하겠다고 말했습니다."

포트리아는 멈춰서더니 운정을 보며 말했다.

"이번 일도 국가 기밀입니다. 또한 테스트의 연장선이지요. 무공의 실전을 보려 하는 것 아닙니까? 그러니 그들을 두고 간다 해도 식언하는 건 아닐 겁니다."

"……."

"언제쯤 돌아간다고 그들에게 말했습니까?"

"그렇게 하진 않았습니다."

"그럼 늦을 수 있다는 소식을 전해 드리지요."

"얼마나 늦게 되겠습니까?"

"그건 장담할 수 없습니다. 한 시간 이내로 돌아올 수도 있고, 며칠이 걸릴 수도 있습니다."

운정은 조금 생각하고는 말했다.

"그럼, 일이 길어질 경우 그들에게 제 소식을 전해 주실 수 있습니까? 아니, 그냥 제가 직접 가서 말하도록 하겠습니다."

포트리아의 안색이 조금 어두워졌지만, 그녀는 곧 고개를 끄덕이며 말했다.

"그러시지요. 사정을 설명하신 후, NSMC로 오십시오. 다만 빠르게 부탁드립니다. 한시가 급한 일이라."

뚜벅. 뚜벅. 뚜벅.

포트리아는 딱딱한 발걸음으로 운정에게서 멀어졌다.

운정은 바로 몸을 돌려 황궁에서 마련해 준 자신의 방으로 갔다.

방 안에는 시르퀸과 카이랄이 가부좌를 튼 채로 가만히 있었다.

아직 신무당파의 내공심법을 만들지 못한 운정은 시르퀸에게 가장 기본적인 토납법을 알려 주었고, 시르퀸은 그것을 행하고 있었다. 그리고 카이랄은 한 손에 마나스톤을 들고 조용히 마법을 읊조리며, 자신의 부활마법을 갱신하고 있었다.

둘 다 운정이 방 안에 들어왔는지도 모를 정도로 집중하는 듯했다. 무아지경에 이른 것이다.

운정은 문득 햇살이 쏟아지는 창문을 보았다. 그곳엔 흐물흐물거리는 투명한 무언가가 창가에 붙은 채 흘러내리고 올라가는 것을 반복하고 있었다. 운정은 그것이 카이랄의 패밀리어인 슬라임(Slime)인 것을 기억했다.

운정은 그들의 집중을 깨고 싶지 않았다. 주변을 살핀 그는 한쪽에 있는 종이와 펜을 들어서 한어로 적었다.

測試需要時間 小時或天 。

그는 그것을 카이랄 앞에 두고는 방을 나섰다.

운정은 시종들에게 물어물어 NSMC로 갔다. 그곳은 전에 운정과 천마신교, 그리고 무림맹의 무림인들이 처음 파인랜드에 도착한 곳으로, 델라이 왕국에서 가장 높은 위력의 마법진을 두고 있었다.

운정이 들어서자, 온통 황금빛인 세상이 보였다. 밝게 빛나는 액체가 바닥과 기둥 그리고 천정에 난 홈 사이에 흐르면서 매우 복잡한 도형을 이루고 있었는데, 전에 운정이 보았던 도형과는 또 다른 형태였다.

그리고 그 마법진 밖으로는 여러 마법사가 이곳저곳에 서서 지팡이를 들고 눈을 감은 채 주문을 외고 있었다. 그리고 그 복잡한 도형 가운데는 대략 10명 정도로 보이는 흑색 갑주를 입은 기사단이 있었는데, 그들 중 유일하게 투구를 벗어 얼굴을 보이는 남자가 있었으니, 다름 아닌 슬롯이었다.

그는 운정을 보더니 주먹 하나를 들어서 가슴에 올렸다.

"운정 도사."

그러자 그의 뒤에 서 있던 다른 흑기사들도 모두 그와 같은 행동을 취했다.

포트리아는 한쪽에서 마법사와 이야기를 나누고 있었는데, 그 인사말을 듣고는 운정을 돌아보며 말했다.

"바로 오셨군요. 지금 출발해도 되겠습니까?"

운정이 대답했다.

"네. 중간에 서면 됩니까?"

포트리아는 고개를 끄덕여 보이며, 자신도 중앙으로 향했다. 그렇게 그들이 안쪽으로 들어오자, 원래 그녀와 이야기를 나누던 마법사가 지팡이를 더욱 높게 들었다. 그와 동시에 다른 마법사들 또한 자신의 지팡이를 높게 들었다.

곧 황금빛이 강렬해지고, 세상이 뒤바뀌더니, 그들은 한적한 공터에 오게 되었다.

"크흠."

"후우."

이곳저곳에서 신음 소리가 났지만, 다들 곧 정신을 차렸다. 운정도 약간 두통이 몰려오는 것 빼고는 다른 이상이 없었는데, 그런 두통조차 곧 자취를 감추었다.

포트리아는 자신의 머리를 잡고 흔들며 말했다.

"나이가 들면서 더 힘들어져, 어째?"

슬롯이 투구를 쓰면서 말했다.

"그러게 말입니다, 장군."

"저기. 저기 오는군."

그들이 그렇게 정신을 차리는 사이, 한쪽에서 사람들이 몰려왔다. 대략 삼십여 명이 넘어가는 인원으로, 반 이상이 기사였고, 나머지는 시녀와 시종들이었다. 그리고 그들 중 한 명만

이 고급진 차림을 하고 백마 위에 있었다.

귀족으로 보이는 그는 일행들을 일정 거리에 둔 후, 홀로 말에서 내려 포트리아 쪽으로 걸어왔다. 그러곤 가볍게 인사하며 말했다.

"어서 오십시오, 포트리아 백작님. 그리고 또 뵙게 되었습니다, 운정 도사님."

운정은 인사하는 그 귀족의 얼굴이 익숙했다. 분명 포트리아가 파티장에서 소개시켜 준 사람 중 하나였는데, 그 장면을 떠올리니 이름까지도 떠올랐다.

운정이 말했다.

"알시루스 백작님이시군요."

알시루스는 운정이 자신을 알아봤다는 사실에 얼굴이 급히 환해졌다. 그는 고개를 두어 번 끄덕이며 가까이 다가와서 그의 손을 맞잡았다.

"예, 예. 그렇습니다. 기억해 주시니 감사합니다."

운정은 자신의 오른손을 잡고 놔주지 않는 알시루스를 차마 제지하지 못했다. 그의 눈빛에는 한없는 동경과 감격만이 자리하고 있었기 때문이다. 다행히 포트리아가 나서서 알시루스의 손을 다시 잡음으로 운정의 곤란함을 해결해 주었다.

포트리아가 말했다.

"한시가 급한 일이니, 우선 알시루스 백작님의 기사단장을 만나보고 그 미확인 기사단의 군사 활동에 대해서 듣고 싶습니다. 자칫 지체하다간 그들을 영영 놓칠 수 있습니다."

"아, 물론이지요. 그럼 이쪽으로 오십시오."

그렇게 말한 알시루스는 빠르게 앞서 걸었다. 그가 끌고 온 기사단과 시종들은 곧 알시루스와 포트리아, 그리고 운정을 필두로 그 뒤에 꼬리를 물고 걷기 시작했다.

알시루스는 불안한 눈빛으로 포트리아 일행을 훑어보더니 포트리아를 보며 말했다.

"델라이 왕께서 이리도 빨리 기사단을 보내실 줄은 몰랐습니다. 하지만 워메이지는 보이지 않는군요. 이후에도 계속 사람이 온다면 인원을 남겨 놓을까요?"

포트리아는 나지막하게 대답했다.

"지원은 여기서 끝입니다. 워메이지는 오지 않습니다."

그녀의 말에 알시루스는 불안하다 못해 초조한 목소리로 말했다.

"적들에게 확인된 워메이지만 셋입니다. 지금까지 제 기사들을 열 명이나 잃었습니다."

"보고로 다 확인했습니다."

"그런데 왕께서 워메이지를 보내시지 않으셨다는 말입니까? 흑기사단이 마법에 면역인 것은 알지만, 그렇다고 워메이지를……."

포트리아는 그의 말을 잘라 버렸다.

"혹 용병 워메이지를 고용하시진 않으셨습니까?"

알시루스는 약간 기분이 상했고 그것을 은근히 드러내 보였다.

"고용했습니다, 두 번이나. 하지만 둘 다 손도 못 써 보고 적의 워메이지에게 죽었습니다. 이후에는 소문이 퍼졌는지 돈을 두 배, 세 배로 쳐 준다고 해도 오지 않는다고 합니다. 전 제가 할 수 있는 것을 다 해 보고 지원을 요청한 겁니다. 설마 제가 감당할 수 있는데도 제 재정을 아끼고자 델라이의 지원을 바랐겠습니까?"

포트리아는 부드럽게 대답했다.

"그러실 분이 아닌 것을 잘 압니다. 오해해서 죄송합니다."

"……"

"저희가 워메이지를 데려오진 않았습니다만, 충분히 상대할 수 있을 겁니다."

알시루스는 답답한 듯 말했다.

"제가 군사학에 대해선 잘 알지 못하지만, 워메이지를 상대할 땐 같은 워메이지로 하는 것이 상책이라는 상식은 압니다. 만약 그것이 어렵다면 차선으로 워메이지가 있을 만한 일대를 마법으로 폭격하는 것인데, 문제는 지금 그들이 숨어든 지역은 절대로 마법 폭격을 가할 수 없는 곳입니다."

"압니다. 후원하시는 고아원이 모여 있는 곳이지요. 올리신 보고는 한 글자도 빼놓지 않고 읽었습니다. 아마 적들도 그것을 알고 그쪽으로 숨어든 게 분명합니다."

"그런데도 워메이지를 데려오지 않으신 겁니까?"

포트리아는 진정하라는 듯 부드러운 목소리로 말했다.

"비밀도 아니니 그냥 말씀드리는데, 델라이는 제국과 사왕국 중에서 가장 낮은 수준의 워메이지를 보유하고 있습니다. 하지만 기사단 전체가 멜라시움으로 무장한 흑기사단이 있지요. 마법이 일절 통하지 않는 무적의 기사단입니다. 그들 중 열이 이곳에 왔습니다."

알시루스의 표정은 여전히 펴지지 않았다.

"압니다. 제국의 기사단들도 한 수 접어 주는 최강의 기사단이라는 것을요. 하지만 그렇다고 워메이지를 상대할 수 있는 건 아니지 않습니까? 워메이지가 싸워 주지 않고 자리를 계속해서 뜨면 그만입니다."

포트리아는 싱긋 웃으며 말했다.

"군사학을 모른다고 하신 것치고는 그래도 아는 부분이 많으십니다."

알시루스는 나지막하게 말했다.

"평화로운 델라이 왕국과 다르게 소론 왕국은 언제나 전쟁 중에 있습니다. 작든 크든 말이지요."

"알지요. 그래서 동맹국으로 저희가 이렇게 도와드리는 것 아니겠습니까?"

"……."

"워메이지에 대한 대처는 여기 계신 운정 도사님께서 하실 것입니다."

알시루스는 영문을 모르겠다는 듯 운정을 한 번 보더니 다시 포트리아에게 말했다.

"운정 도사께서요? 그럼 이분께서 오신 이유가 설마……."

"예. 워메이지를 상대하기 위함이지요."

알시루스는 의회장에서 놀라운 모습을 보여 주었던 운정이 생각났지만, 곧 회의적인 반응을 보였다.

"물론 운정 도사께선 마법과 검술에 모두 능하신 뛰어난 마검사(Magic Knight)인 줄 압니다. 하지만 상대는 워메이지입니다. 몸에 걸린 모든 마법을 취소해 버리고 즉사주문을 외우면 일반 기사와 다르지 않을 것입니다."

포트리아는 운정을 한 번 돌아보며 슬쩍 웃었다. 마치 '내가 말하지 않았느냐, 대수롭지 않게 생각한다고'라는 득의양양함이 있었다.

그녀가 말했다.

"역시 소론 왕국의 백작님답습니다. 전쟁은커녕 전투도 모르는 귀족들과는 다르시군요. 하지만 운정 도사께서는 마법으로 그런 신기를 보이신 것이 아닙니다. 중원의 무공이라는 기술이지요. 마법이 아닙니다."

"그렇다 한들 즉사주문에 해법은 없을 것입니다. 그것은 그저 죽음을 내리는 것입니다. 빠르고 강하고… 워메이지 앞에는 아무런 의미가 없습니다. 그렇지 않습니까?"

포트리아는 더욱 깊은 미소를 지으며 조용히 말했다.

"국가 기밀입니다만, 그것을 증명하시고자 이곳에 오셨습니다."

알시루스는 입을 살짝 벌리더니, 운정을 돌아보았다. 몇 번이나 뭐라 말하려고 했지만, 끝끝내 그는 자신의 말을 삼켰다.

운정이 입을 열었다.

"고아원이 있다고 하셨습니까?"

뜻밖의 질문에 알시루스는 갸웃했지만, 곧 대답했다.

"예. 소로노스 북쪽 지역에 고아원이 몰려 있는데, 그곳에 그 미확인 기사단이 숨어들었습니다. 대부분 대피시켰지만, 미처 피신하지 못한 주민들과 아이들이 인질처럼 잡혀 있습니다."

"그렇군요. 최선을 다해서 도와드리도록 하겠습니다. 죄 없는 자들이 피를 흘려선 안 되지요."

"……."

알시루스는 말없이 포트리아를 보았는데, 포트리아가 작게 한마디를 건넸다.

"도사(DaoShi)는 우리 쪽으로 사제(Priest)와 비슷합니다."

그들은 그렇게 다른 공터에 도착했다.

그곳엔 넓은 범위에 마법사들 여러 명이 원의 형태로 서 있었다. 일행이 안으로 들어서자, 그 마법사들이 지팡이를 높이 들며 주문을 외쳤다.

[텔레포트(Teleport).]

그러자 또다시 공간이동 마법이 시전되어, 그들은 한 거대한 건물 안으로 전이되었다.

전체적으로 칙칙한 모습과, 각이 져 있는 기둥들, 그리고 투박한 바닥은 델라이 왕국보다 훨씬 오래된 느낌을 주었다. 그러나 그만큼 세월이 주는 웅장함 또한 느껴져 운정은 오히려 이곳의 분위기가 마음에 들었다.

안에는 꽤 많은 기사가 포진해 있었다. 하지만 멜라시움으로 보이는 갑주는 하나도 없었고, 대부분은 보통의 초합금속으로 된 갑옷을 입은 듯했다. 그것도 딱 하나로 맞추기 어려웠는지, 같은 기사단의 기사들이라고 하기엔 종종 너무 다른 색의 갑옷이 보였다. 게다가 종종 철 갑옷도 보이니, 아직 파인랜드를 정확히 모르는 운정의 눈에도 허술해 보였다.

그런데 그들 중에 독특한 둘이 있었다. 하나는 이제 겨우 열 살 남짓 넘었을 것 같은 소년으로 무거운 왕관을 쓰고 호화스러운 가운(Gown)을 입고 있었다. 그리고 그 소년 옆에는 마찬가지로 화려한 티아라(Tiara)를 머리에 쓰고 고풍스러운 차림을 한 중년 여성이 있었다.

포트리아는 소년을 향해 무릎을 꿇었다.

"소론 왕을 뵙습니다."

그리고 모든 이들이 그녀를 따라서 무릎을 꿇었다.

"소론 왕을 뵙습니다."

운정은 가만히 선 채로 그쪽을 보았는데, 소년왕 소론은 수시로 흔들리는 동공으로 가만히 서 있는 운정을 마주 보다가 곧 옆에 서 있는 중년 여성에게 뭐라고 속삭였다. 그 여인이 눈초리를 좁히며 운정을 보더니 소년왕에게 귓속말로 대답했다.

그러자 그 소년왕이 조금 큰 소리로 말했다.

"부, 불경하다. 왕께 예를 가, 갖추어라."

포트리아는 운정을 살짝 올려다보더니 말했다.

"인사드리시지요. 아직 어리시지만 소론의 왕이십니다."

운정은 포권을 취하면서 말했다.

"중원의 운정입니다. 운정 도사라 말씀하시면 됩니다, 전하."

이색적인 인사법에 소년왕은 잠시 당황했다. 그러다가 옆에

있던 중년 여성이 무언가 그에게 속삭이자, 그가 알겠다는 듯
고개를 살짝 끄덕이곤 말했다.

"그, 그렇군. 나는 소론의 왕이다. 소론에 온 것을 화, 환영
한다. 그리고 포트리아 백작도 오랜만에 보는군."

포트리아는 자리에서 일어났고, 그러자 다른 이들도 모두
자리에서 일어났다.

그녀가 말했다.

"많은 피해가 있었다 들었습니다. 더 일찍 오지 못해서 송
구합니다. 델라이도 델라이의 사정이 있었으니, 이해해 주시면
감사하겠습니다."

소론이 고개를 과장되게 끄덕이며 말했다.

"지금이라도 도와주러 왔으니, 감사할 따름이다. 델라이 왕
께도 그리 전하도록."

"예, 전하. 그럼 이론드 장군과 바로 이야기를 나누어도 되
겠습니까?"

"바, 바로? 그, 그래도 환영 연회를 열어야 하지 않겠는가?"

포트리아는 고개를 저었다.

"아닙니다. 외교를 위함이 아니라 군사 지원으로 왔으니, 겉
치레는 생략하고 본론으로 들어가는 것이 좋을 듯합니다. 지
금 이 시각에도 피해를 입고 있는 국민들을 생각해 주십시
오."

소론은 중년 여성을 올려다보았다. 그러자 중년 여성이 살짝 고개를 끄덕였고, 곧 소론이 큰 목소리로 말했다.

"조, 좋습니다. 그럼 이론드 장군? 포트리아 백작과 이야기를 나누어 보게."

그가 말하자, 기사 중 한 명이 앞으로 나와 투구를 벗었다. 그리고 소론을 향해서 주먹으로 가슴을 한 번 치더니, 곧 포트리아에게 다가왔다.

"우선 따르시지요."

포트리아는 작게 소론에게 인사한 뒤에, 이론드를 따라 걸었다. 그 뒤로 운정, 알시루스, 그리고 흑기사단과 소론의 기사단이 뒤따라 걸었다.

그렇게 그들은 왕궁을 나섰는데, 나서고 보니 그 왕궁은 델라이 왕궁의 십분의 일도 되지 않을 만큼 작았다. 그리고 군데군데 허물어져 당장에라도 보수공사가 시급해 보였다.

그곳을 뒤로하고 도시의 큰길 위로 십여 분을 걸어 북쪽으로 향한 그들은, 길가 한가운데 쳐 놓은 거대한 군막 안으로 들어섰다.

그 안에는 가벼운 복장을 한 몇몇 기사들이 보였다. 그곳으로 이론드와 포트리아, 그리고 운정과 알시루스가 들어섰다. 그리고 흑기사단에 조용히 섞여 있었던 슬롯이 투구를 벗고 안으로 들어왔다.

그를 보자 이론드와 알시루스의 두 눈이 커졌다.

알시루스가 말했다.

"서, 설마 슬롯 경도 오셨습니까?"

슬롯은 한 손을 들어 주먹을 가슴에 가져갔다.

"밖에선 인사드리지 못했었습니다. 죄송합니다, 알시루스 백작."

알시루스는 갑자기 밝아진 표정으로 이론드를 돌아보더니, 곧 다소 높아진 어조로 말했다.

"슬롯 경이 함께하다니 이거… 뜻밖입니다. 델라이 왕께서 정말 많이 신경 써 주셨군요."

이론드도 희망찬 표정으로 말했다.

"뵙게 돼서 영광입니다, 슬롯 경."

"아닙니다, 이론드 장군. 알시루스 백작, 일단 전시 상황을 전반적으로 알려 주시지요. 다 같이 의논해 봅시다."

이론드는 한층 들뜬 발걸음으로 군막 중앙에 놓인 지도로 걸어가더니, 그들을 바라보며 하나하나씩 설명했다.

"이 앞에 있는 것은 소로노스 북쪽의 지도입니다. 지금 이곳, 이곳이 저희가 있는 군막입니다. 그리고 여기 빨간 점선으로 그어 놓은 지역. 이 일대에서 미확인 기사단들의 군사 활동이 있었습니다."

빨간 점선은 그들이 있는 군막 바로 위에서부터 소로노스 북문까지, 다시 말하면 소로노스 북쪽 일대를 전부 포함하고 있었다.

포트리아는 팔짱을 끼면서 물었다.

"구체적으로 어떤 군사 활동입니까?"

이론드가 설명했다.

"아직 정확하게 파악되지 않았습니다. 확인된 것은 소로노스의 치안을 담당하는 기사단원들을 살해한 것과 그 일대 주민들을 남쪽으로 내쫓았다는 것입니다. 다만 고아원들의 어린 아이들은 인질로 잡아 두고 있는 상태입니다."

"마법 폭격을 염두에 두었군. 그럼 요구 사항은 무엇입니까?"

"그런 건 없었습니다. 때가 되면 알아서 물러갈 테니, 그때까지 자신들이 선포한 지역 안으로 누구도 들이지 말라는 것입니다."

"……"

"목적이 모호하니, 그들의 정체도 알기 어렵습니다."

포트리아는 눈초리를 모으더니, 지도 앞으로 걸어가 말했다.

"그들을 발견한 최초 경위부터 하나하나 설명해 보십시오."

이론드는 손가락을 들어서 북문을 가리켰다.

"그들이 처음 나타난 것은 여섯 시간 전 북문 주변입니다. 나타남과 동시에 소로노스를 지키는 기사들을 무차별적으로 살해했습니다. 그때 살아남은 자의 보고에 의하면 그들의 총 인원은 대략 스무 명 정도입니다."

슬롯이 얼굴을 찌푸리며 말했다.

"겨우 스무 명의 기사에게 수도의 대문이 뚫린 겁니까?"

이론드는 손가락을 들어 북문 아래쪽에 있는 큰 건물 하나를 가리켰다.

"그들이 처음 나타난 곳은 바로 이곳, '엘프스 브레드' 여관입니다. 목격자에 의하면, 무장한 그들이 엘프스 브레드 여관에서 갑자기 튀어나왔다고 합니다. 다시 말하면, 성 안으로 몰래 짐입한 뒤, 여관에서 완전무장을 한 것으로 보입니다."

슬롯은 추궁하듯 물었다.

"그렇다고 해도 겨우 스무 명에 불과한데 수도를 공략하고 점거하는 것이 가능합니까?"

이론드는 굴욕감을 참아 내며 말했다.

"기본 아머가 아다만티움이며, 멜라시움 대방패까지 확인되었습니다. 게다가 용병으로 고용한 위메이지 정도는 가볍게 상대하는 그랜드위저드급 위메이지를 셋이나 대동했습니다. 그 정도라면 사왕국에서도 정예 중 정예를 보냈다 해도 과언이 아닙니다. 저희로선 북쪽에 그들을 가둬 두는 것이 한계이지요."

"정확하게 말하면, 그들이 가만히 있어 주는 것이지요. 꼴을 보아하니, 그들이 원한다면 언제라도 왕궁으로 진격할 수도, 북문을 통해서 밖으로 빠져나갈 수도 있었겠습니다."

"……."

군막 안의 분위기는 무겁게 가라앉았다. 슬롯의 말이 무례한 것도 있었지만, 사실이기도 했기 때문이다.

포트리아가 말했다.

"몰래 성안으로 들어와서 완전무장을 했다면, 그들의 정보력도 무시할 수는 없겠군요. 그렇다면 델라이의 지원이 이곳에 도착했다는 것도 아마 알 것입니다. 그리고 방비하겠지요. 기습으로 빠르게 끝내려고 생각했었는데, 불가능할 듯합니다. 함정을 파 놓고 기다릴 수도 있겠군요."

이론드는 깊은 한숨으로 화를 참아 내더니 포트리아에게 물었다.

"소론 왕국 내에 배신자가 있다는 뜻입니까?"

"그런 말은 하지 않았습니다."

"정보력이 좋다는 말이 그 말 아닙니까?"

포트리아는 이론드를 슬쩍 보고는 그가 단단히 화가 났다는 것을 확인했다. 때문에 그녀는 다시 시선을 지도로 가져가며 나지막하게 말했다.

"알시루스 백작님, 어떻게 생각하십니까?"

알시루스는 고개를 숙이고 지도를 보는 포트리아의 뒷모습을 가만히 지켜보다가 곧 이론드에게 시선을 던지며 말했다.

"확인하고 있습니다. 곧 나오겠지요."

그 말을 듣자, 이론드는 입을 살짝 벌렸다.

"아, 알시루스 백작님, 어떻게 그런 생각을 하십니까? 소론에는 그런 불충한 자가 없습니다. 소론이 어떤 나라입니까? 최강의 기사도, 최강의 마법도 최강의 자원도 없는 나라이지만, 왕을 향한 충성심과 나라를 향한 애국심만큼은 그 어떠한 나라와도 비교할 수 없습니다."

알시루스의 표정은 전혀 바뀌지 않았다. 그는 나지막하게 말했다.

"그런 정치적인 문제에 관해서는 내게 맡기고 이론드 장군께서는 당장 우리가 직면해 있는 군사 문제에 집중해 주시게."

이론드는 조금 큰 언성으로 말했다.

"만약 의심 가는 첩자가 있다면 말씀해 주십시오! 그 또한 엄연히 군사 문제에 포함됩니다."

"……"

알시루스가 더 말하지 않자, 이론드는 답답한 듯 다시 말을 하려 했다. 그런데 딱 그쯤 포트리아가 파란색으로 그려져 있는 세 개의 동그라미를 보며 물었다.

그 셋은 정확히 삼각형을 이루고 있었다.

"이 셋은 무엇을 나타내는 겁니까? 마법진의 중요 거점 같은 겁니까?"

이론드는 알시루스를 보다가 곧 고개를 돌려 포트리아의 질문에 대답했다.

"그들이 점거한 고아원입니다. 미확인 기사단이 그들을 인질로 잡고 있습니다."

포트리아는 한쪽 팔을 상에 기댄 채 다른 손으로 턱을 한 번 매만지더니 고개를 돌려 슬롯을 보았다.

되겠나?

슬롯은 고개를 저었다.

안 됩니다.

포트리아가 이론드를 올려다보며 말했다.

"둘 중 하나를 선택하셔야겠습니다."

가뜩이나 딱딱했던 이론드의 표정이 더욱 굳었다.

"아이들을 희생시킬 순 없습니다."

"그럼 적 기사단을 놓칠 수 있습니다."

"……"

"한 왕국의 수도에 침투해서 한 지역을 장악한다? 그것도 사왕국 정예급 기사단이? 필히 어떠한 이유가 숨어 있을 겁니다. 그것을 알아내기 위해선 그 기사단들과 정면 승부를 하여 그들을 사로잡으셔야 할 겁니다. 하지만 인질들을 지키면서까지 그런 일을 할 순 없습니다."

이론드는 또다시 단호하게 말했다.

"다시 말하지만, 아이들을 희생시킬 순 없습니다."

포트리아는 눈썹을 올리며 말했다.

"그럼 기다리시죠. 그들은 자기들의 일을 끝내면 알아서 물러가 주겠다고 했으니, 그때까지 가만히 지켜보면 될 것입니다. 물론 흑기사단은 오랫동안 델라이에서 자리를 비울 수 없으니, 이대로 물러갈 것입니다. 지금 전투에 돌입하든 아니면 지켜보든, 선택하십시오."

"……."

이론드가 아무런 말도 하지 못하자, 포트리아는 알시루스에게 말했다.

"알시루스 백작, 백작의 생각은 어떠합니까?"

알시루스는 지도를 내려다보더니 천천히 말하기 시작했다.

"십 년 전쯤인가, 제 영지에서 이상한 일이 벌어졌었습니다. 어떤 마법사 학교 하나가 설립되었는지, 그 학교의 마법사들이 이 마을 저 마을에 출몰했지요. 그리고 사람들이 실종되기 시작했습니다. 가족 단위로요. 전 그 학교가 원인이라는 증거를 포착함과 동시에 기사단들을 이끌고 그들을 처단하러 갔습니다. 그때 지원을 오신 델라이의 그랜드위저드분께서 학교 전체에 노매직존을 시전해 주셨었지요. 덕분에 큰 피해 없이 그들을 몰살할 수 있었습니다."

"아, 그 일. 어렴풋이 기억납니다."

"모두 정리되고 알아본 결과, 그들이 사람들을 납치했던 것은 인간을 상대로 마법 실험을 하기 위함이었습니다. 어른들은 모두 비참하게 죽었지만, 그들도 어린아이까지 건드리기는 쉽지 않았는지, 꽤 많은 아이들이 고아가 된 채 살아남았습니다. 그 일을 계기로 저도 고아원을 후원하게 되었고요."

"그랬었군요."

"미확인 기사단이 소로노스에서 무엇을 하는지 모르겠습니다. 다만 묘한 확신 하나가 드는 것은 마법과 관련된 것이라는 겁니다. 그리고 그것은 아이들의 생명력을 사용하는 것일 수도 있다는 안 좋은 걱정이 계속 드는군요."

그 말이 끝나자마자 이론드의 얼굴이 괴기하게 일그러졌다.

"그게 무슨 말입니까, 알시루스 백작. 무, 무슨 근거로 그리 말씀하시는 겁니까?"

알시루스는 나지막하게 말했다.

"아이들만 인질로 잡은 것이 이상하지 않나? 마법 폭격을 피하기 위해서라고 하기엔 굳이 아이들만 인질로 잡아야 하는지 모르겠네. 어차피 수도 안이라, 마법 폭격을 하게 되면 엄청난 재정적 손실을 감수해야 하네. 아이들이 아니어도 아마 저희는 마법 폭격은 하지 않았을 것이지."

"그들이 약속했다고 하지 않았습니까? 이대로 가만히 두면, 아이들을 건들지 않겠다고."

"그러니까, 이론드 장군, 그들이 아이들을 데리고 있는 이유가 마법 폭격을 피하기 위해서라는 주장은, 그들이 그렇게 말을 했기 때문이네. 그것이 사실일지는 아무도 모르지."

포트리아가 물었다.

"그들이 서신을 보냈나 보군요. 아이들을 인질로 잡을 테니 마법 폭격을 가하지 말라고."

"그렇습니다."

포트리아는 고개를 갸웃했다.

"아무리 그래도 그렇지 그런 발상은 너무 극단적인 것 아닙니까?"

알시루스는 무표정한 얼굴로 말했다.

"평화로운 델라이에선 상상하기 어려운 일이겠지요. 하지만 소론 왕국은 사람들이 수시로 살해당하고 굶어 죽고 얼어 죽는 곳입니다. 그저 살아남기 위해서 발버둥 치는 곳이지요. 이곳에선 무슨 일이든 일어납니다. 사실 방금 말씀드린 그 일은 제가 겪은 일 중 평범한 일상에서 조금 먼 정도이지요."

이번엔 슬롯이 말했다.

"그렇다 해도 기본적인 기사도(Chivalry)가 있습니다. 그토록 강력한 무장을 할 정도의 긍지 높은 기사단이 그런 말도 안 되는 일에 동참하겠습니까?"

"충성하는 주인이 있다면 그 주인의 명예 때문에 그렇게 하지 못하겠지요, 슬롯 경. 하지만 그 기사단은 어느 왕국의 기사단 인지 전혀 알 수 없습니다. 그렇다면 충성하는 주인이 없을 수 있습니다. 그리고 주인이 없다면 지켜야 할 명예도 없겠지요."

"……"

"……"

다들 고개를 숙이고 말이 없는 와중에 포트리아만이 알시루스를 뚫어지게 보았다. 알시루스는 그런 포트리아의 시선을 피하지 않고 그대로 받고 있었다.

억지.

끼워 맞추기.

말 못 할 사정.

은밀한 정보.

포트리아가 시선을 거두자, 슬롯이 고개를 까닥하며 말했다.

"제가 흑기사단을 이끌고 고아원 하나에 침투, 아이들을 구하는 것으로 하는 것이 좋겠습니다. 그들의 목적이 알시루스 백작께서 말씀하신 것과 비슷한 것이라면, 아이들을 구하는 것으로 그들의 목적을 방해할 수도 있을 겁니다."

그 말을 듣자 알시루스가 말했다.

"동시다발적으로 해야 합니다. 한쪽에서 그런 일이 벌어지면, 다른 쪽의 아이들이 더 위험해질 수 있습니다."

그러자 이론드가 말했다.

"저희가 쓸 수 있는 기사들로는 남은 두 고아원 모두에서 아이들을 구출할 수 없습니다. 사실 하나도 어렵지요."

아무리 그래도 왕국의 수도인데, 기사가 부족해서 그런 건 아닐 것이다.

포트리아가 말했다.

"왕께서 기사단 전원이 출격하는 것을 허락하지 않으시는군요. 하기야, 그들이 언제고 왕궁으로 진격해서 소론의 왕위를 위협할지 모르니까요. 왕을 지킬 기사들을 남겨야 하겠지요."

"……."

"……."

이론드도 알시루스도 아무런 말도 하지 않았다. 그도 그럴 것이 여기서 진실을 말하면 자신의 왕을 욕보이는 것밖에 되지 않았기 때문이다.

포트리아는 지도에 그려진 파란색 동그라미 세 개를 유심히 보다가 말했다.

"이곳은 저희가, 이곳은 소론에서 맡아 주시지요. 아쉽게도 이 세 번째는 버려야겠습니다. 여기서 너무 멉니다."

그때 누군가 말했다.

"제가 하겠습니다."

다들 고개를 돌려 그 말을 한 사람을 보았다.

운정은 작게 미소를 지었다.

그는 자신을 바라보는 사람들을 보며 말했다.

"제가 홀로 움직이겠습니다. 그 세 번째 고아원으로."

다들 그 말을 듣고는 운정이 잘못 말한 것이 아닌가 했다.

하지만 그의 미소는 그 말이 진심임을 말해 주고 있었다.

포트리아가 말했다.

"그렇게까지 위험을 무릅쓰실 필요는 없습니다. 저희와 함께 움직이며 적을 지원하는 워메이지만 상대해 주시면 됩니다."

운정이 그녀를 보며 말했다.

"흑기사단은 모두 멜라시움 플레이트 아머를 쓰기 때문에 마법에 면역이라 들었습니다. 아까 알시루스 백작께서 말씀하신 것도 워메이지가 상대해 주지 않으면 어쩔 수 없다는 것뿐이지, 워메이지에게 일방적으로 당하는 건 아니지 않습니까?"

슬롯이 대답했다.

"그렇습니다. 흑기사단에겐 워메이지의 즉사주문이 절대로 통하지 않습니다. 다만 저희도 워메이지를 잡을 방법이 없는 것뿐입니다."

운정이 다시 말했다.

"그렇다면 흑기사단에게 제가 필요한 것은 아니지요. 그리고 제가 이곳에 온 것은 포트리아 백작님에게 무공을 증명하기 위해서 아닙니까? 단순히 이론적인 것이 아닌 실전으로. 맞습니까?"

또박또박 말하는 운정을 보며, 포트리아는 그를 새삼스레 다시 보았다. 만약 그가 기사였다면, 그 자신감을 존중하여 그의 말대로 홀로 전장에 내보냈을 수도 있을 것이다.

하지만 운정의 신분은 단순히 기사가 아니다.

"당신은 중원에서 오신 귀빈입니다. 머혼 백작께서 일여 년간 공들여 쌓은 탑의 결정체이죠. 당신이 만약 이곳에서 큰 사고를 당하신다면, 아마 머혼 백작이 절 죽일지도 모릅니다."

"걱정하지 않으셔도 됩니다. 그리고 실전에서 무공을 증명하기 원하신다면 어느 정도 위험을 감수해야……"

포트리아는 운정의 말을 잘랐다.

"그리고 제가 죽으면, 델라이에선 내전이 일어날 것이고, 수많은 국민들이 죽게 되겠지요. 그런 가능성을 품고 있는 한, 홀로 가시는 건 절대로 안 됩니다. 감수해야 할 위험치고는 너무 큽니다."

알시루스와 이론드는 서로 눈을 마주쳤다. 머혼이 자기를 죽인다는 말을 할 때까지만 해도 농담인 줄 알았는데, 그렇게까지 말하는 걸 보면 일정 진실이 담겨 있는 것 같았기 때문이다.

운정이 알시루스를 보며 물었다.

"각 고아원의 아이들 숫자는 얼마나 됩니까?"

알시루스가 대답했다.

"대략 50명 정도 됩니다."

그 말을 듣자 모두 같은 기분을 느꼈고, 슬롯이 대표로 말했다.

"너무 많군."

"……"

"……."

또다시 침묵이 흐르는 가운데, 한 기사가 군막 안으로 들어왔다. 그 기사는 손에 서찰을 들고 있었다.

"적 기사단에서 보내온 것입니다."

이론드는 그 기사에게 빠르게 걸어가 그것을 낚아채 들고는 빠르게 읽어 내렸다. 눈이 종이를 훑고 내려가면 내려갈수록 안색이 나빠졌다.

그는 곧 힘없이 팔을 내리곤 말했다.

"델라이에서 지원이 왔음을 알고 있다 합니다. 왕을 지키려한다면 상관없지만, 전과 마찬가지로 그들이 선포한 지역에 한 발자국이라도 들어온다면, 인질의 운명이 어떻게 돼도 상관없다는 뜻으로 받아들이겠답니다."

알시루스는 결국 욕설을 참지 못했다.

"빌어먹을. 대체 어떤 개자식이……."

포트리아는 그런 그를 보면서 안타까운 마음이 들었지만, 지금은 잔인한 선포를 해야 할 때이다.

그녀가 단조롭게 말했다.

"알시루스 백작님, 당신은 타국의 백작임에도 모든 귀족 중에서 내가 가장 존경하는 사람입니다. 그렇기에 당신이 지원을 요청했을 때 의회를 통하지도 않고 왕께 직언하여 흑기사단을 데려온 것이지요. 파인랜드에서 최강으로 손꼽히는 슬롯

경까지도. 하지만 소론 왕국 내부의 문제가 이리도 크다면 우리가 도와줄 수 있는 데는 한계가 있습니다."

알시루스는 입술을 살짝 깨물었지만, 예의를 잃진 않았다.

"죄송하게 되었습니다. 어쩔 수 없지요. 만약 이대로 돌아가신다고 해도, 저희를 도와주신 것과 같은 은혜로 생각하겠습니다."

표정은 전혀 그렇지 않았지만, 알시루스는 공손히 고개까지 숙여 보였다. 포트리아는 그런 그를 주시했는데, 그녀의 얼굴이 조금씩 누그러지기 시작했다.

그녀는 조금 망설이다가 슬롯을 보았다. 그러자 슬롯은 그럴 줄 알았다는 듯 말했다.

"포트리아 백작께서는 여전히 겸손한 자들에게 약하시군요."

포트리아는 쓴웃음을 지더니 말했다.

"괜찮나? 정보가 새어 나갔는데."

슬롯이 대답했다.

"원래 계획인 기습은 불가능하겠지만, 생환을 최우선으로 두고 수동적으로 움직인다면 가능합니다. 그것에 동의해 주신다면 임무에 임하겠습니다."

그 말을 들은 알시루스의 표정은 더 이상 밝아질 수 없을 만큼 밝아졌다.

"정말 고맙습니다, 슬롯 경. 무위뿐 아니라 마음까지도 파인랜드의 최고임이 분명하군요."

슬롯은 그 아부가 그리 싫지는 않은지, 코웃음을 치면서도 웃음기가 표정에 남아 있었다.

그때 이론드가 말했다.

"고아원 하나를 버려야 하는 현실은 바뀐 것이 없습니다. 게다가 흑기사단은 성공적으로 임무를 완수할지 모르겠지만, 제가 이끄는 소론 기사단은 워메이지에게 속수무책으로 당할 수밖에 없습니다. 피해가 막심할 것입니다. 그런데도 고아원 하나는 포기해야 합니다. 알시루스 백작님, 갑자기 이런 말씀을 드려서 죄송하지만, 군사 작전을 실행할지 말지는 제 소관이며 전 아직 흑기사단을 투입할지 결정을 내리지 않았습니다."

알시루스는 갑자기 끓어오르는 분노에 눈까지 감아 가며 참아야 했다. 그러곤 나지막하게 으르렁거렸다.

"이론드 장군, 그래서 이대로 그들을 지켜보겠다는 것인가? 흑기사단은 지금이 아니면 투입할 수 없네."

"이대로 지켜보는 것이, 아이들이 전부 사는 것과, 저희 기사단에 피해가 없는 것이라면, 그 결정이 나은 결정이 되겠지요."

"그들이 고아원의 아이들에게 무슨 짓을 할지 모르는 건가?"

"예, 모릅니다. 알려 주시지요."

"……"

"……"

이론드와 알시루스는 서로를 묵묵히 바라보았다.

포트리아는 그들을 한 번씩 번갈아 보더니 말했다.

"밖에 있을 테니, 다 결정되면 말해 주시지요."

그녀는 그렇게 툭하니 말한 뒤에, 군막 밖으로 걸어갔다. 그러자 슬롯과 운정도 그녀를 뒤따라 나갔다. 그렇게 운정이 밖으로 나가자마자, 군막 안에서 작은 소리의 언쟁이 시작되었다.

포트리아는 막 군막 밖으로 나온 운정을 보며 자신의 두 주먹을 보이더니 서로 부딪치며 말했다.

"그냥 이렇게 꽝! 처음 보고받았을 땐 그렇게 끝날 줄 알았습니다. 길어져 봤자, 산속에서 좀 헤매거나 하겠거니 했지요. 하지만 복잡한 사정이 엮여 있을 줄은 몰랐습니다. 고아원이라기에 듬성듬성 산언덕쯤에 있겠거니 했는데, 도심 한복판이라니. 운이 나빴군요."

그 말을 듣더니 슬롯이 한쪽 입꼬리를 올리며 거들었다.

"수도 북문 인근이라고 했으니, 성벽 안이라 해도 도심은 아닌 줄 알았지요. 수도 도심 안에 들어와서 한 지역을 버젓이 점거하고 있을 줄 누가 알았겠습니까? 소론이 이토록 나약한 국가인 줄은 몰랐습니다."

포트리아가 그를 돌아보며 말했다.

"그들 입장에서도 말하기 어려웠을 것이네."

슬롯은 코웃음을 한 번 치더니 말했다.

"게다가 고아들을 인질로 잡고 있다느니, 참 나. 아니, 대강 들어 보니까 도시를 점거하면서 그냥 관리하기 편한 애들을 잡아 둔 것 아니겠습니까? 아마 어른들도 잡아다가 그냥 그곳에 둔 것일 수도 있고요. 아까 지도를 보아하니 고아원이 한두 군데가 아니고 각 구역마다 가장 큰 건물들을 차지하고 있던데, 그 이유 때문에 우연치 않게 그곳에 인질들을 감금한 것일 겁니다. 그걸 굳이 고아들이라고 강조해서 백작님의 동정심을 사려는 꼴이 우스워서 참기 어려웠습니다."

"그만하시게. 듣지 않는가."

주변에 있던 소론 기사들의 따가운 눈총을 받으면서 슬롯은 팔짱을 끼며 아무렇지 않다는 듯 말했다.

"운정 도사님을 보내시지요."

"뭐?"

슬롯은 조금 언짢아하는 표정을 지었지만, 속에 있는 말을 거침없이 꺼냈다.

"운정 도사님을 상대해 본 제가 압니다. 분명 가능하실 겁니다. 게다가 타노스 자작 또한 제가 잘 아는데, 일을 허투루하는 법이 없습니다. 성격이 저랑 완전 정반대인데 딱 하나 같은 게 있다면, 완벽하게 하지 않을 거면 시작도 안 하는 것이죠. 그가 워메이지의 마법들을 모두 막아 낼 수 있다고 했다면, 분명 막을 겁니다."

"……"

"정치적으로도 운정 도사님은 델라이의 기사도 국민도 아닙니다. 귀빈이시지요. 다시 말하면 델라이 사람이 아닙니다. 그가 그 지역에서 들어가서 무슨 활동을 하든 델라이와는 관계가 없다고 할 수 있습니다."

"진심으로 하는 말인가?"

"그들이 점거한 고아원도 셋. 워메이지도 셋. 무슨 연관이 있는지 정확하게 모르겠지만, 워메이지가 각각 하나의 고아원을 맡고 있겠지요. 인질들을 효과적으로 관리하기 위해서도 워메이지가 하나씩은 필요할 겁니다."

"진심으로 하는 말이군."

"운정 도사이시라면, 아마 워메이지 셋을 모두 죽이실 수 있을 겁니다. 이후엔 기사단을 총동원해서 정리하지요. 그게 제일 좋을 듯합니다."

포트리아는 조용히 말했다.

"내가 아까 한 말은 농담이 아니네. 그가 죽으면 델라이 왕국도 죽어."

슬롯은 어이없다는 듯 웃으며 포트리아를 보았다.

"가끔 보면 포트리아 백작께서는 머혼 백작을 무슨 괴물처럼 생각하시는 듯합니다. 그는 수완 좋은 행정가이며 정치가입니다. 내전을 일으키다니요. 그럴 분은 아니라고 보입니다."

"그런 사람이 자기를 제외한 모든 일가친척을 불태워 죽인단 말인가?"

슬롯은 어깨를 들썩였다.

"그 이야기야 뭐 워낙 유명해서 그렇지, 그게 진짜이긴 합니까? 도저히 상상이 안 가서."

"그러니까 진짜 괴물이지. 광기를 감추고 속에 품은 채 살아가니. 운정 도사가 죽으면 속에 쌓인 그 광기가 폭발할 수도 있어. 솔직히 로스부룩이 죽었을 때 튀어나오리라 생각했는데, 운정 도사께서 있어서 참은 게 분명해. 아직은 자기 목적을 이룰 방도가 있으니 가만히 있는 것이지."

"......"

포트리아는 말이 없는 슬롯을 강렬한 눈빛으로 올려다보며 말했다.

"알고 있네. 내가 어떻게 보일지. 그를 향한 질투 때문에 눈이 먼 것처럼 보이겠지. 하지만 단언컨대 나만이 그의 진면목을 꿰뚫어 보는 거야."

슬롯은 희미한 미소를 짓고는 말했다.

"뭐, 알겠습니다. 하여튼, 운정 도사를 홀로 보내십시오. 그게 최선일 것입니다. 제가 보증하지요. 그로 인해서 포트리아 백작께서도 중원의 무공이 얼마나 가치 있는지를 아시게 되겠지요. 제가 포트리아 백작님의 말을 믿어 드리는 것처럼, 포트리아 백작님께서도 제 말을 믿어 주십시오."

그 말을 들은 포트리아는 입을 굳게 다물었다.

그때 군막 안에서 이론드가 나왔다. 그는 포트리아를 보며 말했다.

"알시루스 백작님과 논의를 다 마쳤습니다. 일단은 아까 정한 대로, 흑기사단과 저희 기사단이 각각의 고아원을 맡는 것으로 하면 좋을 듯합니다."

포트리아는 슬롯을 한 번 흘겨보고는 운정을 보았다. 운정은 고개를 끄덕여 보였고, 그러자 포트리아는 잠시 눈길을 바닥으로 두다가 이론드에게 말했다.

"그전에, 정찰을 보냈으면 합니다."

"정찰이라면?"

그녀는 운정을 손바닥으로 가리키며 말했다.

"여기 계신 운정 도사께서는 중원에서도 정찰 임무를 곧잘 수행하시던 분이십니다. 파인랜드에서의 잠입 능력 또한 저희 델라이에서 보장하지요. 그가 먼저 정찰을 나가 정황들을 살핀 뒤에 기사단을 움직이는 것이 좋겠습니다."

이론드가 고개를 갸웃했다.

"아까는 분명……."

포트리아가 말을 잘랐다.

"이론드 장군을 믿지 못해 거짓을 말한 것입니다. 죄송하게 생각합니다."

"예? 그런."

"그는 델라이의 사람이 아니니, 델라이의 지원이라 하기 어렵습니다. 그렇기에 설사 그가 사로잡힌다고 해도 델라이와는 무관한 일이 될 것입니다. 그저 단독적으로 잠입하여 상황을 알아보는 것입니다. 그것에는 본인도 동의하였습니다."

이론드는 얼굴을 확 찌푸리며 고개를 저었다.

"그래도 그쪽에서 그것을 빌미로 어떻게 나올지 모릅니다. 죄송하지만, 그가 먼저 들어가는 것은 불가합니다."

"그럼 함께 들어가는 것으로 합시다. 양쪽 기사단이 진입함과 동시에 세 번째 고아원 쪽으로 그를 보내 상황을 살핀다면, 운이 좋아 그들까지도 구할 수 있을 겁니다."

"……."

"어차피 그 안으로 발을 들이는 순간, 그들과의 전투는 필연적입니다. 그러니 괜찮지 않습니까?"

이론드는 잠시 더 고민하더니, 운정을 돌아보았다.

남자가 봐도 설렐 만한 얼굴이 환한 미소를 짓고 있었다.

第四十九章

알시루스와 이론드, 그리고 소론 기사단은 한 명도 빼놓지 않고 모두 군막 안으로 들어갔다. 때문에 군 군막 밖에는 포트리아와 슬롯, 그리고 흑기사단만이 남았다.

　　포트리아는 자신의 대검을 뽑아 들고 찬찬히 살펴보는 슬롯에게 말했다.

　　"허락은 했지만 다시 한번 생각해 보게. 워메이지를 상대하기 위해서 운정 도사를 데려온 것이네. 그가 없다면 워메이지를 잡을 방법이 없을 거야."

　　슬롯은 자신의 대검을 훌쩍 올려 어깨에 멨다.

"활(Bow)이 전문인 둘을 데려왔습니다. 아주 방법이 없진 않을 겁니다."

"적 기사단의 무기는 멜라시움으로 확인되었어. 처음에는 워메이지의 마법이 통하지 않을지 모르지만, 전투 중에 방패를 놓치거나, 갑옷이 상하게 된다면, 즉사주문이 통할 수도 있지."

슬롯은 무릎을 조금 굽혔다 펴며 어깨에 멘 멜라시움 대검의 무게를 대략적으로 가늠했다.

"교본에 적혀 있기를, 그럴 경우 적의 무기에 치명적인 독이 발라져 있다고 생각하고 싸우라고 합니다. 흑기사단은 그럴 때를 위해서도 훈련되어 있습니다."

슬롯의 말에는 자신감이 있었지만, 포트리아의 마음속 걱정은 좀처럼 사라지지 않았다.

"적진에 들어가야 하는 만큼, 저쪽에서 맞상대하지 않을 수 있네. 함정을 파 놓고 기다리고 있을 수도 있지."

슬롯은 땅에 놓여 있던 자신의 투구를 왼손으로 들어서 머리에 썼다. 투구로 인해서 가려진 그의 마지막 표정은 자신에 가득 차 있었다.

"흑기사단은 시가전 또한 완벽하게 숙지하고 있습니다. 모든 비상사태에 대비되어 있으니 심려 놓으셔도 됩니다."

포트리아는 한숨을 푹 내쉬더니 말했다.

"기사단의 싸움에서 워메이지의 존재 유무는 너무 커. 알지 않은가?"

"알지요. 죄송하지만 제 대방패를 들어 주실 수 있습니까? 무게가 무게인지라 몸을 굽히기가 어렵습니다."

포트리아는 허리에 손을 올리곤, 자신의 말을 귓등으로도 안 듣는 슬롯을 뚫어지게 보았다. 그럼에도 투구를 통해 보이는 슬롯의 눈빛에 전혀 흔들림이 없자, 하는 수 없다는 듯 팔을 풀고는 몸을 숙여 슬롯의 대방패를 들었다.

"으, 으윽."

그녀는 허리가 떨어져 나갈 것 같았지만, 지켜보는 눈들이 있어서 억지로 힘을 주었다. 그리고 고된 노력 끝에 대방패를 기어코 들고야 말았다. 슬롯은 왼손을 뻗어서 대방패 안쪽에 난 홈에 착용한 장갑을 밀어 넣어 손잡이를 꽉 붙잡았다.

"감사합니다."

포트리아는 고개를 도리도리 돌리면서 말했다.

"장담하는데, 내일부터 본격적으로 허리가 부러질 듯 아플 거 같아. 이거 몇 킬로그램이나 되는 건가?"

"24kg입니다."

"세상에."

"전부 다 해서 70kg가 넘어가니, 그리 놀랄 것도 없습니다. 흑기사단이 되려면 이 무게를 견디면서 무술을 펼칠 줄 알아야 합니다. 기본이지요."

포트리아는 고개를 절레절레 흔들었다.

"나는 평생 가도 기사는 못 될 듯싶네. 7kg도 무거운데."

"저도 장군이 되는 건 꿈도 못 꿀 겁니다. 머리가 안 돌아가서."

"하핫, 그런가?"

슬롯은 그 엄청난 무게를 견디며 몸을 이리저리 틀어 보았다. 몸에 있는 모든 관절이 구현된 플레이트 아머는 무게만 견딜 수 있다면 모든 동작을 그대로 재현할 수 있었다. 그의 움직임에 따라 갑옷 이곳저곳이 비틀리며 소리를 내었지만, 부드럽게 돌아가지 않는 부위는 단 한 군데도 없었다.

자신만의 방법으로 아머를 점검한 슬롯은 뒤를 돌아봤다. 그곳에는 그처럼 중무장을 한 열 명의 흑기사단이 일렬로 서 있었다. 그들은 슬롯을 향해 하나처럼 고개를 살짝 끄덕였다.

슬롯은 포트리아를 돌아보며 말했다.

"그런데 소론 기사단은 저 군막 안에서 뭘 꾸물거리는 겁니까?"

포트리아는 팔짱을 끼며 그쪽을 보았다.

"사랑교의 대주교가 안으로 들어가는 걸 봤네. 아마 기도 중이겠지."

"확실히 삶이 팍팍한 곳이니 종교에 의지하는 면이 크군요."

"그보다야 제국에게 잘 보이고 싶은 것 아니겠나? 뭐, 정치적인 이유이든 종교적인 이유이든, 아마 기도가 끝나야 출발할 것 같네."

슬롯은 거침없이 말했다.

"미리 떠나겠습니다. 어차피 저희 쪽이 거리가 머니, 먼저 출발해서야 비슷한 시간대에 고아원에 당도할 겁니다."

포트리아는 고개를 끄덕였다.

"신의 가호가 있길 비네."

슬롯은 한쪽으로 걸음을 떼며 말했다.

"그건 적에게나 필요할 겁니다."

그렇게 말한 슬롯과 흑기사단은 주변 땅을 울리는 행진을 하며 앞으로 나아갔다. 그 엄청난 무게를 지고 있는데도 그들의 걸음은 일반인보다 조금 빠른 속도였다.

포트리아는 군막 한쪽에 있는 가로수 아래를 보았다. 그 나무 아래에선 운정이 가부좌를 틀고 앉아 있었다. 포트리아는 다리를 기이하게 꼰 그 자세를 처음 봤을 땐 매우 불편하지 않을까 했지만, 평온한 운정의 표정을 보면 꼭 그렇지도 않은 듯했다.

그녀는 그쪽으로 걸어갔다.

"지금 떠날까요?"

포트리아는 집중하던 운정이 먼저 말을 할 줄은 몰랐다. 그녀는 잠시 당황했지만, 곧 말했다.

"언제든 원하실 때 가셔도 좋습니다. 다만 흑기사단은 이미 출발했습니다."

"그렇군요."

포트리아는 그 나무에 상체를 기대며 앉았다. 그리고 다리 하나를 앞으로 뻗으며 고통이 느껴지는 허리를 어루만졌다.

"혹, 집중을 깬 것은 아닌가 합니다. 죄송합니다."

운정이 나지막하게 대답했다.

"괜찮습니다. 그런데 허리가 아프신 것 같습니다만?"

"아? 예, 조금 삐끗해서."

운정은 눈을 떴다. 그리고 자리에서 일어나 포트리아에게 가까이 다가왔다. 그리고 오른손의 검지와 중지를 편 채 고개를 숙여 포트리아의 허리춤에 가져가는 시늉을 했다.

"제가 한번 보겠습니다."

포트리아는 햇빛을 등진 그의 외모에 잠시 넋을 놓았다가, 곧 얼굴을 굳히며 말했다.

"아, 네."

그녀가 상체를 숙이자, 운정이 그 허리춤에 손가락을 대었다. 따뜻한 기운이 그의 손가락으로부터 흘러나와 허리 전체에 퍼졌고, 곧 고통이 사라지기 시작했다.

그때쯤, 소론 기사단이 군막 밖으로 나왔다. 그리고 이어

나온 이론드가 그들을 향해 연설을 하기 시작했는데, 포트리아는 자신도 모르게 이론드의 연설에 빠져들어 허리가 낫고 있는지도 몰랐다.

그렇게 연설이 끝나고, 이론드는 소론 기사단을 이끌고 대로로 향했다. 그제야 정신을 차린 포트리아는 고개를 돌려 운정을 보았다.

운정은 어느새 전처럼 가부좌를 틀고 있었다.

포트리아가 말했다.

"죄송합니다. 순간 이론드 장군의 연설에 정신이 팔린 나머지 감사 인사도 못 했군요. 그러고 보니 허리에서 고통이 완전히 사라졌습니다. 정말 감사합니다."

운정이 눈을 감은 채로 말했다.

"오늘따라 실프의 투정이 심하네요. 조금만 시간을 주시면 저도 출발하겠습니다."

포트리아는 다시금 당황했다.

"아, 그런가요? 실프라니. 하하. 그 펴, 편하실 때 출발하십시오."

"그런데 어떠셨습니까? 이론드 장군의 연설이?"

포트리아는 팔짱을 끼며 고개를 끄덕여 보였다.

"뭐, 좋았습니다."

"그토록 집중하신 데에는 이유가 있으리라 믿습니다. 그것이 궁금해서 말입니다."

포트리아는 오른쪽 무릎을 굽혀 세웠다. 그리고 쭉 뻗어 있는 자신의 왼쪽 다리를 내려다보며 말했다.

"좀 더 자세히 말하자면, 기사단의 사기를 끌어올리는 그의 솜씨가 대단하게 느껴졌습니다. 특히 한 명을 내세워서 두려운 분위기를 조성하고는 그 분위기를 확 반전시키면서… 뭐랄까, 그것을 투지로 바꿨다고 해야 하나?"

"……"

"이론드 장군은 나라의 장군이면서도 기사단의 단장입니다. 흔히 말하는 문무를 겸비했다는 인물이지요. 하지만 장군이면서 단장이려면 그보다 더 겸비해야 할 것이 많습니다. 군사를 철저하게 숫자로 보는 장군의 냉정함과, 기사들의 마음을 감동시키는 단장의 따뜻함이 있어야 합니다. 소론에 그가 없다면 아마 소론은 진작 파인랜드에서 사라졌을 겁니다."

운정은 나지막하게 말했다.

"세상에는 제가 배워야 할 점이 참 많은 것 같습니다. 전 단순히 무술을 수련해야 하는 것뿐 아니라 마스터의 역할도 감당해야 하니까요."

포트리아는 그의 사정을 떠올리곤, 희미한 미소를 지었다.

"당신은 어립니다. 아직 이십도 되지 않았으니, 앞으로 배울 날이 많을 겁니다."

운정이 말했다.

"그렇겠지요. 아, 그리고 전 이십은 넘었습니다."

"예?"

"정확하게는 저도 모르겠지만, 이십 대 초반은 될 겁니다."

포트리아는 눈을 동그랗게 뜨고 운정을 돌아봤다. 눈을 감은 그를 찬찬히 보던 그녀는 곧 시선을 돌리며 말했다.

"그러시군요. 나이보다 어려 보이십니다."

"그렇습니까?"

"확실히요. 그리고 단순히 외모뿐만 아니라 감정적으로 느껴지는 것도 이십이 되지 않는 듯합니다. 아, 오해하지 마시기를. 운정 도사께서 지식과 지혜가 부족하다는 것이 아니라, 그저 제 감으로 느껴지는 걸 말하는 겁니다."

운정은 눈을 뜨며 말했다.

"그러고 보니, 정확하게 제 나이를 모르겠습니다. 중원에 돌아가게 되면, 부모님께 물어봐야지요."

포트리아는 고개를 갸웃했다. 부모가 있는데 나이를 모른다? 무슨 사정인지 궁금증이 들었지만, 막 자리에서 일어나는 운정을 붙잡을 수는 없었다.

포트리아가 말했다.

"가시는군요."

"네. 그리고 제 목숨에 관해서는 너무 염려하지 마십시오.

이 옷이 마법을 막아 내지 못한다고 하더라도, 즉사주문에는
죽지 않으니까."

"......"

포트리아는 전혀 이해 가지 않는다는 얼굴을 하고 있었지
만, 운정은 작은 미소로 인사할 따름이었다.

"그럼."

운정은 포트리아를 향해서 포권을 취했다.

그리고 그의 모습은 바람과 함께 사라졌다.

"세상에."

포트리아는 믿을 수 없다는 듯 눈을 몇 번이고 끔벅였다.

*   *   *

군막 안.

알시루스는 중무장을 한 채로 모두 무릎을 꿇고 있는 소론
기사단 전체를 보았다. 반 이상이 철 갑옷을 입고 있었고, 초
합금속으로 된 갑옷도 질이 낮은 것뿐이었다. 그나마 내마성
이 있는 무구를 가진 사람은 다섯이 채 넘어가지 않았다. 무
기와 방패의 재질도 제각각이어서, 어떤 기사는 알록달록한
다섯 가지 색이 난잡하게 있었다.

왕이 기사 중 절반을 보내 준다고 했지만, 숫자만 겨우 맞

춘 것이다.

소론의 대주교가 기도를 마치고 눈을 뜨자, 마침 기사들을 둘러보던 알시루스와 눈이 마주쳤다. 대주교의 얼굴이 팍 일그러짐과 동시에 그 대주교가 다시 눈을 감으며 말했다.

"기도에 미처 참여하지 못한 형제들이 있었으니, 이를 교만하게 여긴 신께서 함께하지 않으실 듯합니다. 그러니 처음부터 다시 기도하겠습니다."

알시루스는 짜증이 왈칵 일어났지만, 자신을 슬쩍 돌아보는 이론드의 따가운 눈초리를 보고는 눈을 감지 않을 수 없었다.

지루한 기도문이 또다시 낭송되고 끝나자, 무릎을 꿇고 있던 기사단이 다 같이 일어났다. 대주교는 알시루스를 보더니, 고개를 도리도리 흔들고는 군막 밖으로 나갔다.

가장 늦게까지 무릎을 꿇고 있던 이론드는 하트 모양으로 된 목걸이에 입을 맞추고는 갑옷 속에 넣었다.

그는 어정쩡하게 있는 기사들을 돌아보며 말했다.

"자, 밖에서 대열을 갖춰라."

그의 명령이 떨어지자, 기사들은 별다른 대답도 하지 않고 천천히 움직이기 시작했다. 하지만 얼굴에는 불만과 두려움이 가득했고, 움직임은 굼뜨기 이를 데 없었다.

모두 나간 것을 확인한 이론드는 알시루스에게 다가가서 말했다.

"백작님, 모든 것을 갖추어도 신앙이 없다면 죽어서 흙이 될 뿐입니다. 영혼이 살지 못하는데 무슨 의미가 있겠습니까? 기도하셔야지요."

알시루스는 대화하기 싫다는 듯 표정을 구기며 한마디 했다.

"순수하게 신을 좇기에는 내 눈이 너무 많은 것을 봐 버렸지."

"사랑교의 일을 두고 기도 없이 임하는 것은 교만입니다."

알시루스는 그냥 대화를 끊어 버리고 새로운 주제를 꺼냈다.

"그래서 이제 바로 출발하는가?"

"예. 불신앙으로 가득 차 있는 흑기사단이 신께 기도를 올리고 떠났을 리 만무하니, 그들에게 시선이 끌리는 순간을 이용해서 지금 들어가야 합니다."

"굳이 장군까지 가야 하는지 모르겠군."

"제가 가지 않는다면, 기사들이 제대로 임무를 수행하지 않을 겁니다."

"눈을 씻고 봐도 사기를 찾아볼 수 없었네. 이미 사기가 꺾인 기사단이니, 자네가 통솔한다고 해서 달라지겠는가?"

"제 역량에 달려 있는 문제이지요. 최대한 끌어올려 볼 것입니다."

알시루스는 팔을 들어 이론드의 어깨에 올렸다.

"조심하게 이론드 장군. 자네는 소론 기사단을 이끄는 기사
단장이자, 소론 군을 이끄는 장군이야. 소론은 문무를 겸비한
자네를 절대로 잃을 수 없네."

알시루스는 한쪽 팔로 이론드를 끌어안았고, 이론드도 한
팔을 들어서 알시루스를 안았다.

이론드는 팔을 내리며 말했다.

"그럼. 신의 가호가 있기를."

알시루스도 팔을 내렸다.

"꼭 살아남게."

이론드는 주먹을 가슴에 올리는 경례를 하고는 군막 밖으
로 나갔다.

그곳에는 가까스로 진영이라고 말해 줄 수 있을 것 같은 형
태로, 기사 삼십여 명이 서 있었다.

이론드가 그들 앞에 서더니 말했다.

"단도직입적으로 말하겠다. 우리의 임무는 적들이 인질로
삼은 고아원의 아이들을 구하는 것이다. 그곳에는 오십 명이
넘어가는 아이들이 있다. 대주교께서 말씀하신 것처럼 고아
를 구하는 것은 신께서도 가장 기뻐하실 일이니, 마음을 다해
야 한다."

모두들 듣는 둥 마는 둥 하는데, 그중 철 갑옷을 입은 한 명이 손을 들고 말했다.

"워메이지는 보이지 않습니다. 워메이지 없이 전투하는 겁니까?"

그 기사는 다소 건방진 태도를 보이고 있었지만, 이론드는 오히려 고마웠다. 그를 이용해서 사기를 끌어올릴 방도가 생각났기 때문이다.

이론드는 그를 향해서 손가락을 까닥까닥했다. 그 기사는 당황했지만, 소론 기사단의 기사단장이자 소론의 장군인 그가 밖으로 나오라는데 가만히 있을 수는 없었다. 그는 불만과 불안함이 반반 섞인 표정으로 앞에 나왔는데, 이론드는 그를 자기 옆에 세웠다. 그러곤 그를 돌아보며 말했다.

"아쉽게도 워메이지는 없다."

그러자 그의 표정에서 불안함이 완전히 사라져 오로지 불만만 가득해졌다.

"아니, 워메이지를 대동한 위의 놈들도 상대가 안 돼서 후퇴한 마당에 우리들이 상대가 되겠습니까?"

"위의 놈들이 누구냐?"

"그야 철 갑옷을 입지 않는 놈들이지요."

소론은 초합금속으로 된 갑옷이 부족하다 보니, 소론의 기사단은 매년 무술 평가를 해서 순위대로 갑옷이 지급된다. 그러다 보니 매년 철 갑옷을 지급받는 하위권 무리들은 상위권 무리들과 함께 어울리지 못했다.

이론드는 그 사정을 잘 알았지만, 기강을 잡기 위해서 모른 척하며 말했다.

"소론 기사단은 하나다. 그 안에서 위니 아래니 하는 것은 분열을 조장하는 것이다. 다음부터는 절대로 묵과하지 않을 것이다."

"……"

"물론 네 말이 틀린 것은 아니다. 워메이지의 지원이 없어 어렵긴 하지. 하지만 현재 델라이의 흑기사단이 와 있다. 그들이 다른 쪽에서 이미 출전하여 적의 시선을 끌어 주고 있다. 파인랜드 최강의 기사단인 그들을 막기 위해서라도, 적의 워메이지는 다 그쪽으로 몰릴 것이다. 우리는 그저 고아들을 구출하면 된다."

분위기는 여전히 침울했다.

스릉!

그때 이론드가 자신의 검을 뽑아 보이며 모든 이의 시선을 사로잡았다. 앞에 나온 기사의 얼굴에 두려움이 차오르는데, 이론드가 기사 전체를 보며 큰 소리로 말했다.

"난 자네들이 무슨 생각을 하는지 안다! 그저 소모되는 것이라 생각하겠지! 하지만 내가 같이 움직일 것이다. 내가 그대들을 그저 소모하려 한다면 내가 같이 가겠는가?"

"……."

"묻겠다. 이래도 내가 그대들을 한낱 체스 말로 여기는 것인가? 답해 보라. 아직도 내가 그대들을 한낱 화살로 쓰는 것인가? 나는 자네들이 위에 놈들이라 부르는 자들과도 함께하지 않았다. 하지만 자네들과는 함께한다. 그런데 아직도 내가 자네들을 버리는 것 같은가?"

"……."

모두 말을 못 하는데, 이론드는 자기 옆에 선 기사에게 고개를 돌려 다시 물었다.

"어떻게 생각하는가? 아직도 버려진다 생각하는가?"

그 철 갑옷을 입은 기사는 쭈뼛거리다가 이론드가 뽑은 검이 눈에 들어오자, 마지못해 대답했다.

"아닙니다, 장군. 함께하게 돼서 영광입니다."

"나는 그대들과 함께 살고 또 함께 죽을 것이다. 아니, 가장 나중에 살 것이고 가장 먼저 죽을 것이다. 들어가게."

그 기사는 얼른 자기 자리에 복귀했다.

이론드는 그들을 보며 눈을 확 좁혔다.

"뭐 하는가? 검을 뽑고 대열을 갖추지 않고!"

순간 모든 기사의 얼굴에 긴장감이 서렸다. 그들은 훈련한 대로 검을 뽑고 방패를 들어 기본 자세를 취했다.

이론드는 몸을 돌리며 말했다.

"라인(Line) 포메이션(Formation)으로 둘을 만든다. 언제라도 쉴드월(Shield Wall)를 만들 준비를 하고 나를 따라라."

이론드는 군막 옆에 있던 자신의 방패를 들었다. 그것은 알시루스가 각별한 노력 끝에 얻어 낸 소론 왕국 유일한 멜라시움 방패였다. 이론드는 장군의 상징과도 같은 그것을 들고는 거침없는 걸음걸이로 군막을 지나 대로로 향했다.

이론드를 필두로, 그의 뒤에 두 열로 대열을 맞춘 소론 기사단이 따랐다. 각자 가진 장비는 제각각 달랐지만, 정기적으로 훈련을 받는 정규 기사단답게, 한 몸처럼 움직였다. 각 기사들은 왼손에 든 방패로 앞을 가리고 서로 맞물리게 잡아서 언제든 방패벽을 만들 수 있게 했다.

저벅. 저벅.

저벅. 저벅.

그들은 천천히 진군하기 시작했다.

긴장한 표정을 한 이론드는 너무나 익숙한 소로노스의 북쪽 대로가 왠지 모르게 낯설게 느껴졌다. 언제나 시끌시끌하고 사람들이 모여 있으며 마차가 끊이지 않고 오가는 길이다 보니, 이토록 휑한 광경은 그도 처음 보았다. 넓은 길인 줄은 익히 알았지만, 아무도 없는 걸 보니, 원래보다 두 배는 더 넓어 보였다.

대략 십오 분 정도 걸었을까? 한 건물 틈에서 불그스름한 갑옷을 입은 기사 한 명이 나왔다. 그 기사는 소론 기사단 앞에 있는 이론드와 눈이 마주치자 잠시 멈칫했다.

이론드는 그쪽으로 방패를 앞세우고 검을 뒤로한 채로 자세를 잡으며 크게 외쳤다.

"10시! 실드월!"

쿵. 쿵.

그의 명령이 떨어지자, 소론 기사단은 각자의 방패를 높게 들었다. 그리고 무릎을 직각으로 굽혀서 자세를 크게 낮췄다. 그러자 방패들로 이루어진 두 개의 방벽이 굳건히 세워졌고, 그 방벽 사이사이에 날카로운 무구들이 서늘한 빛을 내었다.

그 적 기사는 역시 같은 자세를 즉시 취했다. 흑색의 대방패(Great Shield)가 그의 전신을 가렸고, 흑색의 스피어(Spear)가 방패 위에 뱀처럼 도사렸다. 갑옷은 아다만티움, 무구는 멜라시움이 분명했다.

그 적 기사는 대로로 나와서 천천히 뒷걸음질을 치며 소론 기사단을 주시했다. 그리고 곧 그들에게 활과 워메이지가 없다는 사실을 확인하고는 방어 자세를 풀었다.

그리고 뒤로 돌아 뛰기 시작했다.

"적에게 발각되었다. 빠르게 달리겠다."

이론드와 소론 기사단도 모두 자세를 풀었다. 그리고 그들은 적 기사를 따라 뛰기 시작했다.

쿵. 쿵.

쿵. 쿵.

소론 기사단의 걸음에 맞춰서 대로가 무너질 듯 진동하기 시작했다.

대열이 무너질 만도 하지만, 그들은 매일 같은 훈련 속에서 서로의 속도를 맞추는 법을 잘 알았다.

그렇게 또 한 오 분을 뛰었을까?

이론드는 적 기사가 한 건물로 들어가는 것을 보았다. 그 건물의 형태를 보아하니, 그들이 가려던 고아원임이 분명했다.

이론드는 소론 기사단을 재촉하고 싶었지만, 고아원에서 바로 쏟아져 나오는 적 기사들을 보곤 손을 들었다.

"12시!"

이론드가 큰 소리를 내자, 삼십여 명의 소론 기사단이 일제히 멈춰 섰다. 그리고 그 즉시 방패를 앞으로 꺼내서 전과 같은 두 열로 대열을 만들었다. 그러곤 적 기사단을 주시했다.

적 기사단은 총 일곱 명이었다. 그들은 처음 봤던 기사와 마찬가지로 불그스름한 갑옷과 흑색의 대방패 및 무기를 들고 있었다.

그들의 대열은 일렬로 선 소론 기사단과는 달랐다. 앞이 가장 튀어나와 있고, 양 끝이 안으로 들어가는 초승달 형태였다.

양쪽 끝자락에서부터 차례대로 교차하는 대방패 세 쌍 사이에는 여섯 개의 폴암(Polearm)이 길게 세워져 있었다. 폴암은 모닝스타(Morningstar), 할버드(Halberd), 스피어(Spear) 등 제각각이었다.

그리고 정중앙의 기사는 대검, 그레이트소드(Great Sword) 두 자루를 마치 쌍검처럼 각각의 손에 들고 있었다. 이른바 쌍대검(Dual Great Sword). 대열의 중앙을 보호하는 방패는 없었다.

이론드는 경악하지 않을 수 없었다. 멜라시움같이 무거운 물질로 만든 그레이트소드는 양손으로 하나 들기도 버겁다. 그래서 숄더에 메고 겨우 사용하지 않는가? 그런데 그런 걸 한 손으로 드는 것도 모자라서 각 손에 한 자루씩, 두 자루를 든다? 힘이 오우거(Orge)만큼은 되어야 가능할 것이다.

게다가 오른쪽 진영은 그렇다 쳐도, 왼쪽 진영의 세 기사는 왼손으로 폴암을 잡고 있다. 일곱 중 셋이 왼손잡이일 리는 만무하니, 왼손으로 오른손과 같은 수준의 무술을 펼칠 만큼 훈련이 된 자들이라는 뜻이다.

다시 말하면 무구의 재질에서도 무술의 실력으로도 적이 앞선다.

유일한 우위는 숫자.

과연 싸워야 하나?

이론드가 그런 고민을 하는 도중, 그 일곱 기사 중 쌍검을 들고 있던 중앙의 기사가 큰 소리로 말했다.

"차지(Charge)!"

여섯 폴암이 앞으로 바짝 섰다. 그리고 일곱 기사는 삼십여 명이 넘어가는 소론 기사단을 상대로 돌진하기 시작했다.

이론드는 어이가 없었다. 겨우 일곱이서 삼십을 상대로 돌진하다니? 충돌 직후, 완전히 둘러싸일 것이 분명한데도 그런 명령을 내린 것은, 충돌 한 번으로 대열을 뚫어 버리겠다는 뜻이다.

그렇다면 일단 막아 내기만 하면 된다. 중앙의 기사가 방패를 들지 않고 쌍대검을 든 것도 다 맞상대를 유도하기 위함일 것이다. 하지만 그 유혹에 넘어가지 않고 앞에서만 견뎌 준다면 포위가 가능하다.

생각을 끝낸 이론드는 자신의 검을 얼른 검집에 넣었다. 그리고 소론 장군의 상징처럼 여겨지는 자신의 멜라시움 방패를 양손을 잡아 올렸다. 시야가 어두워지며 그의 머릿속에 질문 하나가 떠올랐다.

과연 내리찍는 두 개의 대검을 막을 수 있을까?

그는 두 다리에 굳게 힘을 주며 말했다.

"더블 월(Double Wall)!"

그의 명령이 떨어지자, 선열의 기사들이 더욱 아래로 몸을 숙이며 방패를 땅에 닿기까지 내렸다. 그리고 후열의 기사들이 바짝 붙으며 방패를 들어서, 선열의 기사들의 방패 위에 자신들의 방패를 겹쳤다.

그러자 전보다 더욱 두터운 두 겹의 방패벽이 생겨났다.

이론드는 그 방패벽 중앙쯤에 몸을 기댄 채로 서서, 멜라시움 방패를 높이 들고, 적 기사단의 중앙을 맞이했다.

그렇게 일곱 기사가 삼십여 기사에게 충돌했다.

콰앙—! 쿵.

두 방패 벽이 크게 부딪쳤다. 그런데 놀랍게도 여섯 방패가 삼십 방패를 훌쩍 떨궈 냈다. 정면으로 충돌한 소론 기사단의 방패들은 조각이 나거나 뒤로 구부러졌다.

그때 여섯 개의 폴암이 하늘에서 떨어졌다.

콰악! 콰앙—! 푹! 쿡!

"크아악!"

"으악!"

이론드는 양옆에서 울리는 비명 소리에, 멜라시움으로 된 적의 폴암이 소론 기사단의 철 갑옷을 종잇장처럼 찢어 버렸다는 사실을 직감할 수 있었다. 그는 참담한 기분을 느꼈는데, 순간 드는 의아함이 있었다.

왜 나는 충격이 없지?

하지만 한시가 긴박하다.

이론드는 더 생각하지 않고, 큰 소리로 말했다.

"카운터 어택(Counter Attack)!"

이론드의 말에 바깥쪽에 있던 기사들이 서둘러 움직여 적 기사들을 둘러싸기 시작했다. 그리고 자신들이 가지고 있는 무기들을 들어. 적 기사들을 향해서 내질렀다. 방패를 들고 있던 적 기사들은 폼암을 뒤로 젖히면서 방패를 들어 올려 최대한 스스로를 방어했다.

그러나 여섯 방패로 모두 막아 내기에는 그들에게 쏟아지는 무기가 너무 많았다. 방패에 막힌 것이 태반이긴 했지만, 그래도 그 위로, 아래로, 그리고 그 사이로, 기어코 들어가서 기적적으로 몸에 닿은 무기들이 있었다.

쿵. 파삿. 꽉. 피슝. 빠직.

다양한 소리가 연속적으로 울려 퍼졌다. 다양한 재질로 만든 무기들이 멜라시움 방패와 아다만티움 갑옷에 꽂히니, 마치 초합금속 강도 실험장처럼 되어 버린 것이다. 문제는 소론 기사단의 무기 중 적 기사들에게 성공적으로 피해를 준 것이 전혀 없다는 것이다. 그나마 강한 재질로 만든 무기도 아다만티움 갑옷에 조금 흠집을 내는 것이 전부였다.

그때 갑자기 강력한 파공음이 이론드 앞에서 울렸다.

부웅—!

바람 소리와 함께 이론드의 시야에 들어온 것은, 마치 서로 마주 본 두 풍차처럼 자신의 양손을 뒤로 크게 돌리고 있는 중앙의 기사였다. 그 기사는 그렇게 양손으로 잡은 멜라시움 그레이트소드 두 자루를 땅에서부터 위로 끌어올리듯 공격했다.

"무, 무슨!"

쿵—!

두 대검이 이론드의 방패 양 끝을, 아래서부터 위쪽으로 때렸다. 가뜩이나 위로 방패를 들고 있었던 이론드는 자신의 손을 떠나려는 멜라시움 방패를 도저히 더 잡고 있을 수 없었다. 그랬다가는 양팔이 팔째로 뽑혀 나갈 것 같았다.

결국 손을 떠난 그의 방패는 공중에 붕 떠 버렸다. 그로 인해 이론드는 갑자기 앞의 시야가 훤해지는 것을 느꼈다.

가장 먼저 보이는 것은 그의 앞에 있는 일곱 기사.

그다음 보인 것은 고아원 대문 앞에 있는 마법사였다.

마법사는 지팡이를 이론드에게 뻗으며 말했다.

"파워—워드 킬(Power—word kill)."

이론드는 그 소리를 듣자마자 죽음을 직감했다.

마법을 시전하는 시동어가 귀로 들린 이상, 마법은 이미 시전된 것이고, 따라서 그의 죽음은 '이미 일어난 일'이다.

그런데 그때, 따뜻한 바람이 불었다.

운정은 대로 위를 조금 더 걸었다. 그러자 대로보다는 작지만 그래도 적당히 큰 길이 오른쪽으로 비껴 난 듯, 나 있는 것을 보았다. 가로등 옆에 작게 붙어 있는 푯말에는 그 길의 이름이 적혀 있었다.

"퀸스 스트릿(Queens St). 저긴가?"

운정은 그 길 안으로 걸었다. 그러면서 길 양옆으로 세워진 건물들을 이리저리 구경했다.

소론의 건물 양식은 마치 신이 거대한 정사각형의 돌들을 길가에 세운 채, 그것의 안을 깎아서 만들어 놓은 것 같았다. 건물의 넓이와 높이가 거의 비슷해서 귀여운 느낌을 주었는데, 문이나 창문들도 중원의 것에 비해 매우 작아, 매우 아기자기했다.

하지만 길거리의 분위기는 삭막하기 이를 데 없었다. 문 세 개 중 하나 정도는 아무렇게나 열려 있었고, 길바닥에는 평소 거리에서 볼 수 없는 여러 물건들이 더러 널브러져 있었다. 그중에는 귀중품도 있었고 옷도 있었으며, 각종 음식들도 있었다. 분명 다들 급히 피신한 것이 분명했다.

한적한 그 거리를 걷던 운정은 자신이 가야 할 고아원이 가장 먼 곳에 위치한 것임을 기억했다. 그는 주변 환경에 쏠린 마음을 다잡고는 서서히 심장에서부터 리기와 감기를 끌어올렸다.

그러자 전신으로부터 마기가 올라왔고, 그의 혈액은 역류하기 시작했다. 그는 단전으로부터 건기와 곤기를 돌려 그의 기혈을 보호하면서 마기를 기반으로 한 제운종을 펼쳤다.

쿵. 쿵. 쿵.

제운종은 마기로 인해 거칠어져 있었다. 운정은 그것에 불편함을 느끼며 태극마심신공을 제대로 펼칠까 고민했다. 그렇게만 한다면 과거 검선처럼 완벽하게 무당의 무공을 재현할 수는 있을 것이다.

그러나 그것은 단전의 건기와 곤기의 소모로 이어진다. 대자연의 기운이 없는 파인랜드에서는 심장에서부터 절로 뿜어지는 마기만을 사용하는 것이 유리. 따라서 혜쌍검마의 심득을 이용해 마기만으로 무당파의 무공을 펼쳐야 한다.

그렇다면 파인랜드에서 새롭게 설립할 신무당파의 무공은 마공을 기반으로 해야 할 것인가?

운정은 갑작스레 떠오른 고민거리를 애써 머릿속에서 지웠다.

쿵. 쿵. 쿵.

운정은 자신을 뒤따라 다니는 거친 발소리가 거슬렸지만,

마기만을 사용하는 데 익숙해지기로 마음먹었다. 언제까지고 마나스톤에 기대어 건기와 곤기를 사용하는 건 좋지 못한 버릇이다.

그렇게 대략 5분을 달렸을까?

그는 곧 그가 가고자 했던 고아원이 눈에 보였다.

고아원 앞에는 두 명의 기사가 있었는데. 그들은 자신을 향해서 놀라운 속도로 다가오는 운정을 보며 가만히 서 있기만 했다. 자신들의 눈을 믿지 못하는 듯했다.

쿵. 쿵. 쿵.

한 번 발을 내디딜 때마다 7m가량을 넘나드는 운정은 그 기사들이 제대로 방비하기도 전에 그들 앞에 도착했다.

"……."

"……."

대략 3m 앞에 멈춰 선 운정은 태극검의 모양과 동일한 미스릴 검을 뽑아 그들을 향해 겨누면서 말했다.

"전 구금된 아이들을 구할 것입니다. 방해하지 않는다면 해치지 않겠습니다."

그 두 기사는 방패와 폴암을 들며 말했다.

"적이다!"

"적이다!"

그들은 그렇게 말한 후, 함부로 운정을 공격하지 않고 거리를 지킨 채로, 가만히 지켜보았다. 조금 시간이 흐르자, 고아원 안에서 기사 여럿이 나오기 시작했다.

숫자가 많아지면 귀찮아질 것을 예감한 운정은 선공하기로 마음먹었다. 그는 태극보를 펼쳐, 두 기사 중 오른쪽 기사의 앞에 섰다.

그 기사는 갑자기 앞에 나타난 운정을 보곤, 방패에 무게를 실어 그를 향해 밀었다.

탁.

충격은 없었다. 다만 방패 위를 살포시 잡은 새하얀 손길이 살짝 보였고, 이후 은색으로 맑게 빛나는 검 하나가 그 기사의 왼손 손등에 떨어졌다.

"크흠."

작은 신음을 낸 그 기사는 방패를 놓칠 수밖에 없었다. 왼손가락이 더 이상 말을 듣지 않았기 때문이다.

운정은 그대로 왼손에 내력을 담아서 그 기사의 투구 위에 손바닥을 얹고는 장력을 뿜었다.

퍽.

금속과 손바닥이 닿은 것치고는 묵직한 격타음이 투구 안쪽에서 울렸다. 그 기사는 오른손의 폴암까지 떨어뜨리더니, 곧 전신이 뒤쪽으로 꼬꾸라졌다.

운정은 슬그머니 몸을 돌려서 방패를 피해 내고는 자신을 바라보고 있는 다른 여섯 기사를 바라보았다.

그중 한 명이 큰 소리로 외쳤다.

"서라운딩(Surrounding)!"

그의 말이 떨어지기 무섭게 여섯 기사들이 그를 둘러쌌다. 운정은 육각형을 그린 채 방패로 모든 길을 차단한 그들을 둘러보더니, 전체에게 명령을 내린 사람에게 말했다.

"당신이 캡틴이군요. 다시 말씀드리지만, 전 아이들을 구하려고 합니다. 막지 않으신다면 해를 당하지 않을 것입니다."

"……."

적 기사단장은 아무런 말도 하지 않았다. 대신 두 눈에서 살기와 투기가 조금 짙어졌다. 운정이 그를 마주 보다가 곧 놀란 목소리로 말했다.

"연보랏빛?"

그의 질문이 신호라도 되는 듯, 그 기사단장이 크게 외쳤다.

"공격!"

그가 말하자, 여섯이 일제히 공격을 가했다. 방패를 살짝 왼쪽으로 치켜들고, 그 사이로 자신들의 무기를 들어 상단에서 하단으로 공격하는 그 합은 사실 어떠한 방법으로도 빠져나갈 수 없었다.

하지만 그것은 파인랜드에서만 통용되는 사실이었다. 운정은 가볍게 제운종을 펼쳐 하늘 위로 뛰어올랐다.

쾅—!

바로 전까지만 해도 운정이 서 있었던 바닥에 여섯 무기가 한 꿰음을 내며 찍혔다. 균열이 일어나며 흡사 그곳만 지진이 일어난 것처럼 변했다.

탁.

여섯 무기가 교차하여 떨어진 그곳 위로 운정이 안착했다. 그의 한 발은 폴암 위, 다른 발은 대검의 위에 있었는데, 안착한 그는 처음 떠오르기 전과 정확히 동일한 자세를 취하고 있었다.

운정이 말했다.

"곱게 내어 줄 생각이 없으시군요. 그렇다면 이후 저를 원망하지 마시길 바랍니다."

그는 미스릴 검에 마기를 잔뜩 주입하고는 땅으로 뻗은 채, 그대로 한 바퀴를 돌았다. 그러자 그의 검이 마치 두부를 써는 것처럼 멜라시움 무구들의 끝을 잘라 버렸다.

그 뒤 그는 전신에 마기를 끌어올리면서, 적 기사단장 쪽으로 몸을 훌쩍 날렸다. 적 기사단장은 서둘러 방패로 자신을 가렸는데, 운정은 아랑곳하지 않고 미스릴 검을 그대로 방패 정중앙에 찔러 넣었다.

스윽.

마치 물 안을 통과하는 것처럼 방패 안으로 부드럽게 들어간 미스릴 검은 적 기사단장의 어깻죽지까지 파고들었다. 운정은 그대로 칼을 뽑으면서 한 번 더 휘둘러 그 기사가 들고 있던 대검까지도 두 동강 냈다.

"싸움은 더 이상 무의미합니다. 그만하시지요."

쿵.

기사단장이 들고 있던 방패와 대검의 잘린 부분이 땅에 떨어졌다. 그는 자신의 왼팔에 전혀 힘이 들어가지 않는 것을 느끼며 오른손으로 쥔 잘린 대검을 내려놓고 자신의 어깨를 부여잡았다. 그가 고개를 돌려서 어깨를 내려다보니, 아다만티움 갑옷에는 전혀 이상이 없었다.

"무, 무슨? 마, 마법인가?"

그렇게 자문할 때쯤, 그의 어깨에서 피가 흘러나왔다. 기사단장이 눈초리를 모으고 자신의 어깨를 좀 더 자세히 보니, 그곳에는 아주 얇디얇은 선이 그어져 있었다.

아다만티움이 무엇인가?

강도는 A급이지만, 경도만큼은 S급이다. 따라서 부서지면 부서졌지, 이렇게 베어질 수 없는 게 아다만티움이다. 아무리 날카로운 칼이라도 절대 이렇게 파고들 수 없다.

파고들 수 있다면 바로 마법으로 된 칼날. 아다만티움의 내마성은 조금 떨어지기 때문에 그것은 충분히 가능했다.

기사단장이 큰 소리로 말했다.

"마법이다! 망토를 두른다. 지팡이가 없다고 속지 마라."

그의 지시가 떨어지자, 모든 기사들이 방패를 살짝 내려 두고 팔꿈치로 받쳤다. 그리고 왼손을 목 뒤로 가져갔다. 그러자 펄럭이는 망토가 쫙 풀어지며 땅에 닿을 듯 말 듯 할 정도로 내려왔다.

그들은 자신들의 망토를 확 잡아채서 방패 위를 덮은 뒤에, 다시금 방패를 잡아 들었다.

그 모든 행동을 할 때까지 운정은 가만히 그들을 지켜보며 중얼거렸다.

"나리튭으로 문양을 수놓은 망토로군요. 금속과 붙으면 위력이 떨어질 텐데… 그렇다고 갑옷을 포기할 수는 없으니… 타노스 자작의 고민이 무엇인지 이제 알겠군요. 하지만 중원의 무공은 갑옷을 입지 않고… 흐음."

"……."

"……."

모든 기사들이 섣불리 움직이지 못하자, 운정은 스스로 자신의 고민을 끝낸 뒤에, 미스릴 검에 강력한 마기를 주입했다. 그러자 백색의 검신 주변에서 칠흑 같은 검은빛이 일렁이기 시작했다.

운정은 태극검법을 펼쳤다.

서걱. 서걱. 서걱. 서걱. 서걱.

그가 한 발 움직일 때마다, 한 번의 공격이 있었다. 한 번의 공격이 있을 때마다, 하나의 망토와 방패가 베어졌다.

그렇게 모든 망토와 방패는 두 동강이 나며 땅에 떨어졌다.

운정은 자신의 검을 검집에 넣고 아직도 자신의 어깨를 부여잡고 있는 그 기사단장을 보며 말했다.

"마법이 아닙니다. 이제 더 이상 절 이길 수 없다는 걸 증명해 드렸으니, 물러나십시오. 아이들을 구출하겠습니다."

기사단장은 깊게 숨을 들이마시었다가 곧 내쉬었다.

"아직이다."

그가 살짝 몸을 비켰다.

그러자 그의 뒤로 한 마법사가 운정을 향해서 지팡이를 뻗고 있었다.

너무나 다급한 상황이라 운정은 가능한 최대한 빨리 내력과 심력을 그가 입고 있는 나리튬에 불어넣었다.

그 때문에 순간적으로 시간이 느리게 느껴졌다.

"파워……."

뭐지?

"워드……."

왜 말이 들리는 것이지?

"키……."

운정은 마법사의 입 모양이 그의 말을 끝내려고 하는 그 순간에, 심법으로 가속된 세상 속에서 강한 의문을 품었다.

마법의 시동어는 단순히 말이 아니라 세상의 원리를 향한 선포이다. 자신의 의지로 임의적인 사건이 일어나라고 명령하는 것이다.

때문에 그것은 시간이 걸리지 않는다. 단 하나의 찰나 속에서 이루어지는 하나의 울림이라 봐야 한다.

그러니 말로 표현하는 건 애초에 마법이 아니다.

마법을 쓰려는 게 아니다.

운정은 나리튬에 주입하려던 내력과 심력을 돌렸다. 그러자 시간이 갑자기 빨라져 본래의 속도를 되찾았는데, 그때 지팡이를 쥐고 있는 그 마법사의 손에서 무언가 발사되는 것이 눈에 포착되었다.

무림인의 눈이 아니라면, 아니, 무림인이었어도 집중하지 않았다면, 감지하지 못했을 수밖에 없는 속도로, 작은 칼날 하나가 운정의 이마를 향해 날아왔다.

그 속도가 얼마나 빠른지 운정도 그것을 피할 수는 없을 듯했다. 그는 최고로 빠른 속도로 최소한의 동선을 통해 미스릴 검을 들어 자신의 이마를 보호했다.

팟.

그 작은 칼날은 그의 검에 튕기자마자, 마치 공간이 그것을 먹어치운 듯 사라졌다.

그리고 운정의 두 눈은 그 순간 마법사의 왼손이 흔들린 것을 놓치지 않았다.

운정은 살짝 몸을 돌린 흑기사. 그리고 자신을 향해서 작은 칼날을 쏜 마법사를 번갈아 보더니, 나지막하게 말했다.

"요트스프림(Yottspreme)?"

그 말을 듣자, 마법사의 눈빛이 크게 흔들렸다.

"어, 어떻게?"

당황한 그 목소리에 운정은 눈초리를 좁히더니 말했다.

"날 죽이려 하셨으니, 내가 당신을 제압한다 한들 억울하시진 않을 겁니다."

운정은 태극보를 펼쳐, 그 마법사 앞에 나타났다. 그런데 그 순간 운정의 얼굴을 향해서 단검 하나가 불쑥 다가왔다. 그 마법사는 무려 무림인의 속도를 파악하고 맞춰서 공격한 것이다.

운정이 고개를 슬쩍 뒤로 하며 그 단검을 피해 내자, 마법사는 한 발씩 앞으로 나아가며, 운정을 공격했다.

숙. 숙. 숙.

바람을 찢는 날카로운 소리가 그 마법사의 단검 끝에서 느껴졌다. 운정은 여유롭게 그것을 피하면서, 가장 해를 끼치지 않으며 제압할 수 있는 각을 엿보았다. 그리고 그것이 포착되는 순간, 그의 왼손이 흐려졌다.

탁.

마법사의 동공이 흔들렸다. 앞으로 뻗은 그의 오른손의 손목이 운정의 왼손에 사로잡혀 있었기 때문이다.

운정은 손아귀에 힘을 꽉 주었고, 그로 인해서 마법사는 그 단검을 떨어뜨릴 수밖에 없었다.

그리고 그 단검이 바닥에 닿기 일보 직전, 그 마법사는 왼손을 운정에게 뻗으며 살짝 흔들었다. 그러자 놀랍게도 그 단검이 순간이동하여 그의 왼손에 잡힌 채 시퍼런 빛을 내었다.

그 단검이 운정의 복부로 들어가려는 순간, 운정은 오른손으로 미스릴 검을 빙글 돌려 그 단검을 쳐 냈다.

퉁—!

멀찍이 날아간 단검이 땅에 닿기 직전, 또다시 사라졌다.

그때 마법사는 아래턱을 흔들며 얼굴을 들이밀었다. 운정은 설마 하는 생각이 들었지만, 방심하지 않으며 오른발을 높게 들어, 그 마법사의 가슴팍에 올려놓았다. 그러자 그 마법사의 얼굴이 운정의 얼굴 가까이 왔는데, 그의 입에는 어느새 단검이 물려 있었다.

그 단검의 끝은 운정의 속눈썹에 닿을 듯 말 듯했다.

그뿐이랴?

뒤에서 무언가 공기를 가르는 소리가 들리기 시작했다.

운정은 마기를 강하게 끌어올려 그대로 뛰어 마법사를 넘어갔다. 그러면서 그 마법사의 뒷목을 손날로 내려쳤다.

부웅—!

끝이 부러진 폴암이 운정이 있었던 곳을 허무하게 지나갔다. 운정은 눈을 뒤로 까집은 채 꼬꾸라지는 마법사를 받아들고는, 조심히 바닥에 눕히면서 방금 자신을 공격한 기사단장에게 말했다.

"무기를 내려놓으십시오. 더 이상 해치고 싶지 않으니."

기사단장은 한 발자국 앞으로 다가오며, 운정을 향해서 부러진 폴암을 찔러 넣었다.

그것으로 대답은 충분하다.

푸— 욱.

운정의 몸이 순간 흔들리더니, 그 폴암이 그의 몸을 아슬아슬하게 지나갔다. 기사단장은 폴암을 다시 잡아 들려는데, 마치 무언가에 막힌 듯 폴암은 꿈쩍도 하지 않았다.

다시 보니, 운정이 왼손 검지와 중지로 그 폴암을 아래로 누르고 있었다.

"그, 그 눈은……."

처음으로 기사단장에게서 감정이랄 것이 나타났다.

그것은 다름 아닌 공포.

진득한 마기가 넘실거리는 운정의 두 눈은 기사단장의 심장을 향해 있었다. 그것만으로 기사단장은 자신의 심장이 뻥 뚫려 버린 듯한 착각을 느꼈다.

쾅—!

운정의 왼 손바닥이 기사단장의 가슴을 때렸다. 아다만티움이 안으로 푹 꺼지면서, 그 기사단장의 갈비뼈가 모조리 나갔다.

쿵.

기사단장이 땅에 엎어지자, 막 진열을 만든 다섯 기사들의 눈이 흔들리기 시작했다.

운정이 또 사라졌다.

쾅—!

이번엔 운정의 손바닥이 한 기사의 투구의 옆면을 때렸다. 그러자 그 기사는 옆으로 픽 하고 꼬꾸라지며, 입에서 두어 개의 치아를 뱉어 냈다.

네 기사는 몸이 오그라드는 두려움을 느끼며 잔뜩 긴장한 눈빛으로 운정을 보았다. 운정은 자신의 장법에 쓰러지는 기사를 흘겨보듯 하다가 곧 하늘을 향해 고개를 들어 올렸다.

그는 깊게 숨을 들이마시며 눈을 감았다.

"후우. 역시 마음을 다스리기가 어렵군요. 앞으로 더 어려워질 것 같으니, 이쯤에서 무기를 버리십시오."

"……."

"……"

운정의 눈이 떠졌다. 그리고 그의 눈동자만 움직이며 희번 덕거렸다.

"생명을 장담하지 못할 수도 있습니다."

네 기사들은 고개를 돌려 서로를 보았다. 사실 머리를 그렇 게 움직이는 것 자체가 진열이 풀어진 것이기 때문에, 그들이 방패와 반쯤 부러진 폴암들을 내려놓을 때까지는 오랜 시간 이 걸리지 않았다.

그들 중 한 명이 말했다.

"항복하겠다."

그렇게 말한 그 기사는 자신의 투구를 벗고 자기 앞에 내려 놓았다. 그러자 다른 기사들도 그와 같이 행동했다.

그 뒤 그들은 그 자리에 가만히 서서 운정을 바라보았다.

운정은 그들의 눈빛 속에서 죽음까지도 겸허하게 받아들일 만한 초연함을 엿보았다.

운정이 말했다.

"말씀드린 대로 생명을 취하지 않을 것입니다."

"취한다 해도 불만은 없다. 너는 승리했고, 우린 패배했으 니."

힘은 없었지만, 비굴하지 않은 목소리였다.

운정은 그 말을 들으면서 중원의 백도인을 마주한 것 같은 기분을 느꼈다.

아니, 중원의 백도인도 이 정도로 깔끔하진 않다. 일단 죽을 수도 있다는 생각이 들면, 그래도 죽을 때까지 싸워 보겠다는 게 사람이다. 이렇게 깔끔하게 패배를 선언하며 그 대가로 죽는 것이라도 초연하게 받아들이겠다는 자세는 사실 백도인들에게도 찾기 어려운 것이다.

그런데 이 정도의 긍지를 가진 이들이, 과연 아이들을 인질로 잡았을까?

운정이 말했다.

"제가 말한 것처럼, 전 아이들을 구하러 왔습니다. 그걸 막지 않는다면, 해하지 않겠습니다."

대표로 말한 그 기사는 옆에 있던 다른 세 명을 돌아보더니 물었다.

"그게 사실 의문이긴 한데, 아이들을 구한다는 게 무슨 말이지?"

"아이들 말입니다. 고아원 안에 당신들이 감금한 아이들."

"우리는 아이들을 감금한 적이 없다. 우린 우리를 향해서 검을 든 자들을 기사로서 상대했을 뿐, 무장하지 않은 자들을 박해한 적이 없다. 어린아이라면 더더욱."

운정이 아리송한 표정을 지으며 고아원 쪽을 보았다.

"그렇다면 절 왜 막아선 것입니까?"

"고아원 안에는 우리가 지켜야 하는 것이 있으니까. 캡틴이 대화하지 않기를 선택했으니, 대화하지 않은 것이다."

운정은 한숨을 쉬더니 말했다.

"진작 대화로 풀었으면 이런 일이 없었을 겁니다."

"아니, 넌 우리의 말을 확인하기 위해서라도 안으로 들어가려 했을 것이고, 우리는 무슨 수를 써서라도 너를 안으로 들이지 않았을 것이다. 그러니 무력 충돌은 불가피했지. 캡틴의 판단이 맞았어."

"……."

"우린 항복했다. 네 발길을 막지 않을 테니, 장례를 치르게 해 줬으면 하는군. 아무리 데빌(Devil)이라도 장례까진 막지 않겠지."

운정은 고개를 갸웃하더니 고아원을 향해서 걸어가며 말했다.

"전 데빌이 아닙니다. 그리고 그들을 죽이지 않았으니, 치료하십시오."

그 기사의 얼굴에 의문이 떠올랐지만, 운정은 그를 보지 못했다.

고아원 대문에 선 그는 그것을 열고 안으로 들어갔다.

가장 먼저 눈에 들어온 것은 은은한 금빛으로 빛나고 있는 마법진. 그것은 거대한 고아원 바닥에 그려져 있었는데, 이 때문인지, 온갖 가구들이 벽면 쪽이 아무렇게나 모여 있었다.

기사들이 지키려 했던 것은 바로 그 마법진인 듯싶었다.

운정은 일단 귀를 쫑긋 세우고는 아이들을 찾아 고아원을 탐색했다. 그 구조가 간단해서 5분도 걸리지 않아 모두 돌 수 있었는데, 어디에도 아이들을 찾을 수 없었다. 오히려 급히 짐을 싸고 대피한 흔적이 곳곳에서 보일 뿐이었다.

1층으로 돌아온 운정은 마법진을 보다가 곧 고아원 밖으로 나왔다. 고아원 밖에는 네 기사가 정신을 잃은 세 명을 한쪽에 눕히고 아머를 벗기고 있었다. 그런데 마법사는 그들의 안중에도 없는지, 운정이 기절시킨 그대로 누워 있었다.

운정은 그 마법사에게 다가가서, 똑바로 눕혔다. 그러자 그 마법사는 다크엘프로 변해 있었다.

"역시, 환상마법으로 얼굴을 인간처럼 바꾼 것이군."

그는 우선 다크엘프를 점혈했다. 그리고 그 이마에 손을 얹어 내력을 불어넣었다. 그러자 그 다크엘프는 눈을 번쩍 뜨더니 거친 호흡을 내뱉으며 몸을 마구 움직이려 했다. 그러나 점혈한 몸이 움직일 리 만무했다.

운정이 말했다.

"억지로 움직이면 몸이 더 상합니다. 가만히 있으십시오."

다크엘프는 눈동자만 이리저리 움직이다가, 곧 운정에게 눈동자를 고정했다. 그의 숨소리가 점차 잦아들더니, 곧 목소리로 흘러나왔다.

"운정이로군."

운정이 말했다.

"저도 당신을 압니다. 투칸지(To'kanze) 일족 맞습니까?"

그 다크엘프는 눈을 감더니 말했다.

"도주하는 건데, 실수했군."

"당신은 와쳐(Watcher)군요. 무술도 마법도 수준급이던데. 당신은 이곳에서 무엇을 한 것입니까? 저 마법진은 무엇입니까?"

그 다크엘크는 대답하지 않고 숨을 길게 내뱉었다. 그리고 그 이후로 그는 더 이상 숨을 쉬지 않았다.

운정은 뭔가 이상하다는 것을 깨닫고, 손가락으로 진맥해 보았다. 맥박이 전혀 뛰지 않았다. 자결한 것이다.

"크하학. 크악."

한쪽에서 비명이 들리자, 운정이 고개를 돌렸다. 그곳에는 그 기사들의 기사단장이 고통스러운 소리를 내며 몸을 비틀거렸는데, 그와 동시에 연보랏빛 기운이 그 기사단장의 몸에서부터 연기처럼 새어 나와 하늘로 올라갔다.

기사들은 그 모습을 가만히 지켜보다가, 연보랏빛 연기가 더 이상 나오지 않자 그들 중 한 명이 물었다.

"괜찮으십니까?"

그 질문에 기사단장은 고개를 겨우 끄덕이며 몸을 움츠렸다. 아직도 고통이 가시질 않는지, 몸을 파르르 떨면서 말했다.

"다크엘프는? 죽었나?"

그가 운정을 보자, 운정이 고개를 저었다.

그 기사가 기사단장에게 말했다.

"예, 그런 듯합니다."

기사단장은 고통 중에 이를 한 번 갈더니 말했다.

"젠장. 적은?"

그가 욕설을 내뱉자, 그를 보던 기사가 그 기사단장 가까이 입을 가져갔다. 그리고 작게 말하려는데, 운정은 그 순간 내력으로 청각을 올려서 그 말을 엿들었다.

데빌이 아니라고 합니다. 꽤 자비로운 자입니다. 괜찮을 듯합니다.

그 말을 들은 기사단장의 얼굴이 조금 펴졌다.

운정은 그에게 다가가더니 말했다.

"고아원 안에 그려져 있는 마법진. 무엇을 위한 것인지 아십니까?"

기사단장은 고개를 저었다.

"우린 고용되어 일을 했을 뿐, 고용인의 목적은 모른다."

"저 다크엘프가 당신에게 건 마법은 아십니까?"

"고용인이 다크엘프인지도 몰랐다. 마법사가 좋은 마법을 걸어 준다기에 승낙했을 뿐. 그런데 이런 것일 줄은 꿈에도 몰랐군. 마치 귀신에 쒼 것 같았어."

"……."

"패배를 선언했다고 들었다. 네가 원하는 대로 해라."

운정은 고아원 건물을 돌아보더니 말했다.

"마법진은 저도 잘 모릅니다. 지우는 방법도 알지 못하고. 옷으로 어떻게 해 볼 수 있을 것 같기는 한데… 그보다는 다른 사람을 도와주며 오해를 푸는 것이 먼저겠지요."

"……."

"아이들을 구금했다 오해한 것은 죄송합니다. 그럼 쾌차하시길 빌겠습니다."

그렇게 말한 운정은 제운종을 펼쳐 앞으로 쏜살같이 나아갔다.

운정은 혜쌍검마의 심득을 통해서 오로지 마기만으로 제운종을 펼쳤다. 그렇게 다리에 실리는 마기가 점차 진해지는데도 불구하고 마성의 침범이 더뎠다. 덕분에 기혈을 보호하는 건기와 곤기도 부담이 없었다.

마기를 끌어다 쓰면서도 마성이 크게 올라오지 않는다?

운정은 그 기묘한 조화를 느끼면서 분명 이유가 있으리라 생각했지만, 일단은 나아가는 일에 집중했다.

쿵. 궁. 퉁. 툭. 탁. 탓.

그의 발이 점차 작은 소리를 냈고, 그의 몸도 더욱 가벼워졌다. 길 위로 달리던 그는 옆에 세워진 작은 소론의 건물들을 보곤 작은 고민에 빠졌다.

"될 것 같은데……."

그는 다리에 강한 힘을 주었다. 그러자 그의 몸이 한순간 치솟아 오르더니, 2층 정도 높이까지 올라갔다. 생각보다 더욱 뛰어올라서 당황한 운정은 심력으로 마음을 다잡고, 벽을 타며 더욱 위로 올라왔다.

휘이잉.

건물 위로 부는 세찬 바람이 그를 맞이했다. 하늘에서 높게 뜬 태양을 향해서 눈을 감으며 미소를 지은 그는, 곧 강렬한 눈빛을 내며 하늘 위를 누비기 시작했다.

눈에서는 진득한 마기가 흘러나왔지만, 표정은 한없이 순수했다.

그렇게 바람을 가르며 달리던 운정은 저 멀리서 자신의 눈길을 빼앗는 곳을 보았다.

그곳에는 한 마법사가 지팡이를 앞으로 뻗으면서 작디작은 단검을 발사하고 있었다. 그 단검은 이론드를 향해 날아들고 있었는데, 막 방패를 놓쳐서 허우적거리느라, 방어하지 못하는 듯 보였다.

운정은 마기를 모조리 다리에 쏟아부으며 제운종을 극성으로 펼쳤다. 그러자 그의 모습이 갑자기 쭉 일자로 늘어졌다.

그 선이 다시금 하나로 합쳐진 곳은 이론드 바로 앞.

운정의 손가락에는 단검이 쥐어져 있었다.

휘잉ㅡ!

그가 몰고 온 바람은 작은 태풍이 되어 양 기사단의 진열을 휩쓸었다. 덕분에 순간 눈을 뜰 수 없었던 모든 기사들은 동작을 멈출 수밖에 없었다.

운정은 자신의 손에 잡힌 단검이 쑥 하고 사라지는 것을 느꼈다. 그는 곧 몸을 꼿꼿이 펴서, 양손에 각각 하나씩 멜라시움 대검을 들고 있는 기사를 보며 말했다.

"여기선 당신이 리더겠군요."

언제 어떻게 나타났는지 전혀 알 수 없이 나타난 운정을 보며, 그 리더는 심상치 않음을 느꼈다. 그 리더는 뒤로 살짝 물러났고, 그러자 그의 기사들은 전과 같이 방패를 들고 자신을 둘러싼 소론 기사단을 노려보며 방어 자세를 취했다. 소론 기사단도 더 공격하지 않고, 방패를 들고 대치했다.

그 리더는 운정의 두 눈을 보고는 눈초리를 모으며 말했다.

"소론에 데빌이 사는 줄 몰랐군. 대체 무슨 용무로 우리의 싸움을 막는 것이지?"

운정은 고개를 저으며 방긋 미소 지었다.

"왜 다들 내게 데빌이라 하는 것이죠?"

"눈을 보면 알지. 절로 두려움을 깃들게 하는 두 눈은 데빌만이 가진 특징 아닌가?"

"흐음. 마기(MoQi) 때문인가?"

"마기(MoQi)?"

운정은 미스릴 검으로 마법사 쪽을 겨냥하며 말했다.

"요트스프림에서 온 것을 압니다. 당신이 고아원 안에 무엇을 지키려는지도 알고. 또 아이들이 없다는 것도 압니다. 그러니 더는 무력을 행사하지 마십시오. 행여나 다시 단검을 던지려 한다면, 제압하겠습니다."

마법사는 막 가슴 속에 손을 넣었다가, 요트스프림이란 말에 몸이 경직된 듯 멈췄다. 운정은 리더에게 다시 고개를 돌리며 말했다.

"이는 당신도 마찬가지입니다. 서로 오해가 있어 싸움이 이뤄진 것이니, 이대로 계속 싸우는 것은 어리석은 일입니다."

그 리더는 운정을 보다가 말했다.

"아이들은 무슨 말이지?"

운정이 말했다.

"여기 계신 소른 기사단은 당신들이 고아원에 아이들을 인질로 사로잡았다고 해서 온 것입니다. 그런 오해로 인해서 싸움이 시작된 것이지요. 그러니 오해를 풀어야 합니다."

그 리더는 눈길을 돌려 이론드를 보았다.

이론드는 그 눈길을 마주 보았다.

그 리더가 코웃음을 치더니 말했다.

"저자에게 물어봐라. 오해인지. 소론 기사단의 기사단장이자, 소론의 대장군인 그가 고아원의 아이들이 사로잡혀 있는지 없는지 몰랐다는 것이 말이 되는가? 피신한 자들의 신원을 파악하면 금방 나올 텐데?"

순간 그 뜻을 이해하지 못한 운정은 고개를 갸웃했다가, 곧 번쩍 드는 생각이 있어 이론드를 돌아봤다.

이론드의 얼굴에는 작은 죄책감이 서려 있었다.

"설마……."

이론드는 한쪽에 엎어져 있는 방패를 집어 들고는 말했다.

"소론 기사단이여! 저들은 우리 고국을 침범한 적이다! 우리의 수도에 몰래 들어와서 수도를 지키던 여러 기사들을 죽이고, 시민들까지 해한 자들이다."

그 리더는 그 즉시 반박했다.

"우린 무장하지 않는 자를 공격하지 않는다."

이론드는 그 말을 무시하곤 말했다.

"양옆을 보아라. 이미 쓰러진 기사들을 보아라. 큰 부상을 당한 이들도 있고, 이미 죽음에 이른 기사들도 있다. 이대로 저들과 싸우기를 거부하고 물러날 텐가?"

그의 말이 끝나기 무섭게 소론 기사단 여기저기서 욕설이 튀어나왔다.

"개자식들! 비겁하게 시민들을 인질로 잡아 놓고는 뭐라고?"

"네놈들은 기사도 아니다! 겉만 번지르르했지!"

"쳐 죽여! 쳐 죽여야 해! 복수해야 한다!"

한번 휘몰아친 광기는 전혀 사그라지지 않았다. 모든 이의 눈에는 긴장감이 서리기 시작했고, 방패를 사이로 두고 대치한 두 기사단의 거리가 조금씩 가까워지기 시작했다.

주변이 매우 시끄러워진 가운데, 이론드가 앞에 선 운정에게 나지막하게 말했다.

"염치없이 더 이상 도와 달라 하지 않겠습니다. 그러나 방해는 하지 마시지요."

운정은 힘없이 말했다.

"이미 알고 있었군요."

이론드는 자신의 대검을 어깨에 들면서 말했다.

"저들이 소로노스에 침입한 것은 사실이고, 이는 소론의 명예가 실추된 것입니다. 소론 기사단은 그들을 모두 죽여서라도 소론의 명예를 회복해야 합니다. 그들을 고스란히 내보내면 소론의 적들이 소론을 얕볼 것입니다."

"……."

"물러나십시오, 운정 도사."

소론 기사단은 이젠 입으로 소리만 내는 것이 아니라, 방패와 무기를 부딪치거나 발을 구르면서 소리를 내었다. 그것만이 절대로 이길 수 없을 것 같은 그 일곱 기사들을 상대로 두려움을 내쫓을 수 있는 길이었기 때문이다.

그 순간, 공기가 무거워졌다.

"지금부터 무기를 휘두르는 자는 제압하겠습니다."

차디찬 마기가 운정의 입에서 흘러나와 모든 이의 고막을 파고들어 뇌를 얼려 버렸다.

"……"

"……"

싸움 직전의 흥분 상태였던 기사들은 귀를 통해서 새어 들어오는 얼음장 같은 소리에, 누군가 찬물을 온몸에 부은 듯한 착각에 사로잡혔다. 그들은 더 이상 아무런 말도 못 하고 가만히 고개를 들어 운정을 바라볼 수밖에 없었다.

운정은 적 기사단의 리더를 보면서 말했다.

"이곳에 온 목적이 무엇입니까?"

그는 연보랏빛 눈빛을 빛내며 운정을 보곤 대답했다.

"고용되었을 뿐이다. 고용인의 목적은 우리도 모른다."

"혹 당신이 캡틴입니까?"

리더는 고개를 저었다.

"난 잠시 이들을 이끄는 리더일 뿐, 캡틴은 다른 곳……."

"잠시 기다리시지요."

그 순간 운정의 몸이 한쪽으로 길게 늘어졌다. 이론드와 그 리더는 그 선을 따라 고개를 돌렸는데, 운정은 이미 손가락 하나로 가려질 만큼 먼 곳에 있었다.

그는 막 거기 있던 마법사를 붙잡으려 했는데, 그 마법사는 붙잡히기도 전에, 홀로 쓰러져 버렸다.

그 광경을 놀라며 지켜보던 이론드는 순간 앞에 있던 적 리더를 보았다. 그는 방향이 달라서 고개를 완전히 돌리고 있어, 이론드를 볼 수 없었다.

이론드가 큰 소리로 외쳤다.

"차지(Charge)!"

이론드의 외침에, 적 기사는 고개를 돌려 그를 보았다. 이론드는 이미 방패를 높이 든 채로 앞으로 달려오고 있었다.

그 기사는 연보랏빛 눈빛을 강렬하게 내면서 양손으로 한 쌍의 대검을 높이 들어 올리려 했다. 그런데 그 순간 엄청난 고통에 휩싸이면서 대검을 들기는커녕 그대로 한쪽 무릎을 꿇었다.

"크아악!"

비명을 지르는 그의 몸에서는 연보랏빛 연기가 뭉게뭉게 피어오르기 시작했다. 이론드는 조금 당황했지만, 그 절호의 기회를 놓치지 않기 위해 방패를 버리고 두 손으로 대검을 잡아 휘두르는 순간적인 판단을 했다.

부— 웅!

검날이 태양을 가르며 그 리더의 투구를 향해 떨어지기 시작했다. 그것은 아디만티움을 부술 순 없지만, 대검인 만큼 강력한 충격을 주어 머리를 상하게 하기에는 충분해 보였다.

탁.

이론드는 그가 익히 잘 아는 충격음과 전혀 다른 그 소리에 눈을 동그랗게 떴다. 그러자 두 손가락으로 위에서 아래로 꽂히는 대검을 잡은 채 너무나도 공포스러운 눈빛으로 자신을 바라보는 운정이 보였다.

운정은 이론드 안으로 파고들어, 그의 갑옷 위에 왼손을 얹고는 무당파의 기본 장법인 팔괘장법(八卦掌法)을 펼쳤다.

부— 웅!

이론드의 몸이 포물선을 그리며 10m 이상 날아갔다.

쿵.

벽면에 부딪힌 그의 몸은 곧 땅으로 떨어졌고, 모든 기사들은 그것을 보며 더는 움직이지 못하고 넋을 놓았다.

"……"

"……"

이론드의 돌격 외침은 그렇게 허무하게 끝이 났다.

운정은 손을 가슴으로 모아 마기를 진정시키면서 깊은숨을 내뱉었다.

"후우……."

적 리더는 끔찍한 고통 중에도 이론드가 날아가는 그 광경에서 눈을 떼지 못했다. 어느 정도 고통이 가시는 것을 느끼자, 그는 자리에서 일어나며 말했다.

"당신은 누군가?"

운정은 그를 돌아보며 말했다.

"운정 도사입니다."

"운정… 뭐라고?"

"도사(DaoShi). 사제(Priest)와 비슷합니다."

"사제라고? 당신이?"

운정은 그 질문을 무시하곤 자신을 쳐다보는 모든 기사들을 천천히 둘러보더니 말했다.

"서로 간에 가려야 할 일이 있는 것은 압니다. 그러나 이런 식으로는 아닙니다."

그 말이 끝나자, 한쪽에서 목소리가 들렸다.

"쿨컥. 쿨컥. 워, 워메이지를 숨겨 두었군… 쿨컥. 아니, 워메이지가 아니라 그냥 마법사겠어. 크흑. 없다고 하더니만……."

"……."

이론드는 투구를 벗어 버리고는 입가에 흐르는 핏물을 닦았다. 그리고 자리에서 억지로 일어나더니 말을 이었다.

"자, 그래서? 운정 도사, 내가 계속해서 싸우려고 한다면 어떻게 할 텐가? 마법사의 힘을 빌려서 우리를 다 죽일 건가? 다시 말하지만, 운정 도사. 우리는 저들을 살려 보낼 수 없다네. 그건 저들도… 저들도 아는 사실이야아아!"

갑작스레 낸 큰 소리는 대로에 쩌렁쩌렁하게 울렸다.

이론드는 온갖 인상을 쓰더니, 곧 거친 목소리로 크게 말을 이었다.

"저들도! 수도에 잠입할 때부터! 자신들이 죽을 수 있다는 것쯤은 알고 있었다! 그럼에도 불구하고 잠입하고, 점거했다! 그들도 죽음을 다 각오한 것이지! 죽는다 해도 억울할 것이 없는 자들이다!"

"……."

그는 찌그러져 있는 자신의 가슴 주변을 탕탕 쳤다.

"그리고 우리들도. 우리들도오! 우리 소론 기사단도! 소론 왕께 충성을 맹세한 기사단이다! 목숨을 다하여 소론에 충성하기로 맹세했다! 죽기까지! 죽기까지이! 소론을 지킬 것이다아! 그런데… 그런데… 네가 뭐라고. 네가! 뭐라고! 우리의 명예가 걸린 이 싸움을… 방해하느냐! 방해하느냐야!"

"……."

"하아, 하아, 하아, 운정 도사, 후우, 더 이상 우리 일에 끼어들지 말고, 꺼져라."

운정이 말했다.

"명예 때문에 싸운다고 하셨습니까? 거짓으로 저희를 끌어들이고는 명예를 논하는 것이 가당키나 합니까?"

이론드는 이를 부득 갈더니 말했다.

"나는 무슨 수를 써서라도 소론을 지킬 것이다."

"그럼 저는 무슨 수를 써서라도 싸움을 막을 겁니다."

"……."

"당신이 막무가내로 나오시니, 저도 막무가내로 나가지요."

이론드가 황당한 표정으로 운정을 보는데, 운정의 뒤쪽에서 갑자기 웃음소리가 들렸다.

적 리더였다.

"크하하, 크하하. 재밌군, 재밌어. 크하하! 이렇게 된 이상, 최소한의 사상자로 문제를 해결하는 방법은 단 하나지."

이론드는 그것이 무엇인지 잘 알았다.

"듀얼(Duel)……."

第五十章

포트리아로부터 멀어진 슬롯과 흑기사단은 대로에서부터 잔가지처럼 뻗어 있는 한 골목길 앞에 섰다. 흑기사단이 맡기로 한 고아원으로 가기 위해선 대로에서 벗어나 그 골목길로 가야 했기 때문이다.

나란히 걸으면 셋이 겨우 들어갈 넓이.

슬롯이 좀처럼 움직이려 하지 않자, 한 흑기사가 그에게 다가와 말했다.

"캡틴(Captain), 포메이션을 고민하십니까?"

슬롯은 입술을 한 번 빨더니 뱀의 몸통처럼 구불구불 이어진 골목길을 노려보며 말했다.

"암만 보아도, 박스(Box)가 좋겠지, 톰?"

톰이라 불린 흑기사가 대답했다.

"딱 봐도 셋 정도밖에 설 수 없는 넓이니까, 제 생각도 박스가 좋을 것 같습니다."

"무기가 어떻게 되느냐? 그레이트 보우(Great bow) 둘에, 나까지 대검 둘, 그리고 폴암 여섯인가?"

"폴암 다섯입니다."

"그럼 남은 한 명은?"

"투핸디드소드입니다."

양손검, 투핸디드소드(Two handed Sword)는 대검과 형태가 비슷하지만 그 사이즈는 좀 더 크다. 애초에 양손으로 쓰도록 제작되기에, 동시에 방패를 쓸 수 없다. 대검이 갑옷조차 부숴 버린다는 각오로 쓴다면, 양손검은 방패조차 부숴 버린다는 각오로 쓰는 무기다.

슬롯이 말했다.

"아, 그랙이 실전에서 양손검을 한번 써 보고 싶다 했지?"

"예."

슬롯이 조금 큰 소리로 말했다.

"그랙! 앞으로 와."

그의 말이 떨어지기 무섭게, 그랙이라 불린 흑기사가 그의 앞으로 걸어왔다. 그는 다른 흑기사들보다 머리 하나는 더 큰 키와 그에 걸맞은 덩치를 가지고 있었다.

그는 거대하기 짝이 없는 멜라시움 양손검을 숄더에 걸치고 양손으로 잡고 있었다.

슬롯이 말했다.

"네가 정면이다. 양손검 들고 왔을 때 각오했겠지."

"예, 물론입니다."

"양쪽에서 대검으로 받쳐서 앞쪽은 공격적으로 나가자."

"예, 캡틴."

"예, 캡틴."

그랙이 중앙에 섰고. 톰이 그의 오른편에 섰다.

그러자 슬롯이 말했다.

"왼쪽으로 가라, 톰."

"하지만, 캡틴께서 왼쪽에 계셔야지요. 오른쪽은 너무 위험합니다."

왼쪽은 방패. 오른쪽은 무기가 기본이다. 모든 포지션에서 오른쪽이 왼쪽보다 취약하다.

슬롯은 됐다는 듯 말했다.

"나보다 대검 잘 휘두르는 거 아니면 그냥 왼쪽으로 가 있어, 톰."

톰이라 불린 흑기사는 더 이상 아무 말 하지 않고, 그랙의 왼쪽으로 갔다.

슬롯은 그랙의 오른쪽으로 가서 서면서 뒤쪽을 향해 말했다.

"박스 포메이션으로, 중앙 대궁(Great Bow) 둘 놓고 폴암들이 둘러싸라. 대궁은 보이는 대로 공격하고, 폴암은 수비에 집중. 검은 알아서."

"예, 캡틴!"

그의 명령이 떨어지자, 흑기사단은 하나처럼 대답하고는 각각의 최단 거리로 움직여서 박스 포지션을 맞췄다. 정면 중앙에는 양손검을 든 그랙이, 양옆에는 방패와 대검을 든 톰과 슬롯이, 그 뒤로 폴암을 든 다섯 기사가 둥그렇게 서서 방패로 벽을 만들었으며, 그들의 중앙에 대궁을 든 두 흑기사가 있었다.

슬롯은 투구를 통해서 보이는 좁아진 시야에 집중하며 말했다.

"그대로 전진한다. 적을 확인해도 전진 속도는 그대로. 대궁만 선공한다. 직접적으로 충돌할 시에만 상대해 주고 그 이상은 쫓지 않으며, 역시 이후에도 대궁으로만 응수한다. 가자."

쿵. 쿵. 쿵. 쿵.

쿵. 쿵. 쿵. 쿵.

대열을 맞춘 흑기사단의 총 무게는 일천 킬로그램이 넘는다. 그 엄청난 무게가 한 발씩 들썩거리니, 골목길의 바닥이 온전할 리 없었다. 소론의 노동자들이 열심히 공사해 놓은 길바닥이 이리저리 부서지고 조각나는데, 멜라시움으로 된 그들의 갑주에는 작은 흠집조차 나지 않았다.

그렇게 얼마나 지났을까? 슬롯은 자신의 뒤쪽에 있는 흑기사가 대궁 시위를 잡아당기는 소리를 듣고는 그가 적을 발견했다는 것을 알 수 있었다. 슬롯은 초점을 모아서 답답한 투구를 통해 앞을 보니, 확실히 불그스름한 무언가가 보이긴 했다.

슬롯이 몸을 살짝 옆으로 비틀어 자리를 만들어 주자, 팽팽하게 당겨진 대궁 시위가 그 기사의 손을 떠났다.

피슛—!

화살이 날아갔고, 슬롯이 물었다.

"촉이 뭐지? 란슨."

란슨이라 불린 대궁 든 흑기사가 멀리 있는 적을 보며 말했다.

"아다만티움입니다. 방금 투구에 맞았는데 튕겨 내는 것을 보니, 적의 갑옷도 아다만티움 혹은 그 이상의 것이 확실합니다. 하지만 그런 것 중 붉은빛을 내는 건 아다만티움밖에 없으니, 아다만티움이 맞습니다."

란슨은 과거 남보다 유별나게 눈이 좋다는 이유 하나만으로 대궁을 주력으로 할 것을 슬롯에게 강요당했다. 재능도 그리 없었고, 본인도 흥미를 느끼지 못해서, 마스터하는 데 지독히도 오래 걸렸지만 지금은 그 값을 톡톡히 해냈다.

슬롯이 명령했다.

"이제부터 대궁은 워메이지를 찾아. 적 갑옷은 아다만티움이라 대궁은 의미가 없어. 정면 대결에서 지원을 하지 않아도 된다."

쿵. 쿵. 쿵. 쿵.

흑기사단은 전과 다를 바 없는 동일한 속도로 전진했다. 곧 슬롯의 눈에도 불그스름하게만 보이던 적 기사단의 형태가 점차 뚜렷하게 보이기 시작했다.

적 기사들은 총 셋이었다. 화살로 갑자기 날벼락을 맞은 뒤, 서둘러 방패와 무기를 든 그들은 한 줄로 서서 자세를 잡았다.

하지만 곧 자세를 풀고는 뒤로 돌아 빠른 걸음으로 후퇴하기 시작했다. 흑기사단이 자신들에게 전진하는 속도가 그리 빠르지 않다는 것을 파악한 것이다.

정면 중앙에 선 그랙이 물었다.

"이대로 돌진합니까?"

그랙의 질문에 슬롯이 말했다.

"아니다. 달리면 뒷걸음질 치는 폴암들이 못 따라온다. 그대로 박스를 유지해. 지금 쫓아가서 셋을 눕혀 놓으면 나중에 편하긴 하겠지만, 어디서 기습이 들어올지 모르니 안전하게 가자. 무리할 필요 없어. 어디까지나 생환이 최우선이다."

"예, 캡틴."

그때 뒤쪽에서 란슨이 또다시 대궁 시위를 당겼다. 그리고 작게 말했다.

"워메이지다, 톰"

그 한마디에, 톰은 자신의 방패를 살짝 틀었고, 그것만으로도 란슨은 대궁을 쏠 만한 충분한 각을 얻었다.

피슛—!

화살이 포물선을 그리며 멀리 날아갔고, 그것은 곧 멀찍이 있는 고아원 건물의 이 층에 있는 테라스에 당도했다. 그곳에는 지팡이를 들고 있던 한 마법사가 자신에게 날아오는 화살을 보고는 고개를 푹 숙이며 피해 냈다.

"⋯⋯."

란슨은 아무런 말을 하지 않았지만, 그가 무슨 감정을 느끼는지 다른 흑기사들은 알 것 같았다. 마법사가 마법으로도 아니고, 그저 몸을 웅크려서 화살을 피해 냈다는 건 흑기사의 자존심에 허락되는 일이 아니었기 때문이다.

정면에서 그 광경을 가장 잘 본 그랙은 감탄사를 내뱉었다.

"저 워메이지, 보통이 아닌데? 란슨의 화살을 피해?"

워메이지는 얼른 고아원 안으로 들어갔다. 그리고 그와 동시에 불그스름한 아머를 입은 기사들 넷이 고아원 일 층에서 쏟아져 나왔다.

도합 일곱 명.

숫자로는 우위에 있지만, 골목길 특성상 셋 이상이 맞부딪칠 수 없으니, 수적 우위로 얻을 수 있는 이점이 다소 적었다.

그들을 지켜본 슬롯이 말했다.

"포메이션을 변경한다. 대궁은 뒤로 가고 폴암이 검을 지원해. 뒤쪽에서 기습할 가능성은 배제한다. 대궁은 계속해서 워메이지를 노린다."

그의 명령이 떨어지자, 대궁을 든 두 명이 뒤로 움직이고, 폴암이 검을 든 기사들 뒤에 섰다. 그러자 확실히 전면의 무력이 크게 강화되었다.

그때, 적 기사단에서 큰 소리가 났다.

"라인 포메이션!"

적 기사단의 리더로 보이는 자가 큰소리를 외치자, 다른 여섯 기사들이 두 줄을 만들었다. 그 리더를 필두로, 그 뒤쪽에 각각 셋으로 된 두 열을 만들었는데, 그걸 본 톰이 말했다.

"저쪽 리더가 아주 자신 있나 보군요. 혼자 앞에 서다니. 리더의 목만 따면 너무 쉬운 거 아닙니까?"

슬롯은 그 질문에 대답하지 않고 조용히 적 기사단을 파악했다.

일단 리더 한 명만 방패와 대검을 들고 있고, 그 뒤로 여섯은 폴암을 들고 있다.

대검을 홀로 앞에 두는 이유가 무엇일까?

답은 쉽게 내려지지 않았다. 슬롯은 천천히 속도를 줄이면서 크게 명령했다.

"마치(March)!"

흑기사들은 즉시 자신들의 방패를 앞세우고는 무기를 살짝 뒤로 뺐다. 그리고 그 상태로 한 발자국씩 전진해 나갔는데, 한 발을 움직이고 다른 발을 움직이며 조금의 시간 차를 두었다.

쿠— 쿵. 쿠— 쿵. 쿠— 쿵. 쿠— 쿵.

일정한 박자로 두 기사단의 거리가 좁혀지기 시작했다. 다들 긴장할 법도 하건만, 다년간의 실전 경험을 한 흑기사들은 전혀 조급해하지 않았고, 동일한 속도, 동일한 박자로 움직였다.

적 기사단 또한 마찬가지여서, 다가오는 흑기사단을 보고도 미동조차 하지 않고 자신의 자리를 굳건히 지켰다.

특히 혼자 앞에 나와 있는 적 기사단의 리더는 자신보다 머리 하나가 더 큰 거구가 양손검을 들고 다가오는 것을 뻔히 보고 있는데도, 그 어떠한 동요도 없었다.

그렇게 거리는 가까워져 갔다.

쿠— 쿵.

그랙은 자신의 양손검의 리치(Reach)에 들어온 적 리더를 내려다보았다. 투구 안 두 눈은 감정이 전혀 느껴지지 않는, 기이한 연보랏빛 눈이었다. 싸움의 흥분도 죽음의 공포도 그 눈 속에는 없었다.

그랙은 어깨를 튕기면서 양손검을 위로 뺐다. 그러고는 적 리더의 머리를 향해서 찍어 누르듯 휘둘렀다. 적 리더는 자신의 방패를 들어 올렸다.

피하지 않고 막으려 하다니.

그랙의 한쪽 입가가 슬쩍 올라갔다. 같은 멜라시움이니, 방패를 쪼개지는 못하겠지만, 들고 있는 두 팔의 손목을 다시 못 쓰게 만들 자신은 있다.

쾅―!

굉음이 울리고 곧 침묵이 찾아왔다.

"……."

"……."

그랙은 충격에 튕겨져 올라오는 자신의 양손검을 그대로 붙잡아 자신의 어깨 위에 올려놓았다. 사실 그건 그가 했다기보다는 그의 본능이 한 것이다. 왜냐하면 그의 정신은 묵묵히 양손검의 공격을 방패로 받아 낸 것도 모자라서 그대로 튕긴 적 리더를 향한 황당함으로 가득 찼기 때문이다.

몸무게까지 실어서 도합 100㎏를 넘었을 텐데.

그런 사이 더욱 경악스러운 소리가 귀를 때렸다.

부― 웅!

잠깐?

대검을 휘두른다?

그럼 방금 한 손으로 방패를 잡고 막아 낸 것인가?

한 손으로?

그랙은 투구와 양손검에 의해서 시야가 가려져 적을 확인할 수 없었다. 하지만 지금 앞에서 대검을 휘두르는 소리가

들린다는 건, 자신의 양손검을 한 손으로 막았다는 것 외에
설명할 길이 없었다.

캉—!

멜라시움 대검이 그랙의 허리춤에 충돌했다. 그랙은 강렬한
충격을 느끼곤 몸을 비틀거렸다. 그러자 그랙의 양옆에 있던
슬롯과 톰이 방패를 앞으로 뻗으면서 적 리더를 밀었다.

쿵! 쿵!

적 리더는 자신을 향해서 뻗어진 두 방패에 의해서 더는 공
격하지 못했다. 자세가 흐트러진 그랙은 양손검과 갑옷의 무
게에 의해서 어쩔 수 없이 뒤로 넘어졌는데, 때문에 뒤에 서
있던 다른 흑기사도 덩달아서 물러날 수밖에 없었다.

그때, 적 리더가 방패를 버리고 대검을 양손으로 쥐고는, 자
신을 가로막고 있는 두 방패 위로 훌쩍 뛰었다.

그랙은 순간적으로 높이 떠올라 태양을 가리는 적 리더는
눈으로 보며 도저히 믿을 수 없었다.

"나, 날았어? 크흡!"

쿵!

적 리더가 그랙의 가슴 위로 떨어졌다.

엄청난 무게를 가슴에서 느낀 그랙은 더 이상 호흡할 수 없
었다. 그는 눈을 부릅뜨고 자신의 위로 올라온 그 리더를 보
았다.

과연 인간인가?

멜라시움도 무겁지만 아다만티움의 무게도 결코 가볍다 할 수 없었다. 아다만티움 풀 플레이트 아머를 입은 채로 훌쩍 뛰어서 방패를 뛰어넘는다는 건 상식적으로 있을 수 없는 일이다.

마법의 힘을 받는 것이 분명하다.

슬롯은 이를 부득 갈았다.

통상적인 싸움에서 워메이지는 즉사주문 의외에 다른 주문을 함부로 사용하지 못한다. 사용할 경우, 적 워메이지에게 위치가 그대로 노출되어 죽여 달라는 꼴밖에 되지 않기 때문이다. 게다가 사용한 마법도 금지마법이면 한순간에 사라진다.

다시 말하면, 이렇게 대놓고 강화마법을 쓴다는 건 흑기사단에 워메이지가 없다는 것을 이미 알고 있었다는 뜻이 된다.

다들 그 어이없는 광경에 반응을 못 하는 사이, 적 리더가 대검을 높게 휘둘렀다. 그리고 그 검은 정확하게 그랙의 목을 향해 있었다.

쿵—!

그나마 먼저 움직인 슬롯은 대검와 방패를 버려두고 전신을 던져 그 적 리더를 붙잡았다. 너무나 급박한 상황이라 무거운 대검과 방패로는 제시간에 맞출 수 없었기 때문이다.

그러자 적 리더가 몸을 비틀거리며 앞으로 꼬꾸라졌는데, 덕분에 그가 휘두르려던 대검은 그랙의 목이 아닌 어깨 쪽을 때리게 되었다.

쾅—!

"크옥!"

그랙은 자신의 어깨가 부러졌다는 것을 본능적으로 알았다.

더 이상 양손검은 휘두를 수 없을 것이다.

슬롯은 적 리더를 강하게 붙들고는 말했다.

"멜라시움으로 마법이 약화됐을 것이다. 찔러."

그때쯤이었다. 적 기사단이 모두 방패를 놓으며 양손으로 폴암을 잡고는 앞으로 찌르기 시작한 것은.

퍽—! 퍼벅—!

쿵—! 쾅—!

슬롯의 등 뒤로 적의 폴암들이 떨어졌고, 흑기사단은 필사적으로 그 폴암들을 막아 냈다. 그럼에도 미처 막지 못한 것이 많았다.

"크옥. 큭."

슬롯은 멜라시움 갑옷을 입고 있었지만, 등 위로 떨어지는 충격에 정신이 혼미해질 지경이었다. 그런 난전이 이루어지는 와중에도 슬롯은 자신이 붙잡은 적 기사단 리더를 절대로 놓지 않으며 말했다.

"대궁!"

그가 그렇게 말하자, 뒤쪽에서 대궁 시위를 당기고 대기하던 둘이 자신들의 정면에 있는 적 리더의 투구를 향해서 조준했다. 적 리더는 몸을 마구 흔들기 시작했는데, 그 힘이 어찌나 좋은지 슬롯은 결국 뒤쪽으로 나동그라졌다.

피슛—!

피슛—!

다행히 두 화살은 쏘아졌고, 그 화살은 투구에 있는 틈 사이, 정확하게는 적 리더의 두 눈을 향해서 날아갔다.

"크악—!"

그 순간 대궁을 쏜 란슨은 비명을 지르며 앞으로 꼬꾸라졌다.

"뭐, 뭐야? 왜 네가?"

재빨리 땅에서 몸을 일으킨 슬롯은 이해할 수 없다는 듯, 꼬꾸라진 란슨을 보다가, 곧 시선을 돌려 고아원 건물 쪽을 보았다.

그곳에는 워메이지가 뻗은 지팡이를 막 회수하고 있었다.

"즉사주문이? 멜라시움을 뚫고 어, 어떻게 가느……."

그는 자신의 질문을 끝낼 수 없었다.

난전의 한가운데서, 적 리더가 서서히 몸을 일으키고 있었기 때문이다. 그는 고개를 돌려서 슬롯을 보았는데, 눈을 가렸던 그의 왼손을 오른손에 가져가 양손으로 대검을 쥐었다.

눈앞에서 쏜 화살을 왼손으로 막은 것이다.

순발력도 순발력이지만, 갑옷을 입고 그렇게 빨리 움직인다
는 것은 역시 상식 밖이었다.

부— 웅!

적 리더의 대검이 허리춤에서 우에서 좌로 크게 휘둘러졌
다. 방패도 대검도 버렸던 슬롯은 그것을 막을 길이 없었다.
몸을 숙이기에도 늦었고, 적 리더가 보여 줬던 것처럼 홀쩍
뛰는 건 평범한 인간인 그에겐 요연한 일이었다.

그는 하는 수 없이 멜라시움을 믿기로 하고, 왼발과 왼 다
리를 들어 몸을 보호했다.

쾅—!

강렬한 충격음이 들렸고, 슬롯은 뼈 몇 군데가 부러진 것을
느꼈다. 하지만 멜라시움은 최강의 금속답게, 대검 공격을 그
대로 받고도 형태가 전혀 일그러지지 않았다.

슬롯은 이를 악물고는 바닥에서 방패를 집어 들었다.

그리고 그때쯤, 동일한 두 번째 공격이 들어왔다.

쿵—!

대검과 방패의 충돌 각은 30도와 45도 사이.

충돌이 일어나는 그 순간, 반대쪽으로 다리를 짚고 무게를
실으며 붕 떠오르듯, 대검의 모든 힘을 흡수하듯 받는다.

그리고 그 힘을 엉덩이와 발, 그리고 허리에 모두 모은 뒤,
다시 동일한 힘으로 강하게 밀어내되, 그 힘의 각도를 60도

와 90도 사이로 한다.

교과서에나 나올 법한 완벽한 쉴드패링(Shield parrying).

슬롯은 지독한 난전 가운데서 그것을 제대로 선보였다.

그 대검을 휘둘렀던 적 리더는 검에 실린 자신의 무게를 고스란히 되받아야 했고, 때문에 양자택일의 상황에 놓이게 되었다.

팔이 들리는 것을 감안하고 검을 붙잡고 있든지.

검을 포기하든지.

적 리더는 전자를 선택했다. 팔이 조금 들려서 공격의 기회를 준다고 해도, 슬롯에게는 당장 들고 있는 검이 없다는 것을 알았기 때문이다.

그리고 그 안일한 판단이 한순간에 싸움의 행방을 바꿔 버렸다.

슬롯은 앞으로 발 하나를 내디디며, 양손으로 든 방패를 그대로 앞으로 들이밀었다. 그러자 그 끝이 적 리더의 팔꿈치를 크게 때렸다.

쿵!

적 리더의 몸이 더욱 크게 흔들리자, 슬롯은 그대로 좀 더 앞으로 발을 내디디며 방패로 적 리더의 몸을 때렸다.

쿵!

적 리더의 몸이 한차례 휘청거리자, 슬롯은 방패를 위로 치켜들더니, 그 리더의 가슴팍을 향해서 방패 하단으로 찍어 누르듯 했다.

쿵!

결국, 중심을 잃은 적 리더는 대검을 든 채로 자리에 주저 앉아 버렸다. 하지만 그 기사는 그 대가로 대검을 크게 앞으로 휘두를 수 있었다.

부— 웅!

그의 대검은 허무하게 앞을 지나갔다. 당연히 슬롯이 앞으로 더 나오리라 예상했던 적 리더는 그 회심의 일격이 통하지 않았다는 사실에 감탄하지 않을 수 없었다. 그가 고개를 조금 들어 앞을 보니, 슬롯은 더 나아가지 않고, 오히려 뒷걸음질을 쳐서 땅에 떨어진 자신의 대검을 줍고 있었다.

중심을 잃고 주저앉은 적을 보고도 더 욕심내지 않는 판단.

적 리더는 자신의 대검을 땅에 박아 넣어 중심을 잡아 일어나면서 말했다.

"델라이의 슬롯은 파인랜드 제일의 기사라더니, 과연 맞군. 단지 멜라시움 풀 플레이트 아머세트의 무게를 잘 견딜 줄 알아서 그런 칭호를 얻은 줄 알았는데, 판단 하나하나가 최고다워."

"칭찬은 고맙지만 누군지도 모르는 자에게 받으니 기분이 썩 좋지 못하군."

"내 이름과 기사단의 이름을 말하지 못하는 사정이 있다. 불명예스럽다는 건 나도 잘 알고 있으니, 힐난은 사양하마."

슬롯은 힐긋 눈길을 돌려 뒤의 상황을 보았다. 흑기사단과 적 기사단이 서로 공격하고 방어하기를 반복하고 있었는데, 모두 중무장을 한 데다가 워낙 좁은 길에서 싸우니, 좀처럼 판가름이 나지 않고 있었다.

그중 쓰러진 란슨이 아닌 대궁을 든 다른 흑기사는 워메이지를 계속해서 견제하며 즉사주문을 쓰지 못하게 하고 있었다.

슬롯이 적 리더에게 말했다.

"이름은 말하지 못하겠지만, 이건 말해 줄 수 있겠지. 혹 이번 소로노스를 침투한 기사단의 캡틴인가? 아니면, 이 그룹의 리더일 뿐인가?"

적 리더, 아니, 적 단장이 대답했다.

"내가 이들 모두를 이끄는 기사단장이다."

"그렇다면 흑기사단 듀얼(Duel)을 신청하겠다. 너도, 나도 기사들을 아끼자."

적 단장은 깊은 호흡을 하더니 말했다.

"글쎄. 무장도 무술도 네가 앞서는데 내가 왜 그 제안을 받아야 하지? 혹시 내가 도발하면 그대로 넘어오는 애송이처럼 보였나?"

"마법사에게서 힘을 받고 있지 않은가? 그럼 얼추 비슷하지. 듀얼에서 그 힘을 계속 쓰도록 해. 패배한다고 해서 징징거리지 않을 테니."

"……."

"어떤가?"

적 단장의 대검 끝이 서서히 내려가더니 땅에 닿았다.

"좋다. 듀얼이다. 모두 싸움을 멈춰라!"

적 단장이 그렇게 말하자, 슬롯도 자세를 풀더니 큰 소리로 흑기사단에게 말했다.

"싸움을 멈춰라! 듀얼이다!"

양쪽에서 같은 명령이 떨어지자, 자연스레 싸움이 멈췄다. 하지만 그렇다고 해서 서로를 향해 칼을 휘두르던 그 감정이 사라진 것은 아니었다.

톰은 투구를 확 벗어 버리더니, 인상을 팍 쓰며, 가만히 있는 동료들을 헤치고 슬롯을 향해 걸어 나왔다.

"란슨이 죽었습니다. 그랙도 어떻게 될지 모릅니다."

최대한 공손히 말했지만, 그 안에는 은은한 불만이 깔려 있었다.

슬롯이 건조하게 대답했다.

"알아."

톰의 얼굴에 감돌던 분노가 더욱더 진해졌다.

"그런데도 듀얼을 받으신 겁니까?"

"내가 신청했다."

"무엇 때문에요!"

"생환이 가장 큰 우선순위였다. 잊었나? 더 잃을 순 없다.

적 기사단은 생각보다 강해. 인정할 건 인정하자. 듀얼로 끝내는 것이 가장 많이 생환하는 길이다. 아닌가?"

"……"

톰은 아무런 말도 못 했다. 슬롯의 말에 틀린 것이 없었기 때문이다. 그는 분을 삭이면서 씩씩거렸지만, 더는 불만을 표현하지 않았다.

슬롯은 적 단장을 보며 말했다.

"하나만 알려 줬으면 좋겠군. 어떻게 멜라시움 갑옷을 뚫고 즉사주문을 성공시킨 것이지?"

적 단장이 대답했다.

"나도 모른다. 우리가 고용한 것이 아니라, 그가 우리를 고용했다."

"……"

적 단장은 고개를 돌려 자신의 기사를 보며 말했다.

"누가 가서 고용인에게 말해라. 혹시라도 즉사주문을 외고 있을지 모르니."

그 말을 들은 한 기사가 무기와 폴암을 버려두고는 고아원 쪽으로 뛰어갔다.

적 단장은 슬롯에게 말했다.

"일단 저쪽으로 넘어갔으면 하는데."

슬롯은 한참 그를 마주 보더니, 곧 흑기사들에게 명령했다.

"길을 비켜 줘라."

흑기사들은 마지못해 길을 비켜 주었다. 적 단장은 그 사이를 통과하면서 자신의 방패까지 들고는 자기 기사들에게 합류했다.

적 단장은 자기 기사들에게 작은 목소리로 몇 마디를 남기더니 곧 슬롯을 보면서 고개를 돌렸다.

"준비되었다. 거리는 넉넉하게 잡지."

그가 그렇게 말하자, 적 기사들이 그를 남겨 두고 대략 10m 정도 뒤로 물러났다. 슬롯은 고개를 끄덕이곤 적 단장의 3m 앞까지 걸어갔는데, 그 와중에 흑기사들은 슬롯의 뒤로 빠졌다. 그들은 땅에 엎어진 채로 신음을 흘리고 있는 그랙과 조용히 누워 있는 란슨, 그리고 양손검과 대궁을 뒤쪽으로 끌고 가는 걸 잊지 않았다.

그렇게 폭이 대략 8m가량 되는 좁은 골목길에서, 방패와 대검을 든 두 기사가 서로를 마주 보았다.

슬롯이 말했다.

"서로의 요구 사항을 선포하지. 그쪽부터 해라."

적 단장이 말했다.

"델라이로 물러가라. 그리고 다신 오지 마라. 우리의 요구 사항은 그뿐이다. 흑기사의 요구사항은 무엇인가?"

슬롯이 대답했다.

"고아원에 역류한 인질을 모두 풀어 주고 즉시 소로노스를 떠나라."

적 단장이 의문을 담아 물었다.

"인질? 무슨 말이지?"

슬롯은 그 되물음 하나로 모든 상황을 이해했다. 델라이의 흑기사단 단장이 되기까지 온갖 흙탕물에서 뒹군 그는 그곳 냄새를 잘 알았다.

그가 나지막하게 말했다.

"인질이 없나 보군."

"그렇다. 인질은 없다."

슬롯은 이론드와 알시루스를 향한 분노가 마음속에서 화악 타오르는 것을 느꼈다.

란슨과 그랙은 흑기사 내부에서도 대신할 수 없는 전력이다. 그런 그들을 타국의 일, 그것도 농간 때문에…….

슬롯은 돌아간다면 결코 그냥 넘어가지 않겠다고 속으로 다짐했다.

그가 나지막하게 말했다.

"그럼 소로노스를 떠나 주기만 하면 된다. 그럼 이제 맹세를 해야 하는데… 나야 조국 델라이의 이름을 걸고 하지만, 이름 없는 기사단은 무슨 이름을 걸고 맹세를 할 것인가?"

적 단장은 말이 없었다. 정확하게 말하면, 말할 수 없었다.

그때 적 기사단에서 한 기사가 자신의 폴암과 방패를 내려 놓고는, 슬롯 앞까지 걸어왔다.

"제 목숨을 걸고 맹세를 하십시오, 캡틴."

"……."

그 기사는 슬롯을 지나서 흑기사들에게로 가서 섰다. 적 단장은 그 기사를 뚫어지게 보았을 뿐 더 말하지 않았다.

그 모습을 보며 슬롯이 적 단장에게 말했다.

"긍지도 명예도 모르는 기사들이 아닌 듯한데, 이름을 숨기는 이유가 궁금하군."

적 단장은 그 말을 무시하며 말했다.

"내 기사의 목숨을 걸고 맹세하마. 내가 패배할 경우 즉시 소로노스를 떠나겠다."

슬롯도 고개를 끄덕이며 말했다.

"델라이의 이름을 걸고 맹세한다. 내가 패배할 경우, 즉시 이곳을 떠나서 다시는 돌아오지 않겠다."

맹세가 이뤄진 후, 두 기사는 같은 자세를 취하며 맹수의 눈빛으로 서로를 바라보았다.

듀얼(Duel).

듀얼은 한마디로 말하면, 갈등이 있는 두 기사단이 각자 대표를 선출하여 일대일로 전투를 벌여, 그 승패에 따라서 서로 맹세한 언약을 지키는 것이다.

파인랜드의 무력의 중심, 기사(Knight)는 기사도(Chivalry)라는 공통된 사상을 가지고 있다. 일부 야만인들을 제외하고 대부분의 국가에서는 제국의 국교인 사랑교를 받아들이면서 기사도 사상까지 같이 받아들여 오래전 이미 전국적으로 퍼져 있었다. 다만 초기의 기사도는 다분히 종교적이었는데, 시간이 지남에 따라 종교색이 옅어지면서 현대의 기사도로 바뀌었다.

그렇게 많은 것이 달라졌지만, 듀얼만큼은 그 형태가 고스란히 남았다. 속 의미는 사랑교의 신은 유일신이며 모든 것을 다스리는 전능한 신이니, 그가 싸움의 승패를 갈리게 하여 그의 뜻대로 된다는 것이지만, 작금에 와서는 패자가 승자의 요구 조건을 들어준다는, 비교적 단순한 의미가 되었다.

이론드는 몸을 일으킨 채로 앞을 보았다. 그리고 당당히 듀얼을 요구한 적 기사단의 리더의 눈을 마주 보았다.

운정이 이론드를 보며 물었다.

"듀얼은 무엇입니까?"

질문은 이론드를 향한 것이었지만, 대답은 적 기사단의 리더가 했다.

"요구 조건과 전투 조건을 합의한 후 각 기사단에서 대표를 뽑아, 일대일 전투로 승패를 결정짓는 것이다. 죽거나 패배를 선언하면 끝이 나니, 여기서 더 죽어도 고작 한 명이 더 추가되겠군. 사제라고 들었는데, 사제라면 듀얼까지 막진 않으리라 믿는다."

운정이 그를 돌아보며 말했다.

"이 일은 각자의 오해로 비롯된 일입니다. 대화로 해결할 수
있지 않습니까?"

"이미 전투로 인해 죽은 자도 있고, 부상을 당한 자도 있다.
또한 우리가 소로노스를 침공한 것은 사실이기도 하지. 캡틴
이론드의 말에는 틀린 것이 없다."

이론드는 복부의 찌릿한 고통에 얼굴을 찡그렸다. 그런 부
상을 지닌 채로 듀얼에 임하는 것은 지극히 어리석은 짓이다.
그러나 소론 기사들은 그 표정에 이미 이 싸움이 끝났다고 안
도하고 있었다. 벌써 듀얼이 확정된 듯 굴고 있었다.

과연 그런 그들의 사기를 다시 끌어올리고 싸울 수 있을까?
이론드는 그들을 향해서 쌍욕을 퍼붓고 싶었지만, 가까스로
화를 참아내며 애써 태연한 표정을 지어 보였다.

"내가 왜 듀얼 신청을 받아야 하지? 우리는 숫자가 삼십이
넘어간다. 너희는 고작 일곱에 불과하다. 듀얼은 비등비등한
상대에게나 하는 법이다."

적 리더가 즉시 말했다.

"하지만 아머세트는 우리가 더 우수하다. 그 증거로 너희
삼십 중 다섯 이상이 첫 충돌에 이미 죽었다. 싸움을 속행하
면 우리 일곱을 결국은 죽일 수 있다고 믿는지 모르겠다. 그

러나 그 와중에 소론 기사단 다수도 같이 죽을 거라는 건 인정하지 않을 수 없겠지. 게다가 그 믿음조차 확실하진 않아, 안 그런가?"

"……."

"소론 기사단은 오십에서 육십 정도로 알고 있는데, 여기서 이십 정도가 죽는다 해도 소론 왕국에겐 치명적인 전력 손실이다. 소론 기사단의 캡틴 이론드는 소론 왕국의 전력이자 자신이 이끄는 기사들의 목숨을 가벼이 여기는가?"

그의 목소리는 이론드에서 점차 소론 기사단을 향했다. 소론 기사단의 표정이 어두워지는 것을 보며 이론드가 재빨리 말했다.

"결코 가볍지 않다. 그러나 소론의 명예에 비할 수는 없다. 이들은 모두 소론을 위해서 목숨을 바치기로 작정한 명예로운 소론 기사단이다. 너희는 소로노스에 침공하여 수도를 수호하던 기사들을 베고, 민간인을 약탈했으며, 그들을 사로잡……"

적 리더가 말을 뺏었다.

"지 않았지. 우리가 인질을 잡고 있다는 것은 잘못 안 것이다. 우린 그런 불명예스러운 짓을 하지 않는다. 원한다면 우리가 점거한 고아원에 들어가 보라. 우리의 고용인이 이미 죽었으니, 우린 더 이상 그를 따를 이유가 없다. 그러니 너희 마음대로 확인해 보아라."

이론드는 소론 기사단의 눈치를 보더니 말했다.

"그렇다고 해도 수도를 불법 점거 한 너희들을 절대 그대로
보내 줄 수 없다."

"그러니 듀얼로 해결하자는 것이다. 기사단이라면 기사단답게."

그 말에 적 기사들은 물론이고 소론 기사들까지도 크게 동
조했다.

더 이상 물러설 곳이 없던 이론드는 머리를 짜내서 마지막
카드를 꺼냈다.

"너희는 이름 없는 기사단이다. 듀얼에서 패배한 너희가 너
희의 맹세를 지키지 않는다 해도 누구의 명예도 실추되지 않
는다. 너희는 너희의 말을 지킨다는 보증으로 누구의 이름을
걸겠는가?"

"……."

적 리더는 아무런 말도 하지 못했다. 이름이 없이 활동한다
는 것은 자신의 행동에 책임을 지지 않겠다는 선포와도 같고,
때문에 신용될 수도 없는 것이 당연했다.

그때 운정이 말했다.

"제가 보증하지요."

이론드가 얼굴을 찌푸리며 물었다.

"네가?"

운정은 미스릴 검신을 손가락으로 쓸었다. 그러자 그의 손가락이 지나가는 그 길에 칠흑 같은 기운이 일렁였다.

"힘으로 보증하겠습니다. 그들이 말한 요구 조건을 제가 강제로 이행시킬 테니 걱정하지 마십시오. 듀얼은 허락하겠습니다. 백도(BaiDao)의 비무(BiWu)와 비슷하니……."

적 리더는 운정의 뒷모습을 묵묵히 올려다보았다. 거만하기 짝이 없는 그런 말을 하면서도 어쩌나 그 말하는 것이 잘 어울리는지 어떠한 위화감도 느껴지지 않았다.

이론드 또한 똑같이 느끼는지 별다른 말을 하지 못했다. 적리더는 그를 보며 말했다.

"그가 강제하지 않는다 해도 우리는 우리의 말을 지킬 것이다. 사정이 있어 우리의 이름을 밝힐 수는 없지만, 명예를 모르지 않으니까."

이론드는 고개를 저으며 손을 하늘 위로 뻗었다.

"이름도 없는 자들과 명예를 논하고 싶지도 않다! 소론 기사단! 모두 그 자리에서……."

운정은 미스릴 검을 휘둘렀다. 그리고 그 검에서 흑색 검기가 쏘아졌다.

진득한 마기를 품은 것이 분명한데, 그 검기의 형태는 무당파의 유풍살을 그대로 가지고 있었다.

스륵.

혹색의 유풍검기는 반월을 그리며 이론드의 장갑을 그대로 타며 훑어 버렸다. 그러자 이론드의 맨살이 그대로 드러나며, 장갑이 땅으로 툭하고 떨어졌다. 그 놀라운 광경에 이론드조차 말을 잊지 못하며 흔들리는 눈빛으로 자신의 손을 보았다.

다행히 그 손은 깨끗했다.

운정은 온전히 마기로 유풍살을 완전히 펼쳐 낸 것을 다시금 확인하면서, 혜쌍검마의 심득이 정확히 무엇을 뜻하는지 알 듯했다. 그러나 우선 그 마음을 덮고는 앞의 상황에 집중했다.

그가 말했다.

"듀얼을 해서 일을 해결하십시오. 두 기사단의 싸움은 오해로 비롯되었으니, 더 이상의 피 흘림은 용납하지 않겠습니다."

이론드도 적 리더도 그 말을 듣고는 기가 찬 듯 헛웃음 소리를 내었지만, 뭐라 하지 못했다. 그가 보여 준 신기는 그들의 이해 범주를 완전히 벗어났기 때문이다.

적 기사가 말했다.

"가장 클래식하게 가지. 투구 외 아머 없이, 장검과 방패로. 우리의 요구 조건은 우리가 소론 왕국에서 벗어날 때까지 내버려 두는 것이다. 겨우 이 정도 요구 조건이면 승낙하지 못할 이유가 없겠지."

이론드는 자신의 팔을 내리면서 나지막하게 말했다.

"나는 듀얼을 하지 않을 것이다. 운정 도사, 다시 말하지만

이 일은 네가 끼어들 일이 아니다. 물러나. 그리고 소론 기사단은……."

"두렵습니까?"

이론드는 그 질문을 듣고는 믿을 수 없다는 표정을 지었다. 그 질문을 한 사람이 운정이 아니었기 때문이다.

한 소론 기사가 동료 기사들 사이에서 천천히 앞으로 걸어나오며 투구를 벗었다. 운정은 그의 얼굴을 알았다. 그는 출전하기 전, 이론드가 연설을 할 때 앞으로 불러 세웠던 그 기사였다.

이론드는 그 기사에게 말했다.

"뭐, 뭐라고 했지?"

그 기사는 굳은 표정을 짓더니 이론드에게 말했다.

"두렵냐고 했습니다."

"지금 네가 제정신이냐?"

"제정신입니다."

"네, 네놈!"

"캡틴, 아까 군막 앞에서 저희들에게 연설하신 말씀은 다 거짓말이었습니까? 우리가 버리는 패가 아니라고, 그 때문에 우리와 함께 옆에서 싸우겠다고 하지 않았습니까? 가장 먼저 죽고, 가장 늦게 살겠다고 하지 않으셨습니까? 그런데 정작 캡틴께서 듀얼을 두려워하시는 것을 보니 캡틴을 이해하기 어렵습니다."

이론드는 당장에라도 말을 토해 낼 듯 얼굴이 붉게 물들었지만, 한 번 심호흡하며 참아 내고는 차분히 말을 시작했다.

"듀얼은 서로의 이름을 걸고 하는 것이다. 이름도 없고 명예도 모르는 자들과 할 것이 아니다."

"듀얼에 임하지 않는 캡틴이야야말로 가장 불명예스럽습니다."

그렇게 말한 그 기사는 뒤를 돌며 적 리더를 보곤 말했다.

"제가 하겠습니다, 듀얼."

이론드는 더 이상 참지 못하고 씹어 내뱉듯 말했다.

"감히! 감히 네놈이! 네놈은 소론 기사단을 대표할 수 없어! 어디서 소론 기사단을 대표하겠다고 말하느냐! 네가 뭔데 듀얼을 할지 안 할지를 결정짓느냔 말이다!"

그 기사는 이론드를 쳐다보지도 않고 다른 소론 기사들을 보며 말했다.

"친애하는 소론 기사들이여! 내가 듀얼에 임하는 것에 반대한다면, 이론드 캡틴의 말대로 무기를 들어 저들을 공격하고, 내가 듀얼에 임하는 것에 찬성한다면, 무장을 해제하고 듀얼의 결과를 겸허히 기다려라!"

그의 말이 끝나자, 소론 기사들은 서로의 눈치를 보았다. 그러곤 결국 하나둘씩 무기를 놓기 시작했다.

이론드는 더 이상 화날 수 없을 만큼 분노한 표정으로 그들을 일일이 지켜보더니, 고래고래 고함을 지르기 시작했다.

"네놈들! 네놈드을! 지금 뭐 하는 짓이냐! 네놈들은 전부 다 반역죄… 크헉."

이론드의 눈이 뒤집히면서 그의 몸이 엎어졌다. 쓰러지는 그의 뒤로, 운정이 자신의 손날을 거두고 있었다. 운정은 이론드를 한 손으로 붙들더니 앞서 나온 기사를 보며 말했다.

"듀얼을 하십시오."

그 기사는 고개를 한 번 끄덕이더니, 자신의 아머를 풀어 헤치며 적 리더에게 물었다.

"투구를 제외한 노 아머로. 검과 방패. 맞겠지?"

적 리더는 대답하지 않았다. 그저 그 기사가 자신의 갑옷을 모두 벗을 때까지 가만히 지켜볼 뿐이었다.

곧 적 리더는 자기 또한 아머를 풀어 헤치면서 물었다.

"이름은?"

그 기사는 나지막하게 대답했다.

"타이푼."

자신의 갑옷을 모두 벗고 투구만 쓴 채로, 적 리더는 타이푼에게 말했다.

"머리를 보호하기 위한 투구는 써라. 그리고 철검과 철방패는 빌려 줬으면 하는군."

타이푼은 고개를 끄덕이더니, 소론 기사들을 보았다. 그러자 그들은 자신들의 투구와 철검 그리고 철방패를 타이푼과 적 리더에게 주었다.

그들은 대략 5m 정도 거리를 둔 채 방패를 앞세우고 장검을 뒤로 뻗은 채 자세를 낮추고 서로를 노려보았다.

그것은 가장 기본적인 자세였다. 적 기사단과 소론 기사단은 그들 주변으로 빙 둘러섰고, 그들이 싸울 수 있는 공간을 확보해 주었다.

적 리더가 물었다.

"그러고 보니 소론 기사단의 조건을 듣지 못했군. 이미 예상이 가지만."

타이푼이 말했다.

"내가 이기면, 소로노스를 불법 점거 한 너희 모두, 무장을 해제하고 소론 법의 재판에 공손히 응해라."

적 리더가 말했다.

"난 기사단을 대표하는 캡틴이 아니다. 단지 이들의 리더일 뿐이다. 다른 그룹(Group)은 내가 어찌할 수 없다. 다만 여기 있는 여섯과 나는 네 말대로 재판에 응하겠다. 그럼 시작한다."

그는 그렇게 말한 뒤에, 바로 돌진했다. 타이푼은 자신에게 달려오는 적 리더를 보며 온몸에 힘을 잔뜩 주고는 충돌에 대비했다.

하지만 충돌은 없었다.

적 리더는 방패를 옆으로 버리곤 그대로 타이푼의 방패를 뛰어넘어 자신의 장검을 위에서 아래로 크게 휘두른 것이다.

쿵—!

장검과 투구가 부딪히고, 머리에 상당한 충격을 받은 타이푼은 그대로 꼬꾸라졌다. 그는 힘없이 장검과 방패를 놓으며 바닥에 옆으로 누웠다.

적 리더는 자세를 잡고 서서 타이푼의 가슴에 한 발을 올려 그의 등이 땅에 닿게 했다.

턱.

사지를 뻗은 채 누운 타이푼이 투구 속으로 신음을 흘리는데 적 리더가 말했다.

"투구를 벗어라, 소론 기사 타이푼."

타이푼은 고통을 억지로 이겨 내며 양손을 들어서 투구를 벗었다. 그러자 피로 완전히 범벅이 된 얼굴이 나타났다.

적 리더는 장검의 끝을 그의 목에 겨누고는 말했다.

"패배를 인정하겠는가? 인정하지 않는다면, 죽여서 이 듀얼을 끝낼 수밖에 없다."

타이푼은 그 장검을 살짝 내려다보더니 말했다.

"이, 인정하겠다."

"그럼 우리의 요구 조건대로 우리가 소론 왕국을 벗어날 때까지 내버려 두어라."

적 리더는 툭하니 말한 뒤, 철방패와 철검을 옆에 버려 버리 곤, 자신의 아머를 벗어 둔 곳으로 걸어갔다.

타이푼은 잠시 그대로 누워 있다가, 무언가 생각났는지 그 자리에서 상체를 벌떡 일으키더니 적 리더의 뒷모습을 보며 말했다.

"방패를 뛰어넘어 공격하는 거. 내가 알기론 제국의 임모 탈(Immortal) 기사단의 무술인 걸로 아는데, 맞나? 만약 당신 들이 정말로 임모탈 기사단이라면… 듀얼에 임해 준 건 우리 가 아니라 당신들이로군."

적 리더는 아머를 하나하나 갖춰 입으면서 말했다.

"자비롭기 때문이 아니다. 우리도 강제당한 거지. 우린 당 장 자기가 사제라는 미친 데빌을 어찌할 방도가 없다. 우린 기사단이지 데빌헌터(Devil hunter)가 아니야. 저 미친 데빌의 장난에 놀아나 줘야지 어떡하겠나?"

"전 데빌이 아닙니다. 인간입니다."

운정이 즉시 대답했지만, 아무도 그의 말을 믿는 사람은 없었다.

그렇게 아머를 다시 입은 적 리더는 자신의 무기와 방패까 지 찾아들더니 말했다.

"그럼 우린 이대로 소론 왕국을 떠나겠다. 아 참, 그리고, 혹 시나 말인데, 타이푼."

"응?"

"소론에 남아 있으면 어차피 반역죄로 사형당할 신세일 텐데, 이참에 새로운 기사단으로 옮겨 보는 건 어떤가?"

타이푼은 순간 이해하지 못하다가 눈이 크게 떠졌다.

"서, 설마. 지금 나를 임모타……."

그때였다.

하늘에서부터 강렬한 빛의 기둥이 고아원으로 떨어진 것은.

그들 옆에 있는 고아원만 그런 것이 아니라 다른 두 고아원에도 빛의 기둥이 떨어져서, 총 세 개의 빛의 기둥이 소로노스의 하늘을 밝게 빛내고 있었다.

모두들 황당한 표정으로 그것을 보는데, 운정은 그 와중에 더한 놀라움을 느끼고 있었다. 왜냐하면 메마른 사막과도 같던 대자연에 세 기운이 갑자기 가득 찼기 때문이다.

운정은 중얼거렸다.

"리기(LiQi), 감기(KanQi), 건기(GanQi), 아니, 이그니스(Ignis), 아쿠아(Aqua), 에어(Aer)!"

그 기운들에는 의지가 담겨 있어서, 순수한 자연의 기운이 아니었다.

즉, 마법을 통해 인위적으로 만든 것이 분명했다.

그는 심각한 표정을 짓더니 곧 군막 쪽으로 몸을 날렸다.

캉!

캉! 캉!

두 단장의 대검과 방패가 서로 엇갈려 맞부딪치며 천지를 진동하는 소리를 내었다.

그러나 그때마다 둘 중 하나만이 뒤로 크게 튕겨 나갔다. 양쪽 검에 실린 무게와 힘에서 큰 차이가 있었기에, 대검과 방패가 같은 재질임에도 그런 결과가 나타난 것이다.

그렇게 끝까지 밀려도 이상하지 않을 상황이지만, 놀랍게도 싸움은 계속해서 진행되고 있었다. 계속해서 튕겨 나가는 쪽이 전신과 사지를 비틀어 가며 어떻게든 적의 공격에 맞춰 나갔기 때문이다.

캉!

캉!

두어 번의 부딪침이 더 일어나고 적 캡틴이 뒤로 살짝 물러났다. 연속된 움직임 속에서 몸이 녹초가 된 슬롯은 그 작은 휴식이 너무나도 고마웠다.

슬롯은 방패를 치켜들었지만, 적 단장은 더 공격하지 않았다.

"왜지?"

적 단장은 가만히 그를 노려보다가 말했다.

"호흡이 상당히 거칠어졌군."

슬롯이 살짝 웃었다.

"훙. 공격이 워낙 거세다 보니까."

"아니, 그게 아니라 불균형스럽다고 해야 하나. 혹 뼈가 부러졌나? 그런 것 같은데?"

그 목소리 왠지 모를 아쉬움이 섞여 있었다. 단순히 떠보는 것 같지 않았다.

때문에 슬롯은 솔직하게 대답해 주었다.

"그걸 호흡 하나로 아는 걸 보니, 정말로 정체가 궁금해지는 데… 사실 아까 전 공격으로 왼쪽이 조금 따끔따끔해."

"아, 듀얼 전의 그 공격 때문이군."

그렇게 중얼거린 적 캡틴은 더 공격하지 않고 뭔가 고민하는 듯했다. 그러더니 자기 기사들을 보며 말했다.

"마법사에게 가서 전해라. 강화마법으로 도와줄 필요가 없다고."

그 기사 중 한 명이 놀란 목소리로 말했다.

"캡틴, 정말이십니까? 적은 멜라시움 아머세트입니다. 아다만티움 아머세트를 입으신 캡틴께서는 중량에서 밀리실 겁니다. 마법의 도움을 받아야 공정하지 않습니까?"

적 캡틴은 고개를 살짝 저었다.

"부상자다. 그러니 강화마법이 없는 게 맞아."

"캡틴!"

"흑기사단은 자신들의 기사를 잃었다. 그럼에도 불구하고 그들의 캡틴은 소로노스를 떠나라는 것만 요구했다. 목숨을 내놓으라는 요구를 해도 시원찮을 판에 말이지. 그러니 나도 경의를 표하고 싶다."

"……"

"어서! 마법사가 풀지 않겠다고 하면, 이대로 떠나 버리겠다고 경고해서라도 풀라고 해!"

그가 말하자 한 기사가 마지못해 고아원 창가에 있던 마법사에게 달려갔다.

그것을 확인한 슬롯이 말했다.

"내가 그 호의를 거절할 거라고 생각을 했다면 잘못 생각했다. 생각보다 네 실력이 좋으니."

적 캡틴은 피식 웃었다.

"나도 파인랜드 최강의 기사인 델라이의 슬롯을 제대로 이겨 보고 싶어서 그런 것이다."

슬롯은 적 캡틴의 눈을 노려보더니 말했다.

"아까 전투를 시작할 때, 방패 위로 뛰어넘는 거 말이야. 내가 알기론 제국의 임모탈 기사단에서 그런 수법을 쓴다고 들었는데. 물론 그들은 아머세트를 전혀 입지 않는 것이 특징이긴 하지만 왠지 그쪽이 임모탈 기사단 같아."

적 캡틴이 말했다.

"우리의 정체는 절대로 밝히지 않겠다. 멋대로 생각해라."

슬롯이 물었다.

"흐음. 제국에서 이 변방인 소로노스에 무슨 일로 온 것이지?"

"우리는 누구도 섬기지 않는다. 그러니 그런 넘겨짚기… 크혹. 크학! 하학!"

갑자기 비명을 지르던 그는 한쪽 무릎을 꿇었다. 그리고 계속해서 앓는 소리를 내었는데, 그런 그의 몸에서 연보랏빛 연기가 아머에 난 모든 틈새를 통해서 빠져나왔다.

점차 연해졌고, 곧 사라지자 그 기사가 다시금 자세를 잡았다. 강화마법이 풀린 것이라 생각한 슬롯이 말했다.

"특이한 강화마법이로군."

"지독한 것이겠지. 크흑."

슬롯은 눈에서 연보랏빛이 사라진 그를 바라보며 말했다.

"워메이지가 기사에게 강화마법을 건다면, 그것을 쉽게 역추적하여 상대 워메이지에게 위치가 드러날 텐데 말이지. 우리에게 워메이지가 없다는 사실은 어떻게 알았지?"

적 캡틴은 고개를 마구 흔들며 고통에서 허우적거리던 정신을 되찾았다. 그러곤 자세를 다시 잡아 가며 슬롯에게 말했다.

"몰랐다."

"뭐?"

"그 강화마법은 최상급이라 한다. 마법사의 말에 의하면 위치가 역추적되지 않는 것이라고 했지. 너희들에게 워메이지가 없는 걸 알아서 강화마법을 쓴 게 아니야."

"……."

"더는 나도 모른다. 이제 제대로 듀얼에 임해 볼까? 델라이의 슬롯!"

슬롯은 강한 의구심이 들었지만, 곧 앞에서 돌진을 감행하는 적 캡틴을 보곤 더는 질문할 수 없었다.

그렇게 두 멜라시움 방패가 다시금 부딪쳤다.

쿵!

처음으로 적 캡틴 쪽이 뒤로 물러났다.

슬롯은 방금까지 오우거를 상대하는 것 같은 힘과 무게를 느껴서 그런지 몰라도, 그 충격이 다소 가볍게 느껴졌다. 그래서 더욱 앞으로 방패를 내밀면서 계속 충격을 주기로 했다.

쿵!

이번에도 적 캡틴이 더욱 뒤로 물러났다.

아다만티움도 무거운 초합금속이지만 멜라시움만큼은 무겁지 못하다 보니, 어쩔 수 없는 결과였다. 무게의 차이가 충돌 이후 결과의 차이로 이어졌다.

그리고 슬롯은 중량의 차이로 상대를 압살하는 법을 너무나도 잘 알았다. 델라이의 흑기사단이 처음 창설되며 멜라시움 아머세트로만 구성된 기사단이 만들어졌을 때, 중량으로 승부하는 새로운 무술을 연구한 장본인이 바로 슬롯이다.

슬롯은 방패를 옆으로 살짝 비켜 땅에 세우더니, 순식간에 대검을 양손을 잡아서 크게 찔렀다.

쾅—!

적 캡틴의 방패, 그것도 왼쪽 부근에 내리꽂힌 멜라시움 대검은 그 엄청난 무게를 그 한 곳에만 집중했다. 그러자 방패로 넓게 충돌했던 것과 다르게, 회전력이 생겨 버렸다.

적 캡틴은 왼쪽으로 살짝 돌아가는 자신의 방패를 꽉 붙잡았다. 하지만 그 엄청난 힘에 손목이 나가 버릴 것 같은 느낌이 들어, 팔꿈치를 살짝 벌릴 수밖에 없었다. 그럼에도 그 엄청난 힘은 전혀 줄어들지 않아 팔이 나가 버릴 것 같은 느낌이 들었다. 그래서 어깨까지 비틀면서 무게를 받아 냈다.

그럼에도 그 힘은 여전했다.

적 캡틴은 방패를 버렸다. 그리고 팔에 조금 남아 있던 회전력을 바탕으로 몸을 왼쪽으로 살짝 틀며 막 들어오는 두 번째 찌르기 공격을 가까스로 피해 냈다.

부— 웅!

방패를 살짝 놓고 순간적으로 양손으로 대검을 붙잡아 앞으로 두 번 연속 찌르기!

첫 번째는 상대방의 방패를 틀어 버리고, 이후 자세가 흔들린 적의 갑옷에 내리꽂는 그 기술은 슬롯이 압도적인 멜라시움 대검의 무게를 십분 활용하기 위해 만든 그의 검술이었다.

그것은 경험해 보지 못한 적에겐 한 번도 빗나간 적이 없고, 경험한 자들도 쉽사리 파훼하지 못하는 것이다. 그런데 적 캡틴은 처음 경험하는 것임에도 두 번째 찌르기까지 완벽하게 피해 낸 것이다.

두 번째 찌르기를 한 슬롯은 대검에서 아무런 저항도 없었다는 것에 감탄했다. 하지만 그 짧은 감탄을 뒤로하고, 자신의 얼굴로 날아오는 멜라시움 대검을 피하기 위해서 고개를 푹 숙였다. 적 캡틴이 그의 찌르기를 피해 내기 위해 몸을 돌면서, 오른쪽 어깨에 메고 있던 대검을, 멘 그 상태 그대로 한 바퀴를 돌며 머리 쪽을 공격했기 때문이다.

부— 웅!

몸을 움츠린 슬롯의 머리 위로 대검이 휙 지나갔다. 슬롯은 자신이 살짝 옆에 놓아 두었던 방패를 다시 왼손으로 잡아 들고는 그대로 앞을 밀었다.

쿵—!

방패가 한 바퀴를 돈 적 캡틴의 몸과 충돌했다. 적 캡틴의 몸이 크게 휘청거리면서 뒤로 주저앉는데, 그 순간 그는 어깨를 튕기면서 그 대검을 잡은 오른손에서 힘을 풀었다.

그러자 적 캡틴의 대검이 슬롯의 방패 위를 받침점 삼아, 지렛대처럼 부웅 휘둘러졌다. 그리고 그 대검의 끝은 정확하게 슬롯의 머리를 향했다.

퍽!

대검이 슬롯의 투구를 때리고는 옆으로 떨어졌다. 슬롯은 머리가 크게 울렁거렸지만, 다행히 정신을 놓지 않았다. 그는 다시금 한 발 앞으로 나가며, 주저앉은 적 캡틴을 향해서 방패를 내밀었다.

쿵!

상체를 향한 그 충돌 때문에 적 캡틴은 뒤로 쓰러졌다. 슬롯은 눈을 마구 깜박이며 이리저리 빛나는 듯한 시야를 되찾고는 방패를 옆으로 치우고 대검을 양손으로 잡아, 땅바닥에 누운 적 캡틴의 목을 향해 대검을 뻗어, 그 앞에 세웠다.

슬롯이 말했다.

"후우. 후우. 패배를 후우. 인정하겠는가?"

적 캡틴은 고개를 살짝 끄덕이며 말했다.

"인정한다. 이 시각 이후로 내가 이끄는 기사들은 전부 소로노스를 떠나겠다."

"내 투구가 멜라시움이 아니었다면 결과가 어찌 되었을지 모르겠군."

"그럼 애초에 다르게 방어했겠지. 내 검에 힘이 실리지 않은 것을 보고 네 투구가 견딜 만하다는 걸 다 알고 한 것 아닌가? 심심한 위로는 관둬라."

"……."

슬롯은 아무 말 하지 않고 대검을 옆으로 치우곤 뒤돌아 걸어갔다.

그러자 적 캡틴이 그의 뒷모습을 보며 나지막하게 말했다.

"그대가 기사를 잃은 것은 유감이다."

슬롯은 잠시 멈칫하더니 대답했다.

"나에게도 흑기사들에게도 공부가 됐지. 서로 목숨을 걸고 정면으로 싸웠던 전투에서 있었던 일을 가지고 불필요한 말을 보태지는 않겠다."

그렇게 말한 그는 다시 천천히 흑기사들에게로 걸어갔다.

그는 흑기사들의 환호를 받지 못했다. 그들에게는 슬롯의 승리보다 동료의 죽음이 더 크게 다가왔기 때문이다. 슬롯은 그 마음을 잘 알았기에, 아무 말 하지 않고 그랙과 란슨에게로 다가갔다.

그들은 나란히 한쪽에 누워 있었다. 그랙은 투구를 벗고 있었고 란슨은 그대로 있었는데, 둘 다 쥐 죽은 듯 조용했다. 슬롯은 그랙 쪽에 앉아 있는 톰에게 말했다.

"그랙은?"

"숨은 쉬고 있지만 불안정합니다. 혹시 모를 내출혈이 있을 수 있습니다."

"그럼 여기서 옮기지 말고, 의사를 여기로 불러야겠어."

대화는 거기서 끝났다. 즉사주문을 맞은 란슨에 대해서는 더 물어볼 것도 없었기 때문이다.

슬롯은 즉사주문이 대체 어떻게 멜라시움을 뚫고 성공했는지는 모르지만, 일단 마법이 성공한 이상 죽음이 확정되었다는 건 다년간의 경험으로 잘 알았다.

풋풋했던 시기에는 즉사주문에 허무하게 당한 동료의 시체를 안고 이리저리 마법사를 찾아가며 마법을 풀어 달라고 떼를 쓰기도 했다. 하지만 어떠한 노력도 이미 죽은 자를 살릴 순 없었다.

그때 놀라운 일이 일어났다.

"크학—!"

모든 흑기사들의 시선이 란슨에게 집중되었다. 란슨은 기침을 여러 차례 하더니 고통에 점철된 목소리로 말했다.

"크으. 눈이. 내 눈이 타들어 가는 것 같습니다! 으윽. 누구 없습니까?"

슬롯은 멜라시움 아머세트를 입고 있다고 절대 생각할 수 없는 속도로 그에게 다가왔다. 그러고는 직접 그의 투구를 벗겨 주었는데, 투구 안에서 나온 란슨의 얼굴은 검붉게 피딱지로 물들어 있었다.

그리고 그 피딱지의 중심은 바로 란슨의 왼쪽 눈. 그곳에 계곡과도 같은 큰 상처가 벌어져 참혹한 광경을 보여 주고 있었다.

"란슨! 란슨! 괜찮나? 아, 아니, 즉사주문에 당한 거 아니야? 왜 눈을 다쳤어? 그것도 모르고……."

그의 질문에 란슨이 대답했다.

"예, 예. 괜찮습니다. 나 죽은 거 아닙니까? 즉사주문에?"

슬롯은 폐에 있는 모든 숨이 달아나는 것을 느꼈다.

"하아. 하아. 아니다, 아니야. 안 죽었어. 이게 어찌 된 일이지. 어떻게 즉사주문을 맞고도 죽지 않았지? 아니, 애초에 즉사주문이 아니던가?"

"그래서 아쉽습니까? 크흑. 아쉬운 목소리네요."

슬롯은 피식 웃고는 말했다.

"그래, 아쉽다. 참 나. 목숨 한번 질기네."

그의 말에 모든 흑기사들은 안도의 한숨을 내쉬었다.

그런데 그때 갑자기 눈앞이 번쩍거렸다.

"뭐, 뭐야?"

"뭐지?"

흑기사들과 적 기사들 모두가 갑자기 눈에 쏟아지는 빛에 눈을 가늘게 떴다. 그리고 그 빛이 나오는 곳으로 고개를 돌렸는데, 그곳엔 하늘에서부터 내려온 세 개의 빛의 기둥이 있었다. 그리고 그중 하나는 그들의 앞에 있던 고아원에 쏟아졌다.

"뭐, 뭡니까?"

란슨의 질문에도 아무도 대답하지 못했다. 그 정도로 그들은 눈앞에서 벌어지는 일에 정신이 팔렸다.

그런데 그 와중에도 침착하게 움직이는 자가 있었으니, 바로 적 기사단을 고용한 마법사였다. 그 마법사는 빛의 기둥을 한 번 바라보더니, 곧 빠르게 움직여 골목 한쪽으로 모습을 감추었다.

＊　　　　　＊　　　　　＊

콧잔등이 근질거렸다.

포트리아는 손가락을 들어서 코를 긁었는데, 그 손가락에
무언가 걸리더니 바스락거리는 소리와 함께 사라졌다.

낙엽인가?

침실에서 무슨 낙엽?

그녀는 눈을 번쩍 떴다.

"아. 소로노스."

처음 그녀의 눈에 들어온 것은 하늘 넓게 펼쳐진 초록 그물
이었다. 촘촘히 하늘을 감싼 초록 그물들 사이로 햇빛이 삐져
나와 수십 개의 평행선을 만들고 있었다.

자신이 나무 아래 있다는 것을 자각한 그녀는 자리에서 벌
떡 일어났다. 그리고 주변을 바라보았는데, 텅 빈 길가에 큰
군막이 세워져 있는 것을 빼면 그녀 말고 아무것도 없었다.

그녀는 심장이 덜컹거리는 듯한 기분을 느꼈다.

누군가 그녀의 목숨을 노렸다면, 그녀는 꼼짝없이 당했을
것이다. 그리고 그녀는 군사 활동 중 길가 가로수 아래서, 사
사로이 낮잠을 자다가 봉변을 당한 장군으로 델라이 역사에

길이 남을 것이다.

얼굴이 화끈거린다.

그녀는 양손을 들어서 자신의 얼굴을 매만졌는데, 입가에서 길게 이어진 침이 느껴져 서둘러 닦아 내었다.

"아무리 피곤했다고 해도… 미쳤지, 내가."

그녀는 몸을 일으켰다. 그리고 혹시나 누군가 군막에 있지 않을까, 그곳을 향해 걸어가기 시작했다.

그런데 문득 땅을 본 그녀는 그 땅 위에 비친 자신의 그림자가 여러 갈래로 갈라져 있는 것이 보였다.

"뭐, 뭐야? 아직 꿈속인가?"

그녀는 눈을 몇 번이고 비비더니, 고개를 돌려서 하늘을 올려다보았다.

하늘에는 한 개의 태양과 세 개의 빛 기둥이 있었다.

"……."

그녀는 더는 의심하지 않았다.

확신했다.

자신이 꿈속에 있다고.

그때 건물 한쪽에서 운정이 폴짝 날아서 그녀 앞에 당도했다. 그는 여전히 세상의 내로라하는 미녀보다 더욱 아름다운 얼굴을 가지고 있었다.

포트리아는 그를 보다가 말했다.

"내가 미치긴 아주 단단히 미친 것 같습니다. 설마 꿈에서 당신이 나타날 줄이야. 그 정도로 마음이 흔들렸나? 굳을 대로 굳었을 텐데."

운정은 그녀의 질문을 듣고는 고개를 갸웃하더니 말했다.

"꿈에서 절 보셨습니까?"

포트리아는 눈초리를 살짝 좁히더니 말했다.

"이거, 꿈 아닙니까?"

운정은 고개를 흔들었다.

"아직 잠이 다 달아나지 않았나 보군요."

"……."

"델라이로 돌아가야 합니다."

"예?"

"지금 당장 델라이로 돌아가야 합니다."

"갑자기요? 흑기사단은 어디 있습니까?"

"그들은 나중에. 지금은 더 시급한 일이 있습니다."

"무슨 일입니까?"

"우선 가면서 설명하지요. 처음 텔레포트(Teleport)로 도착했던 그곳으로 가면 되겠지요?"

그렇게 말한 운정은 어느새 포트리아에게 다가와 그녀를 안아 들었다. 그녀는 화들짝 놀라면서 정신이 번쩍 드는 듯했는데, 그래서인지 멍했던 현실감이 제대로 돌아왔다.

문제는 현실 속에서 하늘을 날고 있었다는 점이다.

"으아아악!"

그녀는 비명을 지르며 눈을 꼭 감았다. 마치 어릴 적 그네를 타는 것 같은 기분을 연속적으로 느꼈다. 다만 그 그네가 하늘 높이 달려 있고, 건물들을 넘나들 정도로 크게 움직인다는 것이 달랐다.

그렇게 얼마 지나지 않아, 운정과 포트리아는 처음 소론에 도착했을 때 섰던 그 공터에 도착했다. 그곳에는 세 명 정도되는 마법사들이 대기하고 있었는데, 그들은 그 바닥에 거대한 마법진을 그려 놓고는 한곳에 모여앉아서 각자 자기 일을 하고 있었다.

하늘에서부터 뚝 떨어진 운정은 머리가 산발이 된 포트리아를 땅에 내려 주더니, 자신을 무슨 괴물 보듯 하는 세 마법사를 향해서 말했다.

"델라이로 귀환해야 합니다. 여기 포트리아 백작님을 모시고 왔습니다."

땅을 밟은 포트리아는 그 자리에서 주저앉아 엎드리고는 입을 틀어막았다.

"우, 우읍. 우으읍!"

그들 중 가장 나이가 많은 마법사는 구역질을 하는 포트리아의 얼굴을 자세히 보았다. 포트리아는 필사적으로 입을 막아 가며 구토를 참고 있었는데, 몇 번이고 그녀의 불이 부풀었다 꺼지기를 반복했다.

"화, 확실히 포트리아 백작님이군요."

운정은 포트리아의 등에 손을 얹으며 그녀에게 말했다.

"도와드릴 순 있지만, 그냥 구토를 하시는 게 더 좋습니다."

포트리아는 그 말을 듣고는 원망 어린 눈빛으로 운정을 돌아보았는데, 그 와중에도 그녀는 토악질을 억지로 참아 내고 있었다.

그 모습을 보던 마법사가 그녀의 의중을 겨우 눈치채곤 말했다.

"마, 마법진! 땅에 그려진 마법진을 망칠 수도 있어서 참으시는 겁니다!"

운정은 알겠다는 듯 고개를 끄덕이곤 눈을 감아 그녀의 등에 내력을 불어넣었다. 그러자 들끓던 속이 잠시 가라앉는 것을 느낀 포트리아는 곧 잽싸게 자리에서 일어나서 한쪽으로 내달렸다.

그렇게 마법진 밖으로 벗어난 그녀는 그곳에서 속의 내용물을 쏟아 내기 시작했다.

"우웨에엑! 우에엑!"

"가만히 내력을 받았으면 괜찮아졌을 텐데……."

꽤 많은 양의 토사물이 나오고, 포트리아는 격한 숨을 몇 번 쉬더니 입가를 닦았다. 그러곤 눈물과 콧물 그리고 침으로 엉망이 된 얼굴로 운정을 돌아보더니 말했다.

"지금 당장 돌아가지 않으면 안 되는 마땅한 이유가 반드시 있으셔야 할 겁니다, 운정 도사."

운정은 딱딱하게 말했다.

"있습니다. 한시가 급합니다. 나중에 설명해 드리겠습니다."

포트리아는 가만히 그를 보다가 곧 그 늙은 마법사에게 말했다.

"난 지금 도저히 공간이동을 감당할 상태가 아니니, 일단 운정 도사만 보내라. 난 아직 남은 흑기사단과 함께 가도록 하지."

마법사는 고개를 끄덕이고는 운정 도사를 돌아보며 말했다.

"마법진 중앙에 서십시오. 델라이로 보내 드리겠습니다."

운정은 그의 말대로 중앙에 서며 포트리아에게 말했다.

"죄송하게 되었습니다."

포트리아는 손으로 얼굴을 쓸어 내리며 알겠다는 듯 손짓했다.

세 마법사는 마법진 안쪽에서 삼각형을 그린 채로 공간이동 주문을 외웠다. 그러자 운정은 하늘과 땅이 점차 서로를 향해 침범하는 것을 보았다. 그 둘은 끊임없이 돌고 돌며 서로를 탐했고, 결국 섞이지 못하고 다시금 나뉘어져 새로운 세상이 되었다.

황금빛으로 가득한 거대한 공간.

델라이의 NSMC(National Spatial Magic Circle)에 도착한 운

정은 이미 그곳에 서 있는 수많은 마법사들의 시선을 한 몸에 받았다. 그중에는 스페라도 있었고, 아이시리스도 있었다.

스페라가 말했다.

"뭐, 뭐야? 공간이동한 거야, 지금?"

운정이 다급하게 말했다.

"소로노스에서 많은 사람이 위험에 처한 듯합니다. 어떤 자연재해가 소로노스에 올지 모르지만, 인위적으로 생성된 것이니 인위적으로 막을 수 있을 겁니다."

"소로노스에도? 정말이야?"

"소로노스에도?"

운정은 스페라의 되물음을 그대로 반복하면서 눈초리를 좁혔다.

그리고 보니 이곳도 대자연의 기운이 가득하지 않은가?

이그니스(Ignis)!

아쿠아(Aqua)!

에어(Aer)!

이 세 기운이 천지에 가득한 것을 넘어서 마구 넘쳐흐르며 서로 씨름하고 있다.

게다가 그 기운들은 그 안에 의지를 내포하고 있어, 다분히 인위적이었다.

기가 넘쳐흐른다는 것.

그것은 곧 현실의 사건으로 소비될 것이라는 것이다.

즉, 델라이의 상황이 더욱 심각하다.

운정은 눈을 살포시 감으며 깊은 생각에 빠졌다. 그리고 두세 번의 호흡 후에 스페라에게 말했다.

"잠시 다녀올 곳이 있습니다."

스페라는 손을 뻗으면서 다급하게 그에게 말했다.

"자, 잠깐. 지금 이상기후를 막으려고 델라이의 모든 마법사가 다 모였어! 전부! 델라이 왕국에 마나스톤이 부족해서 말이야. 이런 엄청난 크기의 이상기후를 막을 만한 수단이 없어서 마법사들이 몸으로 때우고 있다고! 하지만 턱없이 부족해! 운정. 우리를 도와줘. 네가 가진 모든 마나를 우리에게 공급해 줘. 그래도 부족할 지경이야!"

운정은 다시금 주변을 둘러보았다.

모든 마법사들은 마치 삼 일은 굶은 것처럼 피폐한 얼굴을 하고 있었다.

마법진 이곳저곳엔 빛을 잃은 마나스톤들이 이리저리 쌓여 있었다.

스페라 본인도 당장 쓰러질 듯한 얼굴이다.

운정이 한쪽으로 몸을 던지며 말했다.

"금방 오겠습니다."

"우, 운정!"

운정은 스페라의 외침을 뒤로하고 NSMC에서 빠져나왔다.

세상에 존재하는 모든 먹구름을 긁어모은 것 같은 새까만 하늘이 그를 반겼다. 그리고 그곳에서 수시로 굵은 우레가 내리쳤는데, 수도를 둘러싼 방어막에 번번이 막히며 땅으로 흘러들어 갔지만, 기어코 뚫고 들어오는 번개도 있었다.

쿠르릉! 쾅쾅!

휘이잉!

그때마다 그 번개를 중심으로 흉흉하기 짝이 없는 바람이 세차게 불었다. 그 바람은 지나가는 모든 것에 상처를 남기는 칼날과도 같았다.

운정은 제운종을 펼쳐 왕궁으로, 복도로, 그리고 결국 자신의 방에 당도했다.

그곳에는 카이랄이 떠날 때 그대로의 모습으로 가부좌를 튼 채 가만히 있었다. 그리고 한쪽에는 시르퀸이 의자에 앉아 달콤한 비스킷(Bisket)을 먹고 있었다.

그녀는 막 한 입을 베어 물다가 막 방 안으로 들어온 그를 보며 말했다.

"어? 마스터? 테스트가 끝나셨나요?"

운정은 그녀 앞에 서서 그의 첫 제자에게 물었다.

"시르퀸, 솔직하게 대답하거라."

"무엇을요?"

순진무구한 그 두 눈빛에는 어떠한 악의도 어떠한 죄책감도 없었다.

운정이 말했다.

"바르쿠우르(Barr'Kuoru)는 요트스프림과 동맹이다, 맞느냐?"

시르퀸이 대답했다.

"단순한 동맹이 아니라 혈맹(Blood Alliance)입니다."

운정은 빠르게 설명했다.

"방금 다녀온 소론에서 요트스프림의 투칸지 일족 마법사가 마법진을 이용해서 세 가지 자연의 기운, 즉 이그니스, 아쿠아, 에어를 세상에 가득 채운 것을 넘어서 흘러넘치게 하여 서로 얽히게 하였다. 다시 말하자면, 마법으로 자연재해를 일으킨 것이다."

시르퀸은 요점을 정확하게 이해했는지, 운정의 말을 바로잡기까지 했다.

"자연재해가 아니라 라스 오브 네이쳐(Wrath of Nature)라 합니다, 마스터. 인간에겐 미티어 스트라이크(Meteor Strike)가 있다면, 엘프에게는 라스 오브 네이쳐가 있지요."

운정은 헤어지기 일보 직전, 하늘에 이르는 살기를 내뿜었던 바르쿠으르의 디사이더, 아락세스를 떠올리며 말했다.

"만약 바르쿠으르와 요트스프림이 그런 깊은 관계에 있다면, 아락세스가 요트스프림의 도움을 받아서 라스 오브 네이쳐를 시전할 수도 있을 것이다, 맞느냐?"

"그럴 겁니다."

"그럴 것이다?"

쿠르릉! 쾅쾅!

방어막을 뚫어 낸 번개 하나를 창밖으로 바라보며, 그녀가 담담하게 말했다.

"다크엘프의 도움이 없으면 라스 오브 네이처는 불가능하니까요."

"……."

"오해하지 마세요, 마스터. 전 하이엘프입니다. 어머니에게 가장 많은 사랑을 받지만, 결국 타인이 될 존재이죠. 저도 제 일족이 이런 일을 벌일지 전혀 몰랐어요."

운정은 그녀를 따라서 창밖을 보았다.

태양과 비는 없지만, 번개 불빛이 가득한 세상은 더 이상 현실이 아닌 것 같았다.

운정이 말했다.

"라스 오브 네이처는 정확히 어떤 마법이더냐?"

"자연에 존재하는 네 힘이 서로를 향해 씨름하다 발생하는 자연재해를 모방한 것입니다. 이 마법을 위해선 엘프도 다크엘프도 상당히 많은 개체가 희생되어야 하기 때문에 함부로 사용하지 않습니다. 그만한 희생을 감수해야 할 일이 아니라면."

"그럼 그것이 무엇이겠느냐? 델라이와 소로노스에 무엇이 있기에 희생을 감수해서라도 라스 오브 네이처를 시전한 것이 겠느냐?"

"글쎄요. 다만 엘프와 다크엘프, 양쪽 공동으로 크나큰 위협이 되는 것일 겁니다. 한쪽에만 그런 것이라면 이 마법은 절대 성사될 수 없습니다. 그리고 소로노스에도 이런 일이 벌어지고 있다면, 그건 다른 혈맹일 겁니다. 이만한 크기의 마법을 양쪽에서 일으킬 수 있는 일족은 세상에 존재하지 않습니다."

운정은 수없이 갈라지는 번개들을 계속해서 주시하며 말했다.

"소론은 이렇지는 않았다. 그냥 기운만이 가득했어."

"그렇다면 넘쳐흐르는 여분의 마나가 오로지 이곳에서 씨름하도록, 이곳을 둘러싼 지역들의 자연을 마나로 가득 채운 것일 겁니다. 소론은 그런 지역 중 하나일 뿐이겠지요."

물이 가득 차서 넘치면 다른 곳으로 물이 흐른다.

하지만 주변의 모든 곳이 이미 물이 차 있다면?

더 이상 갈 곳이 없어, 그 안에서 맴돈다.

미친 듯이.

운정은 소로노스뿐만 아니라, 델라이를 둘러싼 모든 곳이 같은 마법진으로 준비되었으리라 예상했다.

"즉, 소로노스의 마법진도 결국 델라이를 겨냥한 것이로구나."

"……"

운정은 눈을 살짝 감고는 중얼거렸다.

"그들이 공통으로 위협을 느낄 만한 것. 그리고 그들이 이런 마법까지 시전하면서 파괴하려는 것. 그것은, 그것이 무엇일까?

"마, 마스터?"

운정은 잠시 모든 인과관계를 따져 보았고, 결국 한 가지 결론에 도달할 수 있었다.

"중원이로군."

그렇게 중얼거린 그는 시르퀸을 그대로 두고, 제운종을 펼쳐 그 방에서 사라졌다.

하나의 선이 되어 달린 그는 NSMC로 다시 돌아왔다.

"운정! 돌아왔네! 어서! 어서 도와줘!"

화사한 표정으로 그를 맞이하는 스페라는 전보다 더 두 눈이 퀭했고, 눈빛이 흐렸다. 아마 너무 많은 마나와 포커스를 라스 오브 네이처를 막는 데 사용하느라, 그런 듯싶었다.

운정이 그녀에게 물었다.

"라스 오브 네이처가 겨냥한 곳이 바로 이곳입니까? 그러니까, 정확하게 말하면 이 건물, 이 마법진, NSMC말입니다."

스페라는 두 눈의 의문을 담았다.

"어, 어떻게 그걸?"

운정은 그럴 줄 알았다는 듯 고개를 끄덕이더니 말했다.

"그럼 뇌운의 중심은 바로 이곳 위에 있겠군요."

스페라는 고개를 끄덕였다.

"맞아. 바로 위야. 어느 엘프 일족이 갑자기 이런 공격을 도대체 왜 했는지 모르겠지만, 마법을 해석했을 때 델라이의 NSMC를 부수려는 것이 확실해."

"그렇군요. 이건 제가 초래한 일이니, 제가 책임지겠습니다. 그럼."

운정은 포권을 앞으로 취해 보이고는 또다시 제운종을 펼쳐서 밖으로 나갔다.

스페라는 다시금 밖으로 나가는 그를 보며, 이번에는 도저히 그냥 보내 줄 수 없었다. 그녀는 빠르게 그를 따라나섰고, 그걸 본 모든 마법사는 망연자실한 표정을 지었다. 지금까지 버틴 것도 그나마 그녀가 있었기 때문에 가능한 것이지, 그녀가 마법진에서 벗어나면 얼마나 버틸지 미지수다.

"자, 잠깐! 잠깐만! 운정! 운정 도사!"

그녀의 외침이 그에게 닿기도 전에, 운정은 NSMC에서 나가고 있었다.

어차피 이 사태는 더 이상 막을 수 없다.

스페라는 이를 악물고 움직이지 않는 다리를 움직여 가며 운정을 따라 나갔다. 하지만 도저히 따라잡을 수 없는 속도로 앞서나가는 그를 붙잡기엔 턱없이 부족했다.

그나마 겨우 건물 대문까지 달려 나온 스페라는 결국 주저앉아 버렸다. 몸뿐 아니라 마음까지도 지쳐 도저히 더 뛸 수 없었다.

그녀는 결국 절망 어린 시선으로 운정을 찾았다.

그는 저 멀리 하늘 높이에서 더욱 위를 향해 올라가고 있었
다.

"우, 운정?"

부유하듯 떠오르는 그의 모습은 곧 먹구름 속으로 사라졌다.

그리고 그때, 하늘이 찢어졌다.

『천마신교 낙양본부』 11권에 계속…